人文社科
高校学术研究论著丛刊

女性意识影响下的英美女性文学研究

张迎春 著

中国书籍出版社
China Book Press

图书在版编目（CIP）数据

女性意识影响下的英美女性文学研究/张迎春著．
――北京：中国书籍出版社，2021.6
ISBN 978-7-5068-8544-7

Ⅰ．①女… Ⅱ．①张… Ⅲ．①英国文学－妇女文学－文学研究②妇女文学－文学研究－美国 Ⅳ．①Ⅰ561.06
②Ⅰ712.06

中国版本图书馆 CIP 数据核字（2021）第 122881 号

女性意识影响下的英美女性文学研究

张迎春 著

丛书策划	谭 鹏 武 斌
责任编辑	毕 磊
责任印制	孙马飞 马 芝
封面设计	东方美迪
出版发行	中国书籍出版社
地 址	北京市丰台区三路居路 97 号（邮编：100073）
电 话	（010）52257143（总编室） （010）52257140（发行部）
电子邮箱	eo@chinabp.com.cn
经 销	全国新华书店
印 厂	三河市德贤弘印务有限公司
开 本	710 毫米 ×1000 毫米 1/16
字 数	232 千字
印 张	12
版 次	2022 年 1 月第 1 版
印 次	2022 年 1 月第 1 次印刷
书 号	ISBN 978-7-5068-8544-7
定 价	72.00 元

版权所有　翻印必究

序

女性意识的觉醒与资本主义萌芽高度相关。在资本主义萌芽阶段,社会、政治和经济结构开始发生本质性的转变,女性的社会地位有了显著的提升,其在思想层面、艺术层面和文学层面的主动表达诉求愈发旺盛,进而推动了女性文学这一具有独特魅力文学分支的不断进步和持续发展。随着社会、政治和经济结构的持续演变,女性意识的表现特征也经历了多个发展阶段,并持续影响了英美女性文学的创作和发展。

自文艺复兴起至18世纪末,是女性意识觉醒的关键萌芽期。该时期,社会、政治、经济、结构发生了本质性的转变,以工业革命为基础的英国,更是步入了高速发展的现代社会。在工业革命的巨大动力支持下,英国女性开始更深入地审视男女关系,从而萌生了对于平权的追求,并在社会生活、政治生活、经济生活等各个层面进行了全面的展现。该时期女性意识觉醒的特征,可以集中概括为对于平权的追求,这种核心的诉求,也推动了英美女性文学创作的发展。在该时期,英美女性文学经历了漫长的孕育和萌芽,持续进行了女性问题的探讨和分析,并从相对多元的视角,奠定了英美女性文学发展的基础。虽然该时期女性作家的整体表现水平还并未达到理想水准,但通过女性创作作品进行女性意识的有效传播,已经开始成为一种社会主流现象,并成功推动了社会平权运动的发展,女性的社会地位开始逐步提高。

进入到19世纪以后,英美地区的经济发展水平日益提高,政治生活也进入了新的发展阶段,女性在社会生活中的作用愈发突出。该时期女性表现出强烈的独立意识,希望能够从传统的男权社会中逃离出来,不再作为男性的附庸,而是以独立的身份进行社会化的生活和发展。该时期女性所关注的焦点,也不再是以取悦男性的行为思想或艺术为重心,而是更强调表现女性独立、坚强、勇敢的形象。

19—20世纪的英美女性文学创作,进入了高速发展的阶段,并迅速涌现出一大批优秀的作品,成为带动文学创作方向转变的主力军,以女性为主角的文学创作作品也愈发多样,充分描绘了女性独立意识觉醒期间,蓬勃向上的活力。在进入到19世纪中叶以后,女性的社会独立地位已经全面确立,特别是在英美地区,女性所承担的社会角色也发生了显著的转变,不再以传统的婚姻和家庭为主,而是更广泛地参与到社会、政治和经济事务中去,成为了相对独立的个体,对于男性的依附已经荡然无存。不过,受到传统社会观念的影响,该时期女性在表现个体独立的同时,更倾向于运用浪漫主义的手法,将女性对于独立的追求,演化为浪漫的发展过程,在一些作品中,男权社会的影响依然存在。

19世纪后期,女性意识觉醒的社会特征更为显著,女性在政治、经济和社会生活中的作用愈发突出。该时期女性不再追求浪漫的独立,而是开始用现实的眼光,审视当下的生活,并从现实角度出发对自身的诉求进行表达和传播。受到追求现实的女性意识影响,英美女性文学创作开始进入到发展的新阶段,并涌现出众多以现实主义手法表现女性生活和发展的作品。在此后的英美文学创作中,这种展现女性成长经历的作品越来越多,并从传统的家庭视角,切入到更为广阔的社会视角中。在该时期的英美女性文学作品中,对女性的职业发展问题、政治成长问题、教育权利问题、性别选择问题、婚姻选择问题以及生育问题等焦点社会问题,进行了集中的描写和刻画,从而真实还原了时代女性的发展形象与发展面貌,使女性意识的特征更为细化,也更为成熟。

在不同的历史发展时期,女性意识往往成为推动英美女性文学创作的核心动力源泉,并借由文学作品的提炼和升华,产生更为深刻的社会影响力,进一步促成女性意识的进步和发展。在不同历史阶段,女性文学作品也借由人物、故事或情节的创作,来对女性意识进行最深刻、最全面和最立体的解读。本书将从发展的视角切入,就女性意识对英美女性文学创作的影响问题进行剖析,以期进一步明晰女性意识的作用机制,为现代女性文学创作与发展提供更多的支持。

张迎春
2021年1月10日

目 录

第一章 绪 论 ··· 1
    第一节 女性意识的内涵及理论渊源 ······················ 1
    第二节 女性文学与女性意识 ································ 9
    第三节 研究英美文学中女性意识的理论价值及现实意义 ······ 13

第二章 女性意识的凸显：19 世纪前的英国女性文学研究 ········ 16
    第一节 英国女性小说第一人玛丽·罗思夫人的创作 ············ 16
    第二节 "不安分"的三女性的创作 ····························· 17
    第三节 范妮·伯尼的创作 ······································ 25
    第四节 萨拉·菲尔丁和其他女作家的创作 ····················· 28

第三章 女性意识的萌芽：19 世纪的英国女性文学研究 ············ 36
    第一节 女性文学的繁荣与女性意识的萌芽 ····················· 36
    第二节 勃朗特三姐妹的创作 ··································· 40
    第三节 伊丽莎白·巴萨特·勃朗宁与玛丽·雪莱的创作 ·········· 55
    第四节 乔治·艾略特和其他女作家的创作 ······················ 58

第四章 女性意识的表现：20 世纪上半叶的英国女性文学研究 ······ 64
    第一节 多萝西·理查逊的创作 ································· 64
    第二节 弗吉尼亚·伍尔芙的创作 ······························· 69
    第三节 阿加莎·克里斯蒂和伊迪斯·希特维尔的创作 ·········· 73
    第四节 凯瑟琳·曼斯菲尔德和其他女作家的创作 ··············· 78

第五章 女性意识的繁荣：20 世纪下半叶的英国女性文学研究 ······ 86
    第一节 卡罗尔·安·达菲的创作 ······························· 86
    第二节 多丽丝·莱辛和艾丽丝·默多克的创作 ·················· 89
    第三节 玛格丽特·德莱布尔和安·奎因的创作 ·················· 96
    第四节 安吉拉·卡特和其他女作家的创作 ····················· 101

第六章　女性意识的开端：19世纪前的美国女性文学研究 …… 106
　　第一节　17世纪的美国女性文学研究 …………………… 106
　　第二节　18世纪的美国女性文学研究 …………………… 117

第七章　女性意识的凸显：19世纪的美国女性文学研究 ……… 127
　　第一节　哈丽雅特·比彻·斯托的创作 ………………… 130
　　第二节　埃米莉·狄金森的创作 ………………………… 134
　　第三节　玛格丽特·富勒和其他女作家的创作 ………… 138

第八章　女性意识的发展：20世纪上半叶的美国女性文学研究 … 145
　　第一节　沟通中西文明的使者赛珍珠的创作 …………… 147
　　第二节　玛格丽特·米切尔的创作 ……………………… 150
　　第三节　伊丽莎白·毕肖普和薇拉·凯瑟的创作 ……… 153
　　第四节　凯瑟琳·安·波特和其他女作家的创作 ……… 158

第九章　女性意识的繁荣：20世纪下半叶的美国女性文学研究 … 162
　　第一节　安妮·塞克斯顿的创作 ………………………… 163
　　第二节　梅根·特里的创作 ……………………………… 165
　　第三节　弗兰纳里·奥康纳和乔伊斯·卡罗尔·欧茨的创作 … 166
　　第四节　厄休拉·勒古恩和其他女作家的创作 ………… 171

第十章　结　语 ……………………………………………… 178

参考文献 ……………………………………………………… 180

第一章 绪 论

女性意识就是性别意识,是对女性的角色、地位等问题的认识,是女性作为人的价值的体验,是"我们一代在觉醒的过程中一份特殊的经验"。女性意识存在于女性文学之中,并随着时代的发展而变化。英美女性文学写作的传统源远流长,其突出特点就体现在明确的女性意识上。

第一节 女性意识的内涵及理论渊源

一、女性意识内涵分析

不少女性文学作品都通过女性文学形象的塑造彰显了女性意识,即:女性作为主体在客观世界中的地位、作用和价值的自觉意识,它是激发女性追求独立自主、发挥主动性与创造性的内在动机。更具体地说:女性意识是指女性能够自觉意识并履行自己的历史使命、社会责任、人生义务,又清醒地知道自身的特点,并以独特的方式参与社会生活,肯定和实现自己的社会价值和人生需求。女性主体意识将"人"和"女人"统一起来,体现着包含性别又超越性别的价值追求。女性意识的内容随着历史发展和社会环境的变迁而不断地变化充实。当代社会转型期,女性主体意识较之以前任何时期自觉性更强,内涵更丰富。主要表现在权利意识、独立自主意识、可持续发展意识及性意识等方面。此外,女性的自我保护意识、健康保健意识以及对妇女解放运动的责任意识也进一步增强。

女性意识的确立和发展是个不断变化和丰富的过程,有关女性意识觉醒状况的衡量标准仍有待研究。有学者提出女性主体意识的觉醒和完善,主要表现在四个方面:认识到自己是社会的主体,具有人的共性,并按照人的需要自觉地构建自己的生活;认识到女性的自身特质,塑造与自身生理、心理相协调的真正的女性气质;能够认识并自觉地承担平衡女性各种角色;能够正确地认识男性并与男性和谐地发展。还有学者提出,女性主体意识的确立和发展大致经过三个阶段:自在自然阶段,自知自觉阶段和自强自为阶段。女性主体意识觉醒状况的衡量标准至少应包括性别意识,即女性要做到自尊、自信,而非自卑、自弱;能正确地评价两性关系,坚持"男女平等",而非"男尊女卑""男强女弱",也非"女性至上";作为"人"的自我价值的追求,如在成就、竞争、发展、性等方面的满足;女性群体意识的觉醒,即女性要从个体的自尊、自信、自立,最终走向女性群体的自强、自为。

二、女性意识的理论渊源

在《意识的起源和历史》(*The Origins and History of Consciousness*)一书中,我们追溯了使意识和自我为之形成的原型阶段的发展,由于这一占主导地位的、西方式发展的承载者,乃是有着自身典型价值观的男人,所以我们将这个自我称作"父权的"(patriarchal)。

对女性来说,虽然在父权方向上发展意识是必不可少的,不过,她们的发展道路却遵循着截然不同的轨迹。西方女性的正常发展及其神经症的心理前提,为我们试图在这里描绘的轮廓提供了实证基础。

对女性主义的文学理论问题的自觉探索始于弗吉尼亚·伍尔芙。她的观点被同样重要的女性主义思想家西蒙·德·波伏瓦吸收,更为20世纪六七十年代的各派女性主义批评所扬弃。但我们不应该忘记,伍尔芙的思想观念深受自由主义的影响。在后面探讨女性处境问题时,我们将会更深入具体地显示这种关联。实际上,在所有后来女性主义者的有关文学问题的阐述中,也都能看见玛丽·沃斯通克拉夫特的《女权辩护》(1792)、密尔(约翰·斯图尔特·穆勒)的《妇女的屈从地位 M1869)的深刻影响。无论是沃斯通克拉夫特还是密尔,在分析女性的处境呼唤女性权利时,文艺复兴初期的克里斯蒂娜·德·皮桑都给他们提供了例证以及某种思维方式。皮桑的《妇女城》,其思想观点也许不为后来的女性主义者所认同,作为最早的一部有意识地为女性说话、替女性说话的著作,它对父权制下污损女性的不实之词,通过典型实例进行了有力驳斥。

第一章 绪 论

这就是说,在女性主义文学发展的历史承续中,伍尔芙处于第一个转折性的关键位置。她的《一间自己的屋子》是最早全面系统地研究和讨论女性文学写作的著述。她还有许多涉及女性和文学、女性的职业和教育等问题的随笔、论文、演说,此后女性主义批评的诸多基本概念、所讨论的问题以及观点和原则,几乎都能从她的撰述中找到出处。此外,伍尔芙的思想和写作也提供了女性主义文学批评的一种思维方法,示范了一种女性批评文体。

(一)女性主义的文学史观

女性主义应该如何对待文学史,女性是否有自身的文学史,女性在文学史上的地位是怎样的,女性被书写的历史又是怎样的,这些都是女性主义理论批评极为关注的问题。不同文化、不同地域的女性文学书写的历史有所不同,美国女性主义批评家肖瓦尔特把女性的文学活动当作各种不同的"亚文化群"考察,发现它们都经历了三个阶段:首先一个较长的时期是模仿正统的流行模式,女作者们不自觉地向占统治地位的艺术标准靠拢,并使之内化为自我的一部分;然后部分女性发现了其中的问题,开始反对正统的文学标准及其价值,便进入到倡导和建立不同价值标准、要求自主权的时期;最后是真正的自我发现,从对敌对派的依赖中挣脱出来走向独立,是为取得自我身份认同的时期。

女性文学的历史是女性在被文学和历史所书写的过程中逐渐觉醒的历史,是用自己的书写抵制被书写命运的历史。如果说女性的文学创作未能达到男性作家的水准,那是由于客观条件和社会环境不允许或者不足以使女性发挥自己的才能,而不是因为女性缺乏文学才能。父权制的历史隐含着的专横逻辑之一,就是它先扼制住女性的才能,而后又以她们无能为理由来贬抑她们的创作。

正因为妇女的创造力和本能激情很难找到正常的出路,于是从历史材料中很难找到证明妇女的文学或者其他成就的证据。所以,表达女性的处境,为女性鸣不平、争取权利,是妇女文学创造的直接动因。在弗吉尼亚·伍尔芙之前,自由主义的女性主义者就表达过这一观点,之后也一再被重申。而从萨福到皮桑再到伍尔芙的妇女写作的历史,也证明了这一观点的正确性。

纵观女性文学书写的历史,有文学才能、有条件写作的女人,多写小说,虽然在古代,当诗歌和戏剧还是最主要的文学形态时,出现了杰出的女性诗人,但是大多数默默无闻的女性写叙述体的东西。既然妇女有压抑千年的愤怒和激情,那么她们为什么没有成为诗人?女性才能只限于小说吗?或者小说是于女人最相宜的体裁吗?弗吉尼亚·伍尔芙认为,这一现象依然是女性处境造成的。女性的生存环境、角色地位、责任义务决定了女性只能写小说。这个观点中自然包含这样一层意思:诗歌和戏剧是更高的艺术,女人的诗的天赋仍然被压抑着,而随着女性自觉和社会进步,伟大的女性诗人应在孕育和成长之中。

（二）女性主义的批评体系

建立女性主义的文学批评体系也是女性主义文学理论的重要任务,其中包括文学标准的探讨与重建,对男性中心的文学史和文学实践的批判,文学经典的重读,以及女性作家的发现等内容。

1. 质疑传统的文学标准

女性在历史上的沉默无声,以及女作者在文学史里没有地位,其主要原因是,女性的天然劣势处境和社会性的受控使她们的文学书写难以达到和男性作家相应的水平。此外,文学的标准也代表着男性中心的价值观念,不适合用来评价女性的文学。女性主义者认为,改变女性在文学史上沉默无声的状况,就要改革传统的文学标准。

女性主义批评首先从质疑现有文学标准开始。玛格丽特·阿特伍德从常见于报刊的当代文学评论中,归纳出以下几种典型的性别歧视的批评模式。

一是"评论指定"。妇女的作品一般由书刊专栏编辑指定人写评论,妇女作家的作品一般由女评论员写评论。"妇女的作品被指定给女评论家评论,表明妇女作品与那些将评论中的'女性'作品分成特殊一类的评论家遥相呼应。"也就是说,这种评论指定意味着预先使作品和批评类型化。

二是"奎勒·库奇症状"。奎勒·库奇是剑桥大学第一位英国文学教授,他解释文学创作中的"男""女"风格,男性风格是勇敢、有力、明晰、充满活力,女性风格是模糊、脆弱、敏感、柔和等。随着时间的推移,评论家们一直满足于沿用、套用这种思路,并没有认真考察女作家的创作实际。关于男女两性风格的词汇在各自的范围内与日俱增,女性风格、女性情感越来越成为流行套话。

三是家庭妇女问题。男性评论家习惯于注意女作家作品中有关家庭问题的描写,而忽视她也会描写、处理别的问题,女性作者比较容易被看成家庭妇女或者容易被认为像家庭妇女那样写作而遭贬低。此外,"男作家描写做饭洗碗之类的家务活是现实主义,而女作家要这样描写,则是一种女性的局限,是一大不幸。"

四是性别歧视赞语/否定。虽然是评论作家作品,但批评家及读者对女作家的玉照更感兴趣。

以上这些性别成见或刻板印象不仅存在于男性对女性文学的批评中,也经常成为女性文学研究者的一种无意识,问题的严重性就在这里。因而,女性主义文学理论和批评要强调文学标准的政治性,即,面对现有的文学评价体系,女性主体要追问,文学的标准是由谁制定,又是为谁而定的?当某些批评家觉得某些作品比其他作品更好、更真实、更重要的时候,这些批评家所处的位置、立场如何,他代表的读者是哪些人。强调政治性,不仅是为了容纳、承认更多的来自边缘和底层的作家作品,还是为了革除性别歧视成见和各种陈旧观念,特别是激励女性主义批评主体的不断反思:是否犯了自己所指责的错误。

我们以里奇的批评为例。当里奇把女性同性恋不仅当作一种性取向或者对生活方式的选择,还当作挑战统治秩序的手段,并视之为女性的一种组织原则时,具有很强的现实意义;但是她强调女性文学的性别政治意义的同时,却忽略了阶级或社会阶层的因素。而女性主义理论所强调的文学标准的政治性,应该包括性别的政治和阶级的政治。玛丽·伊格尔顿指出:"讨论19世纪女小说家时,许多作家的阶级地位只是附带地轻描淡写一番。研究女同性恋者的作品和有色人种妇女的作品的批评家也常常采取同样的态度,好像根本就没有阶级存在,好像性的倾向性和肤色才是应该考虑的因素。"与此对照的是美国批评家蒂利·奥尔森和英国的"马克思主义—女权主义文学团体"的批评,她们把强烈的阶级意识贯穿于批评活动中,并通过女性作品来理解阶级和性别问题。重视工人阶级的作品,并不意味着降低文学的标准,而是努力促成一种正义的观念和意识,将客观公正和机会均等与对社会的最少受惠者的弥补或关注结合起来。玛丽·伊格尔顿说:"一般人所谓的'天才总会脱颖而出','伟大'的作家将自发地、不可避免地表现他们的才华等,被证明为无稽之谈。女性主义者对男性中心论的怀疑是对马克思主义批评家关于文学传统中阶级歧视理论的发展。那些被批评主潮视为公正而客观的学术评价,如今在女权主义者看来,虽极富价值但在思想观念上值得怀疑。"①

标准可以被改变,但是不能被放弃。肖瓦尔特在《女性主义与文学》中说:"标准重构是批评话语和机构的权力的一方面,完全反对标准就是把标准重构权让给其他人","文学标准的建构不仅仅是个人权威的结果,而且还涉及'出版者、评论者、编辑、文学批评者和教师的'非共谋(non-conspiratorial)文化网络"②。因此,女性主义的文学标准应该既不割裂文学文本的自足形式与非文学的社会现实语境,又不脱离性别和文化来理解、阐释文学活动。不同的读者各有不同的处境和需求,他们对作品的好恶也自然各不相同,女性主义批评不能仅仅满足于指责学术研究和文学批评中的大男子主义和男性偏见。而要避免这两种情况:一是完全取消标准,变为相对主义;二是套用现有的标准而尽量扩充其受惠者的范围,这只是一种人道主义的伦理道德。女性主义理论家在对现有的标准提出质疑的同时,也对女性文学批评本身进行了反思,但是,女性主义理论主体并没有正面提出、确立女性主义的文学标准。这也是女性主义文学理论和批评的特征之一。女性主义(包括女性主义文学),只能从反面、以否定的方式来界定自身,即通过不断指认自身"不是什么"来理解"是什么"。

2. 界定女性文学

女性文学批评也时常出现偏颇的情形,这种偏颇表面上是对现有标准的否弃,事实上还是对它的依赖:"大众化标准的森严等级和传统批评中经常把作家划为'伟大''好'或'一般'的做法对女权主义文学批评家来说也被证明是不奏效的。出自急于树立女性作家的愿望或出于反对意见的敏感,女权主义者经常是过度补偿(overcompensated),'好'或'一般'是不存在的,所有女性作家都是'伟大'的,对女权主义出版公司来说,每一部重版书都是一本被遗忘了的'名著',并且保证它堪与《战争与和平》媲美……这类批评家要么说妇女还没有达到男性作家的水准,因为她们一直未被允许这样做,要么相反地宣称女性作家达到了

---

① [英]玛丽·伊格尔顿.女权主义文学理论[M].胡敏等译.长沙:湖南文艺出版社,1989:3.
② [美]伊莱恩·肖瓦尔特.女性主义与文学[M].桂林:广西师范大学出版社,2007:9.

男性作家的水准，但尚未得到应有的重视。两种观点皆把男性统治的传统作为女性创作的衡量标准。"①这种做法并没有改变现成文学标准，而是取消了标准，而代之以性别立场。并且，这种将女性作品等同于伟大作品的做法，也模糊了女性文学的含义，以至于将反女性主义的作品混同于女性文学。例如，许多畅销的所谓浪漫小说和色情文学即是典型的反女性主义文学，因为这两者都再次肯定、维护过去父权文化中女性的从属地位，也都是煽动欲望的：浪漫小说通过塑造那种女性形象——她们都有一种注定会带来美满姻缘的天真无邪的良善秉性——来煽动欲望，色情小说则通过"暴露"来煽动欲望，它塑造的女性形象只是吸引人的躯体，除了性感地侍奉男人之外没有能动性。许多女性主义批评家正确地指出，性欲不能与激情混为一谈，女性文学要发掘和表现的是激情，它具有潜在的颠覆力量和创造力量；而表现性欲的作品则总是落入男性霸权的陷阱。情色文学中的男女关系是男人占有女人的男权社会结构的同构，其中的情色幻想则是一种欲望的表演，都与女性主义的追求南辕北辙。

安·罗莎林德·琼斯在《描写躯体：对女权主义创作的理解》一文中说："无论有多大困难，妇女还是在创造写作的新类型。但是，正如艾里加里(即露丝·伊利格瑞)的博学多识和各种不同的话语表明(像西苏调皮的双关语和引用德语到葡萄牙语的各种拉丁语言，威蒂格异想天开的乱造生词和对传统体裁的改写)，她们是在用女权主义理论和文学自我意识考虑问题，远不是停留在躯体和潜意识上。阅读她们的作品时也应这样去理解。只有在完全熟悉西方文化中的男性傀儡之后，我们才能认识这些作家玩弄文本相间性的游戏；她们的作品表明，对文化的反抗总是首先建立在这种文化的零碎之物上，不管它们是如何支离破碎，受到怎样的批评和超越。对女性写作的反应与其说是一种本能，不如说是一种创造。如果我们把妇女作品看成是对社会文学现实的有意识的反映，而不是将它作为妇女与自身直接交流的一股激情加以接受，那么它就会更加受到作者和读者的欢迎。"②

开放性、多元化的特征，使得女性主义文学理论批评始终处于有分

---

① [英]玛丽·伊格尔顿.女权主义文学理论[M].胡敏等译.长沙：湖南文艺出版社，1989：6.
② [英]玛丽·伊格尔顿.女权主义文学理论[M].胡敏等译.长沙：湖南文艺出版社，1989：403.

歧、可争议的状态。所幸,女性主义理论批评从来不怕分歧、不避争议,而是期待着通过争议来超越争议。正如桑德拉·M.吉尔伯特、苏珊·格巴在分析两位女诗人的作品时说,"同陷入镜中的异化了的女性自我的冲突",这也可以作为女性主义理论主体的一种象征。她们看到女诗人利用镜子的隐喻来体现自我的分裂,让女性躯体和灵魂的不相调和、不稳定的形象出现在常规现实的另一面,使两人都得以正视在自我经验范围之内的非我。批评家以此为鉴照,呼吁女性主义主体反思:"许多美国和英国女权主义批评家所躲避、忽视或拒绝的正是这种令人疏忽的非我。但是正如我们已看到的,更具有浪漫主义倾向的法国和亲法国的批评家也许过分崇拜的也正是这种非我。"[1]

(三)女性美学

战后,女作家一方面惊恐于女权主义战斗精神竟然同男人的好战如此相像,另一方面受到有望从事纯粹女性艺术的激励,于是开始发展出一种歌颂新意识的小说。这种女性美学在感知理解和价值体系的意义上以及遣词造句方面贯彻了女权主义意识,在文学和语言层面上应用了女权主义思想。

参与过激的选举权运动中的女性因运动高峰时到来的战争而蒙受了集体的负罪意识,妇女社会政治联盟的成员把精力从选举权转向战争,女作家对战争的反应则是转向内心,但她们丢弃了个体叙述自我的种种要求。在自我暴力控制下的世界中女作家不希望与这样的自我沾边,于是这一代作家的小说看上去奇特地克己隐忍和非个性化,同时又是毫不遮掩并持之以恒地进行着女性化作品的创作。

有些女小说家和批评家感到,女性文学终于从文化上受制于男性传统的境遇中解放而进入到属于它的历史时刻。如詹姆斯·乔伊斯(James Joyce)和多萝西·理查森在进行某些相同的实验,弗吉尼亚·伍尔芙和D.H.劳伦斯有类似的性别两极化的视景。弗吉尼亚·伍尔芙对她所看到的1929年度的女性小说感到十分满意,在其《女人与小说》中谈到:"女人的书不是如男人的书那样写出来的,它有胆识,诚恳,贴近女人的感受。不刻意突出女性气质,不怨怒。"

---

[1] [美]拉尔夫·科恩.文学理论的未来[M].程锡麟等译.北京:中国社会科学出版社,1993:200.

（四）女性主义叙事学

叙事学诞生于 20 世纪 60 年代的法国，并且一开始就在西方文学文化批评中占有重要地位，并影响越来越大。叙事学改变了小说等于虚构的故事，故事等于由（口头或书面）语言讲述或记录的事件这一传统文学观念，对不同范畴的叙事、讲述、文本、故事、事件的不同含义和作用进行了梳理。叙事文本是故事在其中被讲述的具体情境世界。这一界定可以帮助我们理解这个事实：有各种不同的叙事文本，讲述的是同一个故事；故事是在叙事文本中被讲述的内容；在同一个文本中，也有对同一个故事的不同的讲述。

随着文艺批评理论的发展，叙事学关于故事的讲述和接受的主体的概念，也被女性主义叙事理论所接受和改造。女性主义批评为了女性主义的目的而利用叙事学所做的工作。

女性主义叙事学研究的对象主要是女性叙事文本，包括小说、诗歌、书信、随笔等，提出"女性叙事声音"理论，先假定文学史中有一种独特的女性之声，再去查实其独特性及其成因，为女性文学书写提供历史参照和现实策略。

第二节　女性文学与女性意识

一、女性文学的内涵与基本特征

（一）女性文学的内涵

当前，在西方文学中，女性文学成就显著，引起了人们的普遍关注。女性作家以其独特的视角与审美意识，表现了多种不同文化群落、不同文化背景下女性的生活、命运以及她们对人生、对世界的看法，并对以男性为中心的文化传统进行了强劲而有力的理性批判。

女性文学中的"女性"一词，并不仅仅简单地指生理学意义上的"女人"，它所强调的"性别意识"与"女性文化建构"是社会、文化以及心理等诸多因素相互影响而产生的结果。其中"性别意识"，精确说是"女性意识"是女性文学的核心。所谓女性意识是指"从反对传统的男性中心主义、争取男女平权运动开始,发展为用一种女性文化批判的立场和方法,通过文学创作来实现对以往的男权传统价值观的质疑和解构。"①

女性主义是一种文化,或者可以说是一种政治态度。它是女性从自身的性别角色角度出发,反对性别歧视、反对传统的男性中心主义、并争取男女平等的权利,从而树立起女性的独立、自尊与自强意识。赫伯特·马尔库塞指出:"夫权社会创造出女性形象,造就了已成为一种女性的反作用力;而这种女性形象、女性反作用力又成了夫权社会的掘墓人。也正是在这个意义上,妇女执掌着解放的命运。"②从这一角度来看,女性主义文学也可以被看作一股旨在改变这个社会结构的革命力量。

《当代美国文学导论》指出,所谓"女性主义文学"就是指"那些以亲身体会来描写妇女经历的女作家"的作品。根据这一定义可知,并不是所有女性作家的作品都可以被看作女性主义文学,因为这一定义强调"以亲身体会来描写妇女经历"。因此,区分某一作品是否为女性主义文学作品,关键还是要看作者描写某一段经历时,是以女性生活的亲身感受来描写,还是以传统的男性为中心的原则来描写。

女性文学是一种以女性为经验主体、思维主体、审美主体以及言说主体的文学,女作家基于性别主体意识,性别视角表现的关注女性命运和女性情感等的文学。甚至可以说女性文学是一种基于超性别意识和超性别视角表现的包括女性生命、情感等在内的、具有全人类普遍意义的文本。因此,女性文学不是封闭静止的,它是一个开放的、发展的系统。

综上所述,从广义上讲,女性文学"泛指女性作家创作的文学,但从严格意义上讲,则是指以改变男女不平等为宗旨、具有鲜明女性意识、表现女性真实自我,并从女性视角观察社会的文学"。③

(二)女性文学的基本特征

女性文学的基本特征主要包括以下几方面。

第一,批判男性中心主义文化传统,反对性别歧视,追求男女平等。

---

① 刘建军.20世纪四方文学(第2版)[M].北京:高等教育出版社,2007:270.
② [法]赫伯特·马尔库塞.审美之维[M].李小兵译.上海:三联书店,1992:149.
③ 王晓英.当代西方女性文学的发展[N].光明网,2005年8月8日.

第一章 绪 论

在传统的父权制的社会中,男性通过控制国家政权、社会经济、家庭生活等来掌握女性的命名,具有对女性的支配权。女性文学以文学形式对以男性为中心的文化传统进行批判,他们反对性别歧视,提倡男女平等,追求在政治、经济、家庭、文化、法律以及教育等方面与男性享有平等的权利。

第二,批判男权社会女性刻板形象,以文学的形式探讨女性意识,改变女性形象。女性文学通过对男性中心主义的传统文化进行反思,寻求建立一种男女平等,没有性别歧视的、多元化的、和谐发展的新文化的可能性。在此基础上,女性文学强调女性生活和男性生活的不同特性。因此,女性文学主题、文学模式与形象等方面往往会形成一个具有想象力的统一体。女性文学一方面对母亲这一形象进行重新思考,另一方面她们也在寻找并尝试着塑造新的女性文学形象,从而改变传统社会中女性的刻板形象。

第三,创立女性特有的、区别于男性中心主义传统模式的文学表达方式。女性作家对文学的题材、情节、形象以及语言等构成因素作了女性主义的理解与革新,进而创立了区别于男性中心主义传统模式的、女性所特有的、独立的文学表达方式。

第四,文学形式发展不平衡,优秀女性小说家众多,女诗人较少。纵观欧美女性文学发展史,在小说领域,女性取得了极大的成就,优秀的小说家不胜枚举,但是在诗歌领域,女性却没有很高的建树,女诗人也很少。产生这一不平衡现象的原因主要有这样几方面。从文学题材上说,小说被认为是可以表现妇女真实体验的最恰当的文学形式。女性文学,尤其是早期的女性文学,主要就是为了反映女性的现实生活状况,而小说恰恰能够比较细腻地反映这一状况。另外,以冒险和爱情为中心内容的浪漫小说等可以使女性在阅读时暂时摆脱掉日常生活的困境,进入一个想象的空间。同时,从这类小说的创作来说,它给现实中面临着重重困难与无数束缚的女作家以相对宽阔的创作空间。此外,比起小说,与写诗相比,写小说更容易赚钱谋生。这些因素共同导致了女性文学中小说与诗歌发展不平衡的现象出现。

第五,爱情和婚姻问题是女性文学探索的重要主题。爱情和婚姻不仅是女作家一直以来不断探索的主题,在任何时代,它们都是人类生存面临的基本问题。由于女性在社会生活中扮演者妻子和母亲的角色,也就注定了她们与爱情、婚姻以及家庭的关系更为密切。爱情和婚姻无疑也就成了女性作家创作的主要成分与母题。

二、女性文学与女性意识

文学以一种严肃理性的方式思考女性的历史和文化存在,不少作家用一种颠覆性的感知世界的方法,对习以为常的"男性文化"进行了质疑,并寄托了作家们对女性地位的倾心思虑,对女性的生存给予了人文主义的期待与关怀,不少经典之作通过各具风采的女性文学形象塑造,展示了女性的理想追逐和破灭以及她们的梦想与世俗的冲撞,女性的自我觉醒与自我想象在文学中得到张扬,从而表达出一种历史与哲学的力度与深度。尤其是20世纪的西方,女性的权益增强,得到了更多的工作机会,思想上女权运动蓬勃发展,开始对父权制思想文化本身提出质疑。女性作品的主题也随之不断地广泛化,不再局限于所谓女性特有的领域——家庭与情感,而是辐射到社会的各个层面,使女性文学视野更加开阔,范围更加广泛,风格更加多样,艺术更加完善。美国著名女作家薇拉·凯瑟的《啊,拓荒者》塑造了令人难忘的荒原女性拓荒者的形象;伍尔芙的《一间自己的屋子》更是在某种程度上为女性找寻自我指明了方向。这一时期的女性文学形象与作品,更加凸显了女性文学的特征:以女性为描述主体,关注女性的思想和情感,注重对女性内心世界的发掘,并从女性自身的体验及其价值观等诸方面去塑造新的女性形象。女性文学创作主题经历了政治诉求阶段、女性经验和人格独立阶段、超二元对立和多群族化阶段的发展与推进,在小说的创作手法上也不断进行创新探索。多萝西·理查森的系列心理小说融入了意识流的写法;梅·辛克莱尔运用了弗洛伊德的心理分析方法,特鲁德·斯泰因则因其"先锋意识"在女性文学史上占有重要地位。20世纪文学创作中,女性意识与男权文化的冲突成为女性文学的重要题材,许多作家都描写了这种冲突及女性的失败;21世纪的女性文学更加重视女性经验的描写,不少作家将自己的情感体验,甚至对性的渴望与诉求都写进了自己的作品,许多女性文学形象成为作者的代言人,她们不仅挑战了男权社会的话语霸权,而且向主流文化喊出了自己的声音。

第三节 研究英美文学中女性意识的理论价值及现实意义

女性主义与女性书写、女性自我认同与性别叙事、女性主义叙事与审美主体性、女性文学中的女性意识、现代女性文学中的乡土想象、女性主义审丑与乡村女性美的变异、现当代女性文学中的母亲形象书写。自古以来关于女性的话题不断，多以性别偏见来审视女性。直到文艺复兴时期，随着时代的进步以及生产力的发展，女性意识才逐渐从英美文学中凸显出来。英美文学中的女性意识象征着性别歧视的弱化，女性的崛起，为当前社会男女平等发展做出了重要的贡献。主要以英美文学中女性意识的出现、发展以及实际体现作为研究内容，以便更深入地将其融入实践中。

一、英美文学中的女性文学

英美文学中的女性意识主要体现在女性文学中。女性文学与英美文学从严格意义上来讲是两个不同的概念，具有不同的界定，但两者之间又有不可分割的关系。英美文学是一个十分广义的概念，只要是属于英美地区的文学作品都可以被宽泛地称为英美文学，主要展示的是当地人们的生活习俗、社会现状等。英美文学具有久远的历史，在文学史上占据了一定的地位，其独有的浓烈情怀推动了文学的发展。

女性文学是完全可以自成一派的文学，其主要是从女性角度出发，充分考虑女性的内心思想，理解女性的"三观"，借助女性细腻的情感，展示女性跌宕起伏的命运，警醒社会中处于弱势的女性，号召女性积极争取女权的文学形式。

女性文学与英美文学又是不可分割的，女性文学开始于英美文学，从英美文学中发展而来。虽然英美文学历史久远，但是女性文学一直处于不温不火的状态，其真正受到人们的关注与欣赏源于文艺复兴时期女性文学的出现。女性文学迄今为止一直是各个国家文学研究关注的文学类型，也一直被众多读者关注。

二、英美文学中女性意识的发展

英美文学中的女性意识并不是一蹴而就的,而是经过了漫长的、曲折的发展历程,分别经历了启蒙、发展以及逐渐成熟三个时期,在发展期间出现了无数著名的作家和闻名于世的作品。

从文艺复兴时期到18世纪末期间,资产阶级经历了第一次工业革命,在经济上有了前所未有的飞跃。有了经济作为基础,人们的思想观念也开始逐渐发生改变,不再局限于传统的思维,而是萌发了女性与男性之间权利争夺的思潮。越来越多的女性开始意识到自己地位的不平等,要求平权。

这种思潮的出现促使英美文学中出现了一批女性文学作品。这些作品主要是以诉求男女平等、号召女性勇于抒发自己的心声为中心思想,抨击社会中的不公平现象。这个时期的女性作家以玛丽·沃斯通克拉夫特和玛丽·雪莱为代表,她们的代表作分别是《为女权辩护》和《弗兰肯斯坦》。

虽然追求平权运动在当时引起了很大的轰动,但是这个时期还处在启蒙阶段,文学作品中体现的女性意识还比较浅显,仅仅停留在追求男女平等上。当然这在当时已经是女性意识最深刻的体现,女性能够勇敢地向社会发声,挑战男权社会,已经是伟大的进步。

有了启蒙时期的铺垫,19世纪发展时期出现了女性文学的第一次繁荣。女性意识已经从单纯的平权意识发展到了更深层次,女性开始追求人权,追求女性解放。不仅如此,由于随着生产力的发展,工业化越来越严重,很多女性开始厌倦这种生活,她们更喜欢自然中的生活,希望能够回归自然,能够得到心灵的慰藉。由此,这时期出现了生态女性主义。

伴随着越来越多的女性的追求,女性文学作家和作品如雨后春笋般发展起来,最具代表性的作品当属艾米莉·勃朗特的《呼啸山庄》、夏洛蒂·勃朗特的《简·爱》以及乔治·艾略特的《亚当·比德》。这三部作品在19世纪被称为"三杰",它们主要通过女性身上发生的悲惨爱情、坎坷人生来塑造不屈、坚强、独立、勇于反抗的女性意识。用人物描写和故事叙述的形式唤起社会中的女性意识,进行女性解放运动。虽然这个时期的女性有了自主、自强的意识,但是依然困守家中,没有经济来源,没有自己的事业,在很大程度上需要依靠男人,想要彻底摆脱男权社会有很大难度。

　　从 20 世纪发展到现在,女性意识完全不一样了,女性不仅有了自强自立的意识,更有了实现独立自主的能力。她们不再只能是家庭主妇,而可以是活跃在各个工作职位上的职场女性。当然,有了新的经济基础,自然会有更深层次的女性意识,它完全从个人浪漫主义情怀中脱离出来,上升到了国家主义情怀。女性文学又向更深层次挖掘女性意识,即政治问题和自我价值实现问题。这一时期的文学代表作以玛格丽特·米切尔的《乱世佳人》和多丽丝·莱辛的《金色笔记》为主。这两部作品的故事内容的共同特点是不再仅仅描述发生在女性自身上的事件,而是将女性与当时的社会、时代以及家园结合在一起。英美文学中的女性将抛弃传统思想——女性就是弱者,将女生归纳到社会主体中,同男性一样能够心系国家,为社会做贡献。

　　女性意识在英美文学中都有十分明显的体现,它们均是以故事描述、人物描写的形式来展示的,以此体现出女性在男权社会中受到不公平对待后激发出的不屈服、自强自立的女性意识。

第二章 女性意识的凸显：19世纪前的英国女性文学研究

19世纪以前，英国的文学领域仍以男性作家的创作为主，但女性文学已经萌芽并缓慢发展。女性作家以其独特的视角与审美意识，表现了女性在不同文化群落、不同文化背景下的生活境遇以及她们对人生、对世界的看法，并对以男性为中心的文化传统进行了有力的理性批判。

第一节 英国女性小说第一人玛丽·罗思夫人的创作

玛丽·罗思夫人（Lady Marry Wroath，1587—1651年？）出身贵族，家境优渥，自幼便接受了很好的教育，她从小在一个文化氛围浓厚的家庭长大，她的伯父是菲利普锡德尼爵士，是一位小有名气的诗人，创作了《阿卡迪亚》，她的姑母是被人们称为"文学贵妇"的玛丽·锡德尼。成年后，罗思夫人嫁给了罗伯特·罗思，十年后，她的丈夫去世，不仅给罗思夫人留下了巨额的债务，而且也给她带来了巨大灾难。按照当时英国的法律，女人根本没有财产，女人的生活完全依赖丈夫，如果丈夫去世后给她留下了一定的财产，那么她的生活可能没有那么艰难；如果留下了债务，妻子则必须偿还这些债务。另外，这个时期的女性一般来说没有职业，更找不到好的工作。再加上，当时的英国还是很封建、保守的，人们对于女性写作抱着一种蔑视的态度，在大多数人看来，生活在社会底层的少数女性因生活所迫而不得已出卖肉体，被称作妓女；而女作家写书出售，是出卖思想，和妓女没什么两样。然而为了谋取生计，罗思夫人没有其他的方法，只能靠写作来维持生活。

在决定创作之后，罗思夫人接下来思考的问题便是写什么，这对于满腹经纶的罗思夫人来说并不是一个简单的问题，当时的社会也没有什么市场调查之类的事情,因此罗思夫人只能以她年少时所接受的诗歌和戏剧为基础,创作了一些自己曾经了解过的"田园罗曼史"和宫廷爱情故事。她的这些作品大都远离了低层社会群众的世俗生活,作品中的人物多是帝王将相、历史传说中的英雄人物以及不食人间烟火、徜徉于湖光山色的少男少女的爱情故事。例如,《尤拉妮娅》这部作品,这部小说是罗思夫人对其伯父菲利普·锡德尼的《阿卡迪亚》的一个改写,小说以《阿卡迪亚》中不起眼的牧羊女尤拉妮娅为线索,在《阿卡迪亚》原有的故事情节上增添了不少次要情节和故事。就内容上说来说,这部小说没有什么新奇之处,但在写作手法上有几点需要注意:第一,小说中的人物和事件的描写十分接近现实生活,这使得许多读者纷纷猜测故事中所指究竟是何人何事;第二,小说中首次运用了现实主义的对话形式,这也是《阿卡迪亚》所没有的;第三,小说以散文体的形式写成,这使得小说呈现出一种诗化的美感。以上几点使《尤拉妮娅》从故事演化成了小说,从本质上区别于《阿卡迪亚》,也使罗思夫人成为英国小说的第一人和英国小说之母。

《尤拉妮娅》出版后并没有如罗思夫人预期那样得到丰厚的回报,她为了躲避债主,只好请求国王给自己一年的庇护。另外,由于小说影射了当时的一些达官贵人,因此小说又遭到了猛烈攻击,虽然罗思夫人早就知道女性出书会遇到很大阻力,因而特意在小说的前面印出她的父亲莱斯特伯爵、伯父菲利普·锡德尼爵士和古墓彭布罗克伯爵夫人以壮声势,但这些却始终不能为其保驾护航,罗思夫人不得不在小说六个月内将刚出版后的小说一一收回。由此可见,当时的社会对女性写作,尤其是出版作品还难以接受,女性作家的处境也十分艰难。

第二节 "不安分"的三女性的创作

从 17 世纪末到 18 世纪初,由于阿弗拉·贝恩(Aphra Behn,1640—1689 年)、德拉里维尔·曼利(Delarivier Manley,1663—1724 年)、伊莉莎·海伍德(Eliza Haywood,1693—1756 年)的努力开拓,英国小说由最初的模仿流浪汉传奇到反映本国人民的生活,由描写宫廷贵族到描写中产阶级和普通民众的生活,英国小说在这三位女性手中变成了一种全新的、成熟的文学类型。人们之所以把她们捆绑在一起,是因为她们都以色情小说而闻名于世,也因此被看作是不道德的女性作家。1732年,她们首次被称为"美丽三女性"(the fair triumvirate),这一称号一直沿用至今,珍妮特·托德称她们为"不安分的三女性"(the naughty triumvirate)。

一、阿弗拉·贝恩的创作

阿弗拉·贝恩出生于英国,后随家人前往英国殖民地苏里南,成年后返回英国,嫁给了一位荷兰裔的伦敦商人,过着衣食无忧的生活。不料婚后不到两年,丈夫离世,她的生活也从此陷入窘境,后为偿还债务,贝恩开始写作。她最初创作的方向主要集中在戏剧方面,后转入小说创作。阿弗拉·贝恩毫无疑问是英国文学史上第一位职业女作家,贝恩的创作涉及面甚广,小说、戏剧、诗歌无所不能;与她们不同的是,贝恩不是贵族,她从事写作是为生活所迫。

贝恩最初的创作成就是在戏剧方面,这和当时的时代背景有着紧密的关系。克伦威尔执政期间,对人民的生活方式严加控制,关闭剧院,禁绝娱乐,宗教的气氛过于浓厚,再加上苛捐杂税又极为繁重,人民的生活尤为艰难,因此1660年的王政复辟在一定的程度上受到了民众的欢迎。关闭了18年之久的戏院重新开放,政治氛围极其宽松。复辟期间的社会不重视道德的追寻而重视才智与快乐,朝廷再次成为社交的中心,而国王又自然成为朝廷的中心。结果,戏剧迎合朝廷及城中时髦人物的口味,剧本讽刺所有中产阶级的道德,尤其是婚姻。剧作家讥笑乡绅、伦敦商人及忠实的丈夫。世风如此,为生活所迫而拿起笔杆子的贝恩自然不能免俗。

戏剧创作给她的收入提供了保障,但同时也招来了批评与攻击。这些批评不只是针对她对色情的大胆描写,更主要的是因为她成为女性职业作家还不能为以男性为中心的社会所接受。写作原本是男人的事,女人不该参与,尤其不该写色情剧本,因此人们攻击她"极不淑女"(unlady like)。面对攻击,贝恩总是奋起反击,她在为戏剧所写的前言中不断为女性作家的权利而辩护,认为女人和男人一样有权描写色情内容,她也从不掩饰自己作为女性戏剧家的身份。

复辟时期的社会风气比较轻松和宽容,人们希望尽情地享受生活的

第二章 女性意识的凸显:19世纪前的英国女性文学研究

乐趣,以弥补先前清教政府严厉统治时期的缺憾。重新开放的戏院急需大量的新剧本以满足观众的需求,同时女演员也开始出现在戏剧舞台上,其实当时有许多公子哥们正是冲着好看的女演员而去看戏的。这在文艺复兴时期的舞台上是不可能的事,当时剧中的女性角色都是由小男孩或是极像女性的男演员去扮演。莎士比亚就因为没有女演员扮演纯情的奥菲利亚和苔丝狄蒙娜而深感遗憾。既然当时可以接受女演员上台演出,女人写剧本也就同样作为新鲜事而被接受。这是贝恩之所以能够成功地进行戏剧创作的重要的客观条件。

贝恩的戏剧大多为喜剧,主要关于爱情纠葛以及因金钱而结婚的苦恼。《包办婚姻》(1670年)和《假情妇》(1679年)等喜剧注重人物间的诙谐取笑和打情骂俏,却很少有严肃的主题或深刻的思想,这自然与当时的风气相吻合。她的政治戏剧明显地表现了她拥护查理二世王朝的倾向。喧闹的喜剧《圆头党人》(1681年)就显示出贝恩对清教及其政治盟友的敌意,而以罗彻斯特伯爵为原型的《漂泊者》则流露出对流浪保王党人的同情和迷恋。1682年,贝恩因在剧中借演员之口讽刺查理二世的私生子蒙默思公爵而被捕入狱,从而结束了她的戏剧创作。数年后贝恩复出文坛,这时戏剧已不景气,遂转向小说创作。

贝恩的第一部小说是《一位贵族和小姨子的情书》(1684年),小说模仿了当时风靡全欧洲的法国浪漫小说《葡萄牙人情书》(*Lettres Portugaises*,1699年),该小说于1678年翻译成英文《一个尼姑写给保王党的五封情书》(*Five Love Letters from a Nuntoa Cavalier*)。贝恩的小说虽说是虚构作品,但却与当时的真人真事相关联。小说的三个部分是不可分割的整体,第一部分用书信体写成,第三部分采用第三人称叙述,第二部分则综合了这两种手法,而叙述手段始终贯穿小说的全部。这部小说是英国第一部书信体小说。戴认为《一位贵族和小姨子的情书》是"采用《葡萄牙人情书》手法所写成的第一部英语原创小说",而第一部分则是"全然用书信体形式写成的第一部原创英语小说",戴还认为,"就早期而言,这确实是了不起的书信叙事技巧。"托德也赞同小说的第一部分是"用书信形式写成的令人惊喜的成就"。《一位贵族和小姨子的情书》还有文体学上的意义,弗拉德尼克提出:"据我所知,贝恩是第一位运用自由间接话语来表现意识的英语作家,"并认为"将意识小说引入英国文学的应归功于贝恩"。《情书》出版时,以书信体小说而闻名于世的塞缪尔·理查逊尚未出生。书信体小说原本就应该出自女人之手,出自女性作家之手是清新自然,是真情的流淌,可与读者的心灵进行直接的沟通和交流;若要是出自男人之手就免不了要矫情做作,读起来连呼吸也不那么顺畅,心情也不那么舒坦,总觉着字里行间藏有奸诈。正如巴拉斯特所说:"出于女性作者之手在这里就意味着自然,出于男性作者之手却意味着狡诈。"

贝恩最重要的小说是《奥龙诺科》。小说主人公奥龙诺科原是西非科拉曼丁(Coramantien)国的王子,即王位的继承人,他是国王的孙子。奥龙诺科与一将军之女伊曼达相恋,国王发现此事后十分恼怒,因为老国王也爱上了此女。伊曼达安慰奥龙诺科王子,说她可以把国王搞定,因为老国王妻妾成群,且已100多岁。却不料老国王极为阴险,将她卖至国外为奴,而王子以为心上人已被老国王害死,伤心了很长一段时间。后来,奥龙诺科被一英国船长欺骗,也被拐卖到苏里南为奴,王子就这样变成了奴隶,这就是王奴名称的由来。万万没有想到的是,他在苏里南意外遇见伊曼达,真是惊喜交加,感慨万千,两人终于结成夫妻。由于王奴气质高贵,身份与其他的奴隶不同,因此他的新主人对他礼遇有加,特意给他们安排了单独的住处。不久伊曼达怀孕,由于害怕和不甘心自己的子女也沦为奴隶,奥龙诺科鼓动众奴隶逃脱此悲惨境遇,结果被追击,后又听信白人的劝诱而归降,但却蒙受了当众被鞭笞的羞辱。奥龙诺科寻求机会找到了妻子,明言要将她杀死,以免日后遭受凌辱,伊曼达欣然受死,可是将妻子杀死后,他却因极度悲哀和内心的落空而失去复仇的行动能力,最后被殖民者擒获,惨遭毒刑折磨而死。

《奥龙诺科》虽然继承了英雄传奇的故事传统,但是贝恩却首先以非洲黑人为小说的主人公。主人公出身高贵,富有教养,熟悉西方文化,崇拜英国斯图亚特王朝的君主专制,作战英勇,诚实可信,看重荣誉和自由。这样的人物即便和欧洲史诗中的英雄人物相比也毫不逊色。小说的另一特点是写实主义的运用。贝恩在小说的开端强调,她所写的故事是自己的真实经历,或亲眼所见,或亲耳所闻。小说的前半段是纯粹的罗曼司,那是奥龙诺科亲口对叙述者所说的,而奥龙诺科是诚实可信的。后半段的故事发生在苏里南,"大部分是我亲眼所见"。因此这本小说不仅是写实的,还带有自传的性质。

贝恩在小说中将英国的基督教文明与南美洲西印度群岛的苏里南原始文化和非洲文化相比较。在英国殖民者入侵以前,苏里南是天堂净土,淳朴的印第安人与自然和谐相处,他们不穿任何衣物,没有羞耻的

第二章 女性意识的凸显：19 世纪前的英国女性文学研究

意识，与外来的英国殖民者倒也相安无事。随着奴隶制度的引入，英国殖民者贪婪虚伪的本性也逐渐暴露出来。身为王子的奥龙诺科与其他的奴隶自然不同，他英勇无畏，说话诚实，看重荣誉。他皮肤漆黑可爱，绝不是锈黄色；鼻子高高隆起，就像古罗马人一样，而不是非洲黑人的扁平鼻子；他的嘴唇也很好看，全不像其他黑人朝外翻起的大嘴巴。贝恩描写的奥龙诺科成为受人敬仰和喜爱的黑人英雄人物，18 世纪和 19 世纪英国文学中不断出现的"高贵的野蛮人"（the Noble Savage）这一概念，可以说是源于贝恩的这部小说。沃尔特-艾伦高度评价了《奥龙诺科》的原创性，认为"高贵的野蛮人"要比让-雅克·卢梭（Jean-Jacques Rousseau，1712—1778 年）所说的"自然的人"（the natural man）早 70 年，同时它也是反帝国主义、反殖民主义文学的先驱，虽然他也怀疑贝恩是否去过苏里南。

除了《奥龙诺科》和《一位贵族和小姨子的情书》外，贝恩还写有《美丽的薄情女郎》（The Fair Jilt，1688 年）等十多部小说。在创作戏剧和小说之外，贝恩还写有一定数量的诗歌，诗歌的主题是爱情，内容多为色情，但均优美可诵，很受读者欢迎，贝恩由此成为可与"奥林达"相媲美的女诗人。她的诗歌还因忠实地记录了各种重要宫廷事件而闻名。[①] 由于对英国文学，尤其是对小说艺术的贡献，贝恩死后葬于西敏寺之东廊。对贝恩作为女性作家的贡献和成就，伍尔夫有着十分经典的论述："所有的妇女都应当一起把花撒在阿弗拉·贝恩的墓上，因为是她替她们赢得写出她们思想的权利。"[②] 贝恩的贡献不仅仅是作为女性作家的创作，她在小说《奥龙诺科》中的现实主义手法直接影响了丹尼尔·笛福、塞缪尔·理查逊以及亨利·菲尔丁等 18 世纪小说家的创作走向，为英国小说的形成和发展立了首功。

二、德拉里维尔·曼利的创作

德拉里维尔·曼利（Delarivier Manley，1663—1724 年）是英国文坛的一位颇受争议的女性作家。曼利的文学创作活动从时间上来说已

---

① 安德鲁·桑德斯.牛津简明英国文学史[M].高万隆等译.北京：人民文学出版社，2000：396.
② 弗吉尼亚·伍尔夫.一间自己的屋子[M].王还译.北京：三联书店出版社，1989：81.

属于18世纪,由于人们习惯上将曼利和贝恩以及稍后的伊丽莎·海伍德作为整体来看待,我们不妨也仍循其旧。从文学史的角度来看,17世纪末和18世纪初原本紧密相关,用现今话来说是跨世纪文学现象,不必强行将其分开。

虽说贝恩对曼利有很大的影响,她们小说的内容也有相似之处,但她们却有本质上的差别。贝恩总是尽量置身小说内容之外,作为一名冷静的旁观者,向读者叙述别人的故事;曼利则全然不同,她不仅把自己放进小说,而且还成为故事中的女主角。贝恩努力向社会说明,她的创作与她本人的生活全无共同相关之处;曼利则坦然明言,她书中所写就是生活本身,她还生怕读者持有疑心。贝恩扩展了女性作家创作题材的内容和范围,曼利则声称爱情是女性作家进行创作的唯一主题。

曼利对于小说的贡献在于她十分注意对日常生活的细节描写,她严厉批评"大多数的作者"和"罗曼司"。这在小说形成的初期有着非同寻常的意义,为以后的作家提供了很好的榜样。她所创作的《扎拉女王的秘史》和《新大西岛》是"真人真事小说",它们强调人物和事件的真实性,把叙事散文中的罗曼司和生活实际更为紧密地结合在一起,极大地推动了小说从虚构走向模拟真实生活的进程。其中《扎拉女王的秘史》将矛头直指辉格党党魁马尔博罗公爵和公爵夫人。小说以揭露公爵夫人的性丑闻细节而令人大跌眼镜,然而曼利所写均有所据,绝非空穴来风,公爵夫人甚至在写给女王安的信中承认曼利所写虽令人不快却基本属实。小说发表后引起轰动,人人争相阅读。《新大西岛》依然将矛头指向当政的辉格党,揭露其内幕丑闻,使其失去民心,终于导致其下台,由托利党接管政府。托利党当曼利视为自认,但她也因此遭到起诉,被关进了监狱,好在一周后即获得释放。

凭借《新大西岛》成名后,当时的出版商埃德蒙德·克尔看准了商机,委托查尔斯·吉尔登写一本曼利的传记。曼利得知这则消息后,因为担心自己的小说揭露了很多人的丑闻,并会因此得罪许多人,而吉尔登的传记可能会抓住自己私生活的把柄大肆抹黑自己,于是她找到了克尔,声称会委托查尔斯·拉弗莫尔爵士为自己写一部更好的传记,条件是不能让吉尔登写的传记问世。克尔同意后,她便自己创作了一部自传交给克尔。此外,为了更进一步向读者展示自己,曼利还创作了一部自传体小说《里维拉历险记》,但要想通过这部小说来了解曼利也很不容易,因为小说中的事实与虚构紧密交织在一起,令人难辨真假。然而作

第二章　女性意识的凸显：19 世纪前的英国女性文学研究

为一部传记小说，这部作品又是一本诚实的传记，因为作者"没有淡化自己的缺点，也没有对朋友的慷慨大方和忠诚义气作过分的渲染"。

她早期的另一部作品《坐公共马车去埃克塞特》(*A Stage-Coach Journey to Exeter*, 1696/1725 年)用书信体讲述了她在七天旅程中所见到的各色人物和所听到的种种逸事，这部作品不仅继承了欧洲游记小说的传统，也为书信体小说的发展做出了贡献。

除了小说，曼利还写有为数不多的剧本并被搬上了舞台，另外还有一些诗歌创作。但是，她的政治讽刺文章写得十分出色，很值得大书一笔。在她所处的时代，男作家可以写讽刺文章，写得好的被尊称为讽刺作家；女作家即使写出十分出色的讽刺文章，那也只能算是闲聊漫笔，或是揭露丑闻的随笔，以男性为中心的社会是不愿意把讽刺作家的称号封给女性作家的。对于这种性别歧视曼利有着深刻的认识，她在《里维拉历险记》里借拉弗莫尔之口说："她身上的美德是她自己的，她的缺点是发生在她身上的不幸造成的，我常听她说，她要是男人的话，就一点缺点也没有。"曼利的声明可以看作是所有女性作家的心声，如果曼利是男人，她的命运会截然不同，她会在文学史上留下很深的印迹，而不是遭人遗忘。

对曼利的作品，盛赞者有之，诋毁者更是不少。在她死后不过数十年，诋毁者占了上风，说她的作品煽动色情，有伤风化，为世人不容。再往后她就渐渐被人遗忘，直到近期才重新引起人们的关注和重视。

三、伊莉莎·海伍德的创作

伊莉莎·海伍德(Eliza Haywood, 1693—1756 年)的早年生活不明。据她自己讲，她的婚姻不幸。她曾做过女演员，后转行成为职业作家。海伍德不仅作品丰富，创作活动时间也很长，几乎近 40 年之久。她的作品涉及各种体裁，如小说、戏剧、诗歌，她还亲自演出。此外，她还创办刊物《妇女旁观者》，成为英国第一份专门的女性杂志，与约瑟夫·艾迪生(Joseph Addison, 1672—1719 年)和理查德·斯梯尔爵士合办的《旁观者》相对应。她的小说对 18 世纪英国小说的兴起和发展产生了巨大而又直接的影响，但是和曼利一样，她在英国文学史中，甚至英国小说史中也鲜有人提及。沃尔特·艾伦的《英国小说》对曼利和海伍德只字未提，伊恩·瓦特的《小说的兴起》虽略有提及，但同样是忽视了她们的创作及其贡献。

　　1719年,海伍德的《过度的爱》出版后,立刻受到读者的欢迎和喜爱,紧接着她又写了第二卷、第三卷,后来流行于18世纪的三卷为一套的小说就是从《过度的爱》开始的。小说讲述了英俊威武的德埃尔蒙伯爵与富家少女艾罗伊莎、小家碧玉阿敏娜以及被保护人梅里奥拉之间的错综复杂的多角恋爱故事。这部以爱情为主题的小说免不了渲染夸张的情爱场面和过度的色情描写,这是继承了复辟时期戏剧的主要内容和特点,同时也借鉴了法国罗曼司。故事发生的地点也就不单是英国,还有法国和意大利,这种异国情调更给小说增添了浪漫趣味。小说果然成功,"轰动一时,一连出了好几版,甚至与《鲁滨孙漂流记》以及《格列佛游记》一道跻身于理查逊之前三部最畅销书之列"。

　　但是,海伍德却受到了有史以来最为猛烈、尖刻的批评和人身攻击,攻击者全都是当时赫赫有名的文坛主将,而尤以亚历山大·蒲柏(Alexander Pope,1688—1744年)为甚,可以说是群起而攻之。蒲柏则在其著名的《群愚史诗》(1728年)中对海伍德大加挞伐,说她是"不知羞耻的涂鸦者用满是诽谤的回忆录和小说揭开男女两性的缺点和不幸,不是损毁人们的社会声誉就是扰乱私人的幸福"。不仅如此,他还把海伍德比作"大块头的女神朱诺,身边牵着两个私生子"。蒲柏对海伍德的攻击,由于其巨大的声望和影响,他的批评也就成为对海伍德的定论,一直影响至今。

　　身为男性的蒲柏等人却一点也不温和,他们对海伍德也不只是"真诚地感到困惑与惊讶",而是深感震惊和怒不可遏,随之迎头痛击,甚至是群起而攻之。他们的攻击确实有效,海伍德被迫沉默了几年,而再度复出后,写作路数也已彻底改变,走上了与理查逊和菲尔丁相同的道路。这似乎给人们这么一种印象,即蒲柏的批评是正确的,海伍德是迷途知返,浪子回头,这样海伍德的前期小说就自然而然地被全部否定。

　　海伍德在遭受了蒲柏的严厉攻击后并没有给予回应和反击,这或说许是出于实际考虑。作为女人来说,拿自己的私生活和名誉来和别人争辩无疑只会给自己招致更多的难堪,最明智的办法就是保持沉默。

　　沉默但并不消沉,海伍德一直没有停止文学创作的探寻之路,她写剧本,办刊物,甚至上台演戏,直到1751年再次推出小说《白希·少了思》,重新找回喜爱她的读者群。这就是海伍德,善于审时度势,不断地进行文学创作和探索,适应社会发展,满足读者的要求。她的风格和写

第二章　女性意识的凸显：19世纪前的英国女性文学研究

作体裁不断变化，从不墨守成规。《白希·少了思》与早期的《过度的爱》全然不同，由女子公开大胆追求爱情转变为对女子的道德说教，从而加入到理查逊、菲尔丁等小说家行列当中。海伍德的转变说明了"作品在相当程度上受到与艺术毫不相干的环境条件的影响"①，当众多的男性作家加入到小说创作行业中来，以男性为中心的意识形态就会渗透到小说当中，甚至会逼迫女性小说家也从男人的角度去观察社会和生活，从而放弃女性作家的独特感受。海伍德的转变不仅仅是她个人的转变，而是时代潮流的转变，海伍德只是顺应历史的发展罢了。在海伍德之后还有更多的女性加入到小说创作的行列，但是她们的小说已不同于海伍德之前的女性小说家的作品，虽然她们仍不断在努力显现女性的风格和特色，她们的小说创作更多地受到了男性小说家和批评家的控制和影响，也更多地受到社会意识形态的影响，她们的小说也渐渐地趋于与男性小说的同一。

从17世纪末到18世纪初，由于阿弗拉·贝恩、德拉里维尔·曼利和伊丽莎·海伍德的努力开拓，英国小说从最初的模仿欧陆流浪汉传奇和罗曼司到反映本岛人民的生活，从宫廷贵族为小说的主人公到描写中产阶级和普通民众的生活，英国小说已在这三位女性小说家的手中变成一种全新的、成熟的、最为读者喜爱的一种文学类型。

第三节　范妮·伯尼的创作

一、范妮·伯尼的生平

范妮·伯尼（Fanny Burney，1752—1840年），也称达布莱夫人，英国杰出的女作家，是音乐家查尔斯·伯尼的女儿。1778年，范妮以匿名形式出版了她私下创作的小说《伊夫莱娜》，1782年，她的小说《塞西莉亚》问世。此后，范妮于1786年被任命为宫廷女官，却不适应也不喜欢宫廷生活，后来终于辞职。1792年，范妮认识了法国流亡人士达布莱将军，并于1793年与他结婚。达布莱夫妇婚后经济上相当困窘，因而范妮又写了《卡米拉》（1796年）。《塞西莉亚》和《卡米拉》的题材与《伊

---

① 瞿世镜.伍尔夫研究[M].上海：上海文艺出版社，1988：583.

夫莱娜》近似,但结构比较松散。1802—1812年的10年间,达布莱夫妇在法国遭拿破仑拘留,历经破险。范妮后来创作的《流浪者》(又名《女人的艰辛》)(1814年),以法国大革命为背景,写一位隐姓埋名逃出法国的少女在英国谋生的经历。范妮一生还写了几部剧本。这些剧作在她生前既不曾上演,也不曾出版。一些研究者认为,她在喜剧创作上有相当大的艺术成就。

二、范妮·伯尼的文学创作

范妮·伯尼的《伊夫莱娜》用时兴的书信体写成,记述了一名自幼被父亲遗弃、在乡下被人收养长大的少女,步入伦敦社交界后经历了种种尴尬景况和羞辱磨难,终于赢得一位高尚贵族青年的爱情,并得到其父亲的承认。作品还穿插了女主人公对城市商人阶级及上层社会的敏锐观察和细微刻画。全书结构严谨,语言清新生动,委婉地表现了妇女在父权社会中的艰难处境,小说出版后赢得了好评。

故事开始于伊夫莱娜16岁那年。善良仁慈、受人尊敬的维拉斯先生是一位牧师,他一直是伊夫莱娜的监护人。伊夫莱娜一直生活在安定闭塞的小乡村,与霍华德女士全家人的交往是她和外部世界的唯一接触。尽管她是一位有钱男爵的女儿,但她父亲不愿承认这个女儿,更不愿将她作为自己的继承人,这使她看起来更像一个孤儿。因为没有丰厚的嫁妆和家庭地位,伊夫莱娜的未来之路似乎不会很顺利(因为18世纪的妇女的命运几乎是和婚姻紧密相关的)。她所拥有的只是好心的维拉斯先生所能提供给她的一点微薄的嫁妆。

正是由于霍华德太太的促成,才使伊夫莱娜踏上了去伦敦的旅途。热心肠的霍华德太太担心乡村这种坐井观天的生活会使伊夫莱娜陷入幻想,把伦敦想象成令人心驰神往、充满魔力的超乎现实的天堂,想让伊夫莱娜去亲眼见识一下、去亲身体会一下城市生活。于是她说服了维拉斯先生,让他相信城里几个月的生活会让伊夫莱娜打破她天真的幻想,更好地适应乡村生活。于是,伊夫莱娜就在霍华德太太的女儿慕文太太以及外孙女玛利亚的陪伴下来到了伦敦。

由于伊夫莱娜一直生活在闭塞的小乡村,从来没有经历过大世面,也缺乏丰富的社会经验,所以在伦敦这样的大都市,她不可避免地遭遇到了一连串不顺心的事儿。例如,在她刚到伦敦后不久,她参加了一个

第二章　女性意识的凸显：19世纪前的英国女性文学研究

私人舞会。由于她美貌出众，引起了纨绔子弟拉弗尔的注意，拉弗尔邀请她跳一曲舞。他油头粉面的外表和荒诞夸张的举止使伊夫莱娜又好笑又厌恶。伊夫莱娜拒绝了他的邀请，但她随即又接受了跟拉弗尔岁数差不多的长相英俊的小伙子的邀请。这位名叫奥维尔的勋爵风度翩翩、彬彬有礼，他优雅的举止和风趣的谈吐很快打动了伊夫莱娜的心。但是随后发生的混乱局面着实把她吓了一跳：原来当时有一种约定俗成的礼节，即如果一位小姐拒绝一位男士的邀请，就不能再与别的男子共舞，而伊夫莱娜哪里知晓。后来，在一次去马里波恩花园出游的途中，伊夫莱娜发现和自己做伴的竟是两个妓女，她不敢想象别人会产生怎样的误解……这些小片断不仅表现出伊夫莱娜的纯真无知和心灵的脆弱，更向读者揭露了残酷的现实社会。

发生在伊夫莱娜身上的一桩桩不顺心的事儿同时也使她和奥维尔勋爵以及克莱蒙德·威劳拜尔（对伊夫莱娜垂涎三尺的上层人士）有了很多的接触。缺乏社会经验的伊夫莱娜曾经一度被克莱蒙德假献殷勤的热烈追求所迷惑，但是，通过与社会各阶层的接触，再加上奥维尔勋爵良好的品行对她产生的潜移默化的影响，她开始走向成熟。当然，伊夫莱娜最后也赢得了奥维尔的尊敬和爱慕。通过这一点，范妮向读者昭示了女主人公的内在魅力和自身价值。

《伊夫莱娜》是轰动一时的畅销书，被称为是简·奥斯丁之前最成功的女性作品之一。和许多18世纪的英国小说一样，《伊夫莱娜》对英国社会给予了细致的剖析和尖锐的抨击。这里的英国社会指伦敦奢华糜烂的上层社会，范妮·伯尼用主人公伊夫莱娜的口吻，以伊夫莱娜的视角穿透整个上层社会。正是这种方式赋予小说独特的魅力和力量，使范妮这位女性作家的作品能在当时男性作家作品居主导地位的时代脱颖而出、独树一帜。

对于范妮来说，作为18世纪的女性作家，要她公开地批判当时有着双重道德标准和行为准则的男权至上的社会，去嘲笑那些浅薄浮躁的所谓的上层人士，似乎不太合适，或许还会遭到抨击。于是，范妮巧妙地借助于伊夫莱娜，畅快淋漓地宣泄自己对现实社会的不满。范妮的讽刺艺术还在于她把女主人公毫不伪善的纯真质朴与拉弗尔、威劳拜尔爵士之流的虚伪狡诈作了鲜明的对比。有了后者的衬托，读者显然会把同情的天平倾向伊夫莱娜这边。

第四节　萨拉·菲尔丁和其他女作家的创作

一、萨拉·菲尔丁的创作

萨拉·菲尔丁(Sarah Fielding,1710—1768年)是亨利·菲尔丁的妹妹,也是18世纪英国女性沙龙"蓝袜社"的成员。萨拉精通希腊语和拉丁语,能"一气流利背诵千行"古典诗歌,在古典文学方面有着很好的造诣,此外,还广泛阅读英国诗歌和法国批评理论,翻译过色诺芬所著的《苏格拉底传》等,这些为她赢得了"蓝袜"女性之称。

1742年,亨利·菲尔丁的《约瑟夫·安德鲁斯》(*Joseph Andrews*)出版,小说中利奥诺拉写给霍雷肖的信就出自萨拉之手。1744年,萨拉的第一部小说《大卫·辛普尔寻友历险记》(*The Adventures of David Simple: Containingan Account of His Travels thro' the Cities of London and Westminster, in the Search of a Real Friend*)出版,获得了一定的声誉。小说还有个副标题,记叙了他在伦敦和西敏寺两座城市寻找真正朋友的旅行,而大卫·辛普尔正如他的名字所示,是真正的"简单"(Simple)和单纯。他对世事一无所知,更不知欺骗为何物,自然也就无法忍受别人的尔虞我诈。萨拉正是用辛普尔的单纯、善良和感伤情怀来讽刺、批判世俗的真假难辨和阴暗邪恶。大卫受到弟弟的欺骗,十分伤心地离家出走,为的是寻求人间的真情和友谊,幸好遇见几个志趣相投的朋友——卡米拉和她的兄弟瓦伦丁以及辛西娅。他们虽与社会格格不入,倒也相安自得,组成了小小的四人亲情乌托邦。小说结尾时,辛普尔和卡米拉成为一对新人,大卫终于获得了某种情感的满足。但辛普尔的故事并没有全部结束,萨拉·菲尔丁在1753年又写了续集《最后一卷》(*The Adventures of David Simple, Volume the Last in Which His History is Concluded*),继续让辛普尔和他的亲友们在人间漂泊,历经财产损失、希望受挫和最后的死亡等一连串的不幸,以此深刻揭示天真善良终被社会环境和人间邪恶所毁灭的严酷现实。

大卫·辛普尔的过度单纯虽然遭到一些批评和讽刺,但这种以天真善良而又毫无社会经验的男女主人公为中心来展开故事情节,从而对社会种种丑陋、阴暗进行讽刺和批判的结构框架,很受女性作家和批评家

第二章 女性意识的凸显：19世纪前的英国女性文学研究

的偏爱，对范妮·伯尼和简·奥斯丁的小说创作也产生了深刻的影响。小说的特殊魅力还在于通过女性的视角向我们展示了18世纪的英国社会和世俗人情，辛西娅成为小说中最受人喜爱，同时也是最为关键的人物。例如，她与三位绅士同乘一辆马车旅行，路程不算很长，但却受尽了三人轮番不断的"性骚扰"，虽然那时候还没有这个词。辛西娅的心理感受来自女性的视角，因而有着重要的意义，同时也继承了女性小说的传统。萨拉非常聪明，她以类型特征来指称这三个人，因而含义非常深刻。一个是"教士"，代表神职人员和信教的群体；另一个是"无神论者"，自然是不信教的大众；还有一个就是对女人有着非常兴趣的花心大少"蝴蝶"了。这三个人基本可以代表所有的英国男人。

  辛西娅坐在车里，静静地想着自己的事，根本没有留意身边的男人，而那三个男人早就瞄上她了。先是"教士"开口，他竭力赞美天气，以引起辛西娅的注意。辛西娅出于礼节只得敷衍一二，而"教士"却更起劲了。"无神论者"和"蝴蝶"此时也坐不住了，"无神论者"故意打了个哈欠，抱怨这天气过于沉闷无聊，"蝴蝶"懒得谈天气，直接对辛西娅说他对自然毫无兴趣，只喜欢女人，并立刻向她求爱。辛西娅十分厌恶，对此嗤之以鼻，毫不理睬。三个男人继续谈天，拿女人作话题进行无聊的争辩，其粗俗之甚萨拉羞于记述，只可怜辛西娅无处可以逃避。

  住进旅店后，"无神论者"和"蝴蝶"自去饮酒，辛西娅稍事休息后走进花园坐了下来，想好好享受一下这难得的清静。不料"无神论者"闯了进来，辛西娅见状想立刻抽身离开，"无神论者"却缠住不放，恳求一定要让他把话说完，接着开始赞美她善解人意，还说聪明的女子根本无须考虑世俗的礼数，只要两人相爱就可以尽情享受欢乐。面对这样的人辛西娅当然是严拒。第二天，马车在途中翻倒，"无神论者"受了伤，只好提前结束旅程，"蝴蝶"也到达了目的地，只剩下"教士"单独和辛西娅在一起。他先是长篇大论地谈论爱情，接着又对她表达爱慕之心，然后是向她求婚，这第三起骚扰同样遭到严拒。在这短短的行程中接连受到三个男人的骚扰，辛西娅真是受够了非人的折磨，到伦敦后她发誓将永远不同男人说话。

  辛西娅的感受就是今天的女性读者也会认同的，这也说明了《大卫·辛普尔寻友历险记》当时是如何受到女性读者的偏爱，而这样的小说也只有女性作家才能写得出。小说还生动表现了女子渴望受到教育却遭受限制的问题。辛西娅向大卫倾诉说："我喜欢读书，渴望获得知

· 29 ·

识。可是不论我问什么,人们总会说,你这种年龄的女孩子是不该知道这些事的。如果我喜欢上的书不属于那些浅薄的浪漫故事就会被人强行夺走,因为,小姐是不应该过深探究事情的,那样会把脑子弄坏。最好只做些对女孩子有用的针线女红,读书、钻研学问永远不会帮我找个好夫君。"这段表白充分显现了辛西娅的叛逆性格,也预示了她未来的婚姻和生活不会顺利。后来有一位乡绅看中了她,屈尊向她求婚:"我看上了你,还听说你受过很好的教育,考虑到我该有子嗣来继承家业,很愿意娶你为妻,如果你不反对的话。"这位傲慢的乡绅根本没料到辛西娅会拒绝这桩婚事,接着又给她列出了做他妻子所应履行的责任和义务。辛西娅给他行了个礼,答道:"承蒙大人您能够看得上我,只是我还没有当您的高等仆人的那份雄心壮志。"回答得很干脆,也很痛快,但是拒绝这样一门婚姻的后果是灾难性的。辛西娅的态度不仅激怒了求婚者,也为她的父亲所不容,最后被剥夺了财产继承权。她本人日后也觉得这样做并不明智,还感叹说"机智"不会给女人带来幸福。

  辛西娅显然是作者的自身写照,萨拉否认女人都是愚蠢的,她还赋予女性以智慧和应对世俗恶习的能力,帮助她们避免成为社会的牺牲品。

  萨拉·菲尔丁自愿承认男人的主导社会地位,并愿意在男人的统治下做有限的发展。她还反对知识女性对男性权威的直接挑战,这种观点在她的心理小说《克利奥佩特拉和奥克塔维亚的生平》(The Lives of Cleopatra and Octavia,1757年)里表现得十分明确。早期莎士比亚的《安东尼和克利奥佩特拉》(Antony and Cleopatra,1609年)和德莱顿(John Dryden,1631—1700年)的《一切为了爱》(All for Love: or, The World Well Lost,1677年),都是作者通过想象让死者复活来讲述历史故事。莎士比亚将克利奥佩特拉描写成十分迷人而又很有魅力的女性;德莱顿只是把她写成完全倾心于安东尼的悲剧性人物。但在萨拉的笔下,克利奥佩特拉却是个十足的恶魔,她根本不爱安东尼,只是通过诱惑和诡计去欺骗他。她佯装自己只不过是个弱女子,却奉承安东尼的聪明智慧自会辨明她的一片爱心。安东尼的妻子奥克塔维亚是一位忠诚本分、优雅可爱的知识女性,自然敌不过妖艳的克利奥佩特拉。萨拉对安东尼的批评不是因为他没有尊重女性的权利,而是因为他没能识别真正值得他爱的理想女性,从而导致了奥克塔维亚的悲剧。萨拉的倾向性十分明显,即女人的权利和幸福是以男人为中心而存在的。

第二章　女性意识的凸显：19世纪前的英国女性文学研究

总之，萨拉·菲尔丁的小说创作得到了当时两位最为著名的小说家的赞赏和帮助，同时还受到文坛盟主约翰逊的首肯，由此可以充分说明萨拉文学创作的成就和她小说作品的价值，同时也表明社会已普遍接受女性小说家和她们的作品。萨拉·菲尔丁一方面继承了早期女性小说的优良传统，以女性的身份和从女性的独特视角看待社会和人类众生相，是女性小说在18世纪的继续发展；但在另一方面，萨拉完全承认并顺从男性的统治地位，十分在意男性小说家和文人对自己作品的赞赏和肯定，完全没有早期女性小说家的绝对独立意识，也不反对以男人为中心的社会意识形态。萨拉·菲尔丁是一个转折点，即自愿承认夫权文化，并愿意在男人的统治下做有限的发展。

二、夏洛特·伦诺克斯的创作

夏洛特·伦诺克斯（Charlotte Lennox，1720—1804年）也是这个时期取得瞩目成就的女作家。1750年，她发表了第一部小说《哈丽奥特·斯图亚特的生平》（*The Life of Harriot Stuart Written by Herself*），塞缪尔·约翰逊对这部小说十分看好，还特意为伦诺克斯举办了庆祝宴会，并从此以后一直关心和支持她的创作。第一部小说出版后不久，经约翰逊的介绍，伦诺克斯认识了塞缪尔·理查逊，理查逊同样鼓励她继续创作小说。1752年，伦诺克斯写出了她最具原创性的著名小说《女吉诃德》（*The Female Quixote*）。小说发行不久后，又接连不断地出了新的版本，有的还配了插图。《女吉诃德》在1754年翻译成德文，1773年译成法文，最后又在1808年译成《堂吉诃德》（*Don Quixote*，1605年，1615年）的故乡语言西班牙文。

《女吉诃德》很显然是模仿西班牙作家塞万提斯（Miguelde Cervantes Saavedra，1547—1616年）的《堂吉诃德》。《堂吉诃德》讽刺的对象是传统的骑士传奇文学，《女吉诃德》则是讽刺浪漫故事对读者，尤其是对女性读者的毒害。小说的全名是《女吉诃德：或，阿拉贝拉的冒险经历》（*The Female Quixote: or, the Adventures of Arabella*）。小说的女主人公阿拉贝拉是侯爵的女儿，聪明、漂亮，母亲死后由父亲带大。阿拉贝拉从小就一直生活在封闭的环境里，虽然受到很好的教育，但对世事却一无所知。她通过阅读把17世纪法国浪漫小说所获得的虚幻世界当成现实世界，她把小说浪漫故事中的世界当作真实的社会生活，而把现实社会看作是虚幻的,她相信自己是一位至高无上的公主,在阿拉贝拉看来,没有哪个男人值得她的青睐,除非他能够完成像浪漫故事里说的英勇事迹。

格兰维尔对阿拉贝拉非常痴情。为了接受她的浪漫世界,只好与之周旋,而最后也被拖进阿拉贝拉的虚幻浪漫世界当中。格兰维尔发现阿拉贝拉总是把自己当作浪漫小说里的女主人公,这使他意识到要想获得她的芳心会困难重重。但是,真正的爱情使他愿意接受挑战,他原本想用自己的理性去帮助阿拉贝拉恢复对现实的清醒认识,结果却使自己已不知不觉地变成了十足的浪漫小说中的英雄人物,时时受阿拉贝拉意志的驱使,甚至与情敌决斗,差点丢掉性命。当格兰维尔发高烧危及生命之时,阿拉贝拉命令他活下去。在她看来,他的病一定是因相思而起,再正常不过了,因为爱她而死去活来才够得上浪漫。

《女吉诃德》虽是一部讽刺法国浪漫故事的小说,但却因小说中的浪漫成分而闪闪发光,深深地感染和打动了读者,而世俗智慧却遭到读者的鄙视。浑身内外散发着浪漫气息的阿拉贝拉是萨拉创作出来的最可爱的女性人物,也是英国文学作品中最可爱的女性人物之一。小说还在一定程度上表现了女性对存在和权利的自我意识。阿拉贝拉只有在想象的浪漫世界里才能施展自己的主权和影响力,才能在一定范围内控制和指挥他人,使自己成为权利的中心。在与此形成鲜明对照的现实生活中,阿拉贝拉没有丝毫的自由,她只是一个孝顺听话的乖乖女。偶尔去去教堂还要经过她侯爵父亲的同意,对她来说,能够在广阔的乡间骑马漫游是少有的放松和享受,却还有着许多的仆从相伴左右。她的夫君也是父亲指定的,她那侯爵父亲在遗嘱里规定,如果阿拉贝拉不嫁给表哥格兰维尔,她财产的三分之一将归她表哥所有。作为一名女性吉诃德,她根本不可能像堂吉诃德那样去任意闯荡江湖,而必须接受和遵守社会给女人所设定的道德规范。身为女性作家,伦诺克斯十分自觉地遵守这些规范,使阿拉贝拉的历险限制在社会意识所容许的范围内,以确保女主人公的声誉不受丝毫的影响和玷污,这个难度要远远超过塞万提斯的《堂吉诃德》,难怪亨利·菲尔丁要称赞说,《女吉诃德》远胜于《堂吉诃德》了。

伦诺克斯的其他小说均不如《女吉诃德》所取得的成就。她接下来所写的两部小说《亨里埃塔》(*Henrietta*,1758年)和《哈里奥特和索菲娅的历史》(*The History of Harriot and Sophia*,1760—1761年)皆为

第二章　女性意识的凸显：19世纪前的英国女性文学研究

道德说教小说，虽然伦诺克斯在这两部小说中着重描写了女主人公的智慧，但总的来说小说的价值并不高。她的最后一部小说《尤菲米娅》（*Euphemia*，1790年）也是以说教为主，但与第一部小说《哈丽奥特·斯图亚特的生平》一样，都是以美国生活为背景，因而具有很强的自传成分。

尽管夏洛特·伦诺克斯文名很高，创作很有成就，但她一生不停地与贫困抗争，却始终未能摆脱贫困的缠绕。1792年，她终于离开了她那又穷又懒还"对她十分粗暴"（约翰逊语）的丈夫，五年后她丈夫去世。她生有一男一女，女儿早逝，儿子惹下很大麻烦被送往美国。1790年，《尤菲米娅》出版后，伦诺克斯就再也没有写作，生活仅靠微薄的皇家文学基金会的补助。她的朋友一个个先她而去，理查逊死于1761年，哥尔德斯密斯又于1774年亡故，而对她打击最大的是约翰逊也在1784年辞别人世。她在晚年贫病交加，生活十分凄凉，于1804年去世。

在英国女性作家传统中，夏洛特·伦诺克斯起着承前启后的重要作用。在她之前是阿弗拉·贝恩和德拉里维尔·曼利，在她之后是范妮·伯尼、玛丽亚·埃奇沃思和简·奥斯丁，再加上伊丽莎·海伍德，她们构成了一条连续不断的英国女性作家长链。不难看出，伦诺克斯的作品带有阿弗拉·贝恩的活力、曼利的带刺的机智和感伤。此外，她作品里的一些种子将在范妮·伯尼、玛丽亚·埃奇沃思和简·奥斯丁的小说中萌芽、发展和成长。伦诺克斯的《女吉诃德》尤为简·奥斯丁喜爱，她的第一部小说《诺桑觉寺》（*Northanger Abbey*，1818年）有一部分就是模仿这部小说写成的。但是，夏洛特·伦诺克斯同萨拉·菲尔丁一样，是在接受以男人为中心的社会意识形态的前提下进行女性人物的刻画和描写的。

三、伊丽莎白·因契伯德的创作

伊丽莎白·因契伯德（Elizabeth Inchbald，1753—1821年）以戏剧创作和评论著称，但她流传后世并为人所知的作品还是她的两部小说《一个简单的故事》（*A Simple Story*，1791年）和《自然与艺术》（*Nature and Art*，1796）。

在夏洛特·史密斯的小说里，女性主人公都是道德完美、举止得体的人物，她们都不需要改造或接受再教育。因契伯德改变了这一传统说教模式，《一个简单的故事》中轻浮的女主人公米尔纳却需要改造和指教，而她的爱人兼监护人多里福斯也没有能够把她改造成为贤妻良母。

出身于新教家庭的米尔纳只接受过寄宿学校里最基本的常识教育,在她18岁时父亲去世,多里福斯成为她的监护人。多里福斯是罗马天主教牧师,他的背景是死板严格的学院教育。面对这样一个既年轻漂亮,又轻佻懒惰,身后还跟着五六个追逐她的小伙子的女子,他深感作为监护人的不安和责任重大。为多里福斯的君子风度和严谨诚挚所打动,米尔纳爱上了她的监护人,她对其他男人卖弄风情正是为了掩盖她对多里福斯的恋情。不久,多里福斯为继承遗产而放弃了牧师神职,改名为埃尔姆伍德伯爵。这样阻止米尔纳向她的监护人表达爱情的障碍也就消除了。但是,由于这两个人的性情、气质迥然不同,关系也是若即若离。为长久保有伯爵的封号,埃尔姆伍德伯爵打算娶稳重贤淑的芬顿小姐为妻。听到这一消息,米尔纳再也控制不住自己的感情,向伍德丽小姐倾诉了她对埃尔姆伍德伯爵的爱慕之情。从伍德丽小姐那儿听说米尔纳深深地爱着自己,一向稳重的埃尔姆伍德伯爵也禁不住欣喜和激动,两人随即订下婚约。米尔纳原本就很尊敬和崇拜伯爵,现在既然已经成为情人,那么伯爵也就应该尊重自己。为了考验他对自己的爱情,米尔纳故意多次违拗埃尔姆伍德伯爵的指令,前去参加化装舞会。她把自己打扮成圣洁女神,但看上去却一点也不庄重。伯爵终于忍无可忍,解除了他们的婚约,米尔纳也因此了解到她的爱情魅力的局限。这时,桑福德先生出来圆场,他过去是多里福斯的导师。他狠狠批评了米尔纳的极端行为,她也为自己的行为感到非常懊悔。桑福德先生见她能够接受批评教育,便劝埃尔姆伍德伯爵再次接受她,两个真心相爱的人终于结合在一起。

  但是,他们的婚后生活并不幸福,问题出在他们的性格差异上,而且这两个人都很傲慢自负。首先是埃尔姆伍德伯爵没能完成对妻子爱人兼导师的职责,他无法向米尔纳表达和交流情感,自己身体有病也不告知妻子,后来又在国外待了很长时间更不作任何解释,这对十分要强的埃尔姆伍德伯爵夫人来说当然是不能接受的。通过对埃尔姆伍德伯爵这个人物的塑造,因契伯德对传统的说教小说进行了挑战。在范妮·伯尼的小说《伊夫琳娜》中,导师和情人可以集于一身,理想的丈夫就应该承担起监护人和父亲的双重责任,而结了婚的女主人公也就找到了最后的归宿,成为贞洁而又体面的夫人。玛丽亚·埃奇沃思认为,因契伯德塑造的米尔纳是全新的女性,有着重要的意义。从一开始,米尔纳对多里福斯的爱就受到了双重的阻碍,首先是多里福斯的牧师身份,再就是

第二章 女性意识的凸显：19世纪前的英国女性文学研究

社会对女性美德的苛刻要求，即作为女性是不能开口言谈性爱的。但米尔纳明确表示："我对他的爱既充满了情妇般的炽热激情，又不缺少妻子的温柔体贴。"由于埃尔姆伍德伯爵去了国外，长期对妻子不理不睬，埃尔姆伍德伯爵夫人有理由认为已被丈夫抛弃，因此和过去的男友发生了不正当关系。这样的描写预示着女性小说中对女性人物性意识的突破。

小说的第二部分发生在17年之后。首先回顾了埃尔姆伍德伯爵和夫人的不幸婚姻，在伯爵出国期间，埃尔姆伍德伯爵夫人和过去追求过她的弗雷德里克·劳恩利伯爵发生了不正当的关系。埃尔姆伍德伯爵对此绝不宽恕，并连累了他们无辜的女儿马蒂尔达。伯爵夫人临死前给丈夫留下了一封信，希望他能善待他们的女儿。但是狠心的伯爵却给女儿安排了单独的住处，警告她不许和自己相见，否则就将她赶走，他还禁止其他家人提及他妻子和女儿的名字。就这样，他把对妻子的怨恨完全发泄在女儿的身上。孤苦伶仃的马蒂尔达精神上受到了极大的伤害，整日以泪洗面，不知如何才能化解这一死结，得到父亲对自己的关爱。最后，马蒂尔达受到名声很坏的马格雷夫爵士的侵犯，为保护女儿的声誉，埃尔姆伍德伯爵将女儿解救出来，父女关系终于得到和解。

因契伯德的第二部小说《自然与艺术》明显受到葛德文和卢梭的说教理论影响（她曾翻译过卢梭的《忏悔录》），说教成分较多，其成就不如《一个简单的故事》，但还是受到了读者的欢迎和肯定，在一年的时间内出版了两次，到1820年共出版四次，小说还在1797年翻译成法文和德文。

伊丽莎白·因契伯德晚年又回到戏剧创作和评论工作上，她为25卷本的《英国戏剧》(*The British Theatre*，1806—1809年）撰写了125篇剧作家生平和作品评论的序言，成为第一位女性戏剧批评家。她在临终前遵照牧师的建议，将多年写成有四卷之多的《回忆录》付之一炬，令学界扼腕唏嘘不已。

总之，因契伯德笔下的女主人公摆脱了以往消极的人生态度和被动的社会地位，她们的女性性意识具有明显的民主色彩，这样的描写预示着女性小说中对女性人物性意识关注的重大突破。她所塑造的机智、阳光、多变的女性形象也成为英国小说史中里程碑式的人物。

第三章 女性意识的萌芽：19世纪的英国女性文学研究

19世纪，英国女性创作在经历了18世纪的发展后，终于从沉睡中醒来，"众多女性作家萌发出积极的主体意识，逐步挑战并摆脱文化附庸的地位和身份"[①]。这一时期不仅涌现出了一批具有高超艺术和鲜明特色的女性作家，而且女性文学作品的质量也有了很大的提高，尤其以女性小说的创作令人瞩目。

第一节 女性文学的繁荣与女性意识的萌芽

19世纪是西方历史上一个重要的文化转型时期。在这个世纪，不仅妇女生活状况有了前所未有的变化，相继取得了选举权、财产权、离婚后孩子的监护权，而且可以接受高等教育，从事医生、护士、律师、记者等职业，组织贸易会，创办企业，取得多种显耀成就。因此，女性文学传统也得到前所未有的加强，可以说是一个女性想象力得以驰骋的黄金时代，由此产生了真正意义上的女性文学。

在当时，女性作家人数剧增，涌现出了一批才华出众、卓尔不群的女作家和许多经典作品。如被伍尔芙称为"英国最伟大的四位女作家"的简·奥斯丁、夏洛蒂·勃朗特、艾米莉·勃朗特和安妮·勃朗特，尤其是勃朗特三姐妹占据了英国文学名人史中的三个席位，恐怕连众多男性作家都自叹弗如。

---

① 李维屏，宋建福. 英国女性小说史[M]. 上海：上海外语教育出版社，2011：85.

第三章 女性意识的萌芽：19世纪的英国女性文学研究

一、女性文学的繁荣

在保罗·史略特和琼·史略特1988年所编的《英国女作家百科全书》中，收录了400位女作家，而她们当中绝大部分属于19世纪。在戏剧领域，19世纪被看作戏剧衰微的时代，而最受公众欢迎的剧作家是也是女性作家——乔安娜·贝利；仅于1760—1830年间，就有339位署名的、82位匿名的女诗人出版了诗歌。随着人们对英国女性文学研究的不断深入，学者们发现19世纪出版的一半小说和诗歌出自女作家之手。19世纪，优秀女作家群人数和作品数量如此庞大、文类如此丰富，是由多方面的因素共同影响而致。

（一）女性文学繁荣的经济因素

19世纪中期，英国率先完成了工业革命，这在很大程度上改变了英国社会的面貌。随着工业化的全面推进、城市化进程的加速、公共机构的膨胀和教育制度的不断完善，使英国完成了从农业社会向现代工业社会的转型。工业革命不仅提供了坚实的物质基础，而且促使英国社会阶层结构发生了巨大变化，即中产阶级不断发展壮大，为女性写作和女性文学的繁荣奠定了经济基础。

工业化使工作场所和家庭分离，与激烈竞争的商场相对，家庭变成了一个私人场所，妻女不外出工作成为19世纪中产阶级地位的象征，也就是说中产阶级女性在这一时期是闲居家中的，而且由于"家庭服务"的兴旺，她们从繁重的体力劳动之中解脱出来，这就意味着她们有充足的时间与精力来进行文学创作。盖斯凯尔夫人在《夏洛蒂·勃朗特传》中指出："妇女们可以有思想，可以博览群书，……男人们开始赞同并帮助她们要变得聪明、智慧，而不是嘲笑或阻止她们。"中产阶级女性回归家庭，有了大量的闲暇时间，一方面为了打发闲暇时间，另一方面为了提高自身的品位，创作自然而然地成为她们日常生活的一部分，这些都促进了女性文学的繁荣。

此外，文学创作也是部分中产阶级女性谋生的重要手段之一，如勃朗特三姐妹，她们先是当家庭教师，后来转向写作，并以写作为生，这是女性文学繁荣的另一个因素。

（二）女性文学繁荣的社会因素

伍尔芙曾说："伟大的作品不可能单独地无缘无故地诞生，它是成年累月共同思考的结晶，大家都作过努力，单个声音的背后隐藏着大众的才智。"19世纪英国女性文学的繁荣有着深厚的社会基础。

首先，19世纪优秀的女作家的涌现、女性文学的繁荣是有一个基础和发展过程的。17世纪、18世纪，英国女性文学就得以发展，并出现了以写作谋生的女性作家，这位19世纪众多有影响力的女性作家的出现提供了示范。如简·奥斯汀在小说上的创作上就借鉴了以往很多女性作家写的小说。

其次，19世纪，女性的生活状况以及文学传统都发生了巨大的转变。"为争取选举权而斗争，要求获得财产权、离婚后获得孩子的监护权、进入高等教育机构，为成为医生、护士、律师和新闻工作者而学习的权利；组织贸易联盟，经商，写作畅销书，女性已经如此引人注目，以致到世纪末，所谓的女性问题——妇女在社会中的恰当地位的问题——成为当时思想家们关注的重要范畴。"[1]

最后，英国女性尤其是中产阶级女性，她们自身的经历、所受的教育为小说的创作提供了大量的、丰富的素材。亚当·斯密在《国富论》中指出女性"所学的一切，无不明显地具有一定有用目的：增进她肉体上自然的丰姿，形成她内心的谨慎、谦逊、贞洁及节俭等美德；教以妇道，使她将来不愧为家庭主妇等等。"做好妻子与母亲的角色，是19世纪中产阶级女性的切身经历，她们所受的教育也始终与这一角色联系在一起。亲身体验与本身的文化教养相加，使得女性的创作大大增加，进而促进了女性文学的繁荣。

（三）女性文学繁荣的文化因素

19世纪的英国女性文学繁荣的重要表现之一，就是大量优秀小说的创作，她们在创作上选用小说这一文学体裁，有着深刻的文化因素。

在19世纪的英国，小说是一种不成熟的文学体裁，而且由于小说的

---

[1] Sandra M. Gilbert and Susan Gubareds., The Norton Anthology, Literature by Women: The Traditions in English, london: W. W. Norton & Company, 1996: 283.

第三章 女性意识的萌芽：19世纪的英国女性文学研究

形式与书信相似，太随意，不足以表现文学的高雅，是男性作家不屑于采用的一种文学形式，而女性则天然地适应这种文学体裁。乔治·艾略特在《妇女小说家的愚蠢小说》中指出："没有哪一种艺术比小说更能自由地突破苛刻的条条框框。"刘易斯也曾指出："就所有文学类型而言，小说无论从本质抑或处境来看，皆是妇女最能适应的体裁。"19世纪，英国女性作家开始有意识地树立起独立的写作风格和见解，她们的作品无论是从内容，还是从写作技巧上来说都日渐成熟。

二、女性意识的萌芽

英国的女性文学是在英国民主文化中诞生的。英国从17世纪开始的尊重个体，尊重人的权利已经成为英国民族精神的一部分。在18世纪末出现了绅士和淑女的平等，而后在"1928年，英国妇女获得了完全的选举权"。不仅如此，英国国会还制定了一系列保护妇女的权益法案。其中明确了妇女可以有独立的财产支配权，允许离婚。确定了女性在社会和家庭的地位，保证了男女在经济上的平等。而且"妇女们可以有思想，可以博览群书，而不至于被统统地贯以'女学究'或者'书呆子'的称谓。男人们开始赞同并帮助她们要变得聪明、智慧，而不是嘲笑或阻止她们。"英国女性有了自信心，她们中一些有才气的女性开始有意识地要从女性的角度表达女性的生活和要求。在世界文学的女性弱势的艰难的情境中，英国女性理直气壮地大举进攻文坛，有30多位女性取得了令世人瞩目的成就。18世纪末19世纪初，简·奥斯汀成为英国最受欢迎的作家之一，人们甚至把她和莎士比亚一起来评价。乔治·艾略特、盖斯凯尔夫人、夏洛蒂·勃朗特三姐妹、布朗宁等女作家都在英国文学史上占有了重要的地位。"在那个时期，当作家本身就是一种体现了女性意识的行动。"不仅如此，英国的30多位女作家有三分之一或是独身或是离婚后没有再嫁，夏洛蒂还自己出外做家庭教师。她们是自豪的，因为她们不需要依赖任何人。所以，19世纪的英国女性意识的觉醒，是英国文化发展的必然结果。正是有了简·奥斯丁、乔治·艾略特、勃朗特姐妹等女作家的示范，此后的女性作家才得以将英国女性文学的传统发扬光大。

第二节　勃朗特三姐妹的创作

在英国文学史上,世代书香或一家之内名流辈出的并不鲜见,但来自一个普通教士家庭的勃朗特姐妹的人生和创作却格外引人注目。生活在19世纪前半叶的勃朗特三姐妹夏洛蒂·勃朗特、艾米莉·勃朗特和安妮·勃朗特就像三颗明亮的流星,在女性创作的黎明时刻,呼啸着划过历史的天空,耀眼的光芒惊醒了无数沉睡的灵魂。[①] 她们的艺术成就引发了大众探讨研究的强烈兴趣,一个半世纪以来经久不衰。

一、夏洛蒂·勃朗特的创作

（一）夏洛蒂·勃朗特的生平

夏洛蒂·勃朗特(Charlotte Bronte,1816—1855年),是19世纪杰出的英国女小说家,著名的勃朗特三姐妹作家之一。她出生于英格兰北部一个贫穷牧师家庭。夏洛蒂8岁那年,她和家中3个姐妹被送到一所专收穷牧师子女的慈善学校读书。那里生活条件恶劣,她的两个姐妹相继患肺病死去,父亲只好把夏洛蒂和她妹妹艾米莉接回家里。这段悲惨的经历对她影响很大,在她后来的创作中有所体现。夏洛蒂自小酷爱文学,深受法国浪漫主义文学的影响,她的几个弟妹也都爱好文学艺术,经常在一起编写诗歌和幻想故事,并从中得到了很大乐趣。夏洛蒂曾经在寄宿学校当过三年教师,后又做过两次家庭教师,但性格孤傲的她很快就辞职了。她在求职道路上的不愉快经历,给她的创作提供了重要的素材,并坚定了她选择文学道路的决心。1846年,夏洛蒂、艾米莉和安妮姐妹三人用姨妈留下的遗产,自费合出了一本诗集,但没有引起任何反响。同时,她创作的第一部小说《教师》也受到了出版社的冷遇,但夏洛蒂没有灰心,她花了一年时间完成了《简·爱》,这部作品融入了她的亲身体验,女主人公追求平等与自立的精神,鼓舞了当时的许多女性。

[①] 李维屏,宋建福.英国女性小说史[M].上海:上海外语教育出版社,2011:134.

第三章　女性意识的萌芽：19世纪的英国女性文学研究

在随后的两年中，两个妹妹和弟弟相继去世了，只留下夏洛蒂和她年迈的父亲。她怀着坚定的决心和独立精神继续创作，完成了她的另一部重要作品《谢丽》，出版后获得了很大的成功。夏洛蒂的作品主要写贫苦的小资产者的孤独、反抗和奋斗，属于曾被马克思称为以狄更斯为首的"出色的一派"。她的最后一部小说《维莱特》发表于1853年，它被一些评论家认为是作者最成熟的作品。1854年，夏洛蒂和她父亲的副牧师阿瑟·尼科尔斯结婚，度过了一段短暂的幸福生活。同时，她还创作了小说《爱玛》的开头几章，但未及完成，便于1855年3月离开了人间，年仅39岁。

（二）夏洛蒂·勃朗特的创作

夏洛蒂·勃朗特的小说并不多，流传于世的只有四部：《教师》《简·爱》《谢莉》和《维莱特》，夏洛蒂的这些作品表现出了她对女性生活和命运的关注和思考。在这里，我们对她的《教师》《简·爱》和《维莱特》作一下简单探讨。

《教师》是夏洛蒂的第一部小说。以写实的风格，围绕男女主人公的爱情故事，探讨了婚姻、人生选择、宗教、英国和欧洲大陆文化以及心理孤独问题。《教师》中的男女主人公是两个对照性人物。虽然两者都是历尽心灵孤独的小人物，但是却性格悬殊。威廉是一个内心世界灰暗的恨世者和失败者，其视角下的叙事带有一种阴郁愤懑的批判基调，甚至怀有源自种族偏见和沙文主义立场的"道德优越感"。相比较而言，女主人公更具人性的光彩，行为适度，态度谦逊，信仰虔敬，坚强执着，代表了威廉同时也是叙事者理想中的女性品质。在很大程度上，弗兰西斯是夏洛蒂最具现实意义的争取女性权利的女主人公，是作者个性的投射。

夏洛蒂·勃朗特最负盛名的一部作品《简·爱》出版于1847年。小说以女主人公简·爱的第一人称叙事，讲述孤儿简从少女到成人的人生故事，心理描写细腻感人，语言风格强劲有力。在《教师》中较为松散的故事结构，在《简·爱》中则通过女主人公取得了统一。作品结构严整，以简的成长和经历为经，以她的思想和情感为纬，编织出19世纪一个平凡而又个性鲜明的女性的人生故事。小说涉及简在五个不同环境中的生活：舅妈家、洛伍德寄宿学校、桑菲尔德庄园、圣约翰家以及简作为归宿的家。孤儿简在盖茨海德府舅舅家过着寄人篱下的生活,舅舅去世后,她备受虐待。舅妈里德夫人厌弃她,表姐妹怠慢她,表兄约翰更是肆无忌惮欺侮她,连佣人们也不喜欢她,但是简始终倔强地维护着自己的尊严。在与表兄发生激烈的冲突后,8岁的简先被关进恐怖的"红屋子"接受惩罚,之后被赶出家门,送到生活条件恶劣、管理严厉的洛伍德寄宿学校。在那里,简唯一的安慰是善良的老师坦布尔小姐和虔诚柔顺的同学海伦。然而,前者嫁人离开了,海伦也死于虐待。简经受了身心的考验,顽强地生存下来。毕业后,她来到桑菲尔德庄园做家庭教师,爱上了主人罗切斯特先生。尽管两人地位悬殊,生活背景大相径庭,简始终不卑不亢地面对生活,履行自己的职责。罗切斯特深深爱上了这个身材矮小、貌不惊人的女教师,并向她求婚。然而就在婚礼前,又一场严峻考验来到了。她得知罗切斯特的疯妻伯莎·梅森仍健在并且被囚禁在家中的真相。简拒绝沦为情妇,痛苦地出走流浪,昏倒在荒野沼泽里,碰巧被表兄圣约翰和两个表姐妹营救收留。后来,简意外获得叔叔的两万英镑遗产,还得到圣约翰请求为完成其宗教使命而请她合作的求婚。然而,简在心中听到了罗切斯特的呼唤,拒绝了圣约翰,重返桑菲尔德,却发现庄园已被伯莎点燃的大火烧成废墟,罗切斯特也因为试图搭救伯莎而双目失明,并且失去一只手臂。在小说结尾,简毅然与罗切斯特结婚,找到了人生的幸福。后来,他们的儿子诞生,罗切斯特的一只眼睛终于恢复光明。

简·爱是英国文学中最令人难忘的女性人物之一,她凝聚着夏洛蒂的想象、勇气、抗争和人生思考。这是一个彻底背离维多利亚"房中的天使"传统俗套的女性形象。她相貌平平,出身低微,必须靠劳动养活自己。她虽备受轻视辱慢,但仍怀有美好的感情,坚强自立。她深具民主平等意识,蔑视庸俗的社会等级观念和拜金主义的婚姻模式,具有金子般的品质。身为社会性别上居于弱势的女性,"不美,穷且矮小"的她却能大胆向罗切斯特表白真情,坚信自己在人格和爱情上的平等权,完全颠覆了女性在婚姻和爱情上消极被动的刻板化形象,的确令人耳目一新。

这部作品也被当成一部半自传式的作品。作者作为一个普通家庭的孩子,多次当过家庭教师的经历,并且一直寻求着自身地位的改变。她将自己的生活、情感与个性、外表都融入简·爱形象的描绘中,使其身上随处可见简·爱的影子。夏洛蒂曾对爱米莉说:"我要写的是一个新型的女主人公,她同我一样的矮小和丑陋,但是我相信她将能同你们塑

第三章 女性意识的萌芽：19世纪的英国女性文学研究

造的任何一个漂亮的女郎比美，在读者中引起极大的兴趣。"生活中的夏洛蒂同简·爱一样的相貌平平，矮小、清瘦；一样的出生清贫——人口众多的穷牧师之家；一样的童年不幸——5岁丧母；过着一样的非人生活——寄宿学校的苦难岁月；一样的自食其力——有做家庭教师的辛酸；一样的拒绝求婚——充分表现了为爱而结婚的观念和独立自尊的个性；一样的苦恋——对一个有妇之夫的爱恋。到布鲁塞尔学习法语，爱上法语老师；一样独立刚强，终于大器晚成，30岁才开始写小说却创造了辉煌；在痛失亲人，姐姐、妹妹和弟弟相继病亡后，仍发愤写作，再创佳绩；一样历经曲折的爱——1852年36岁时才结婚；一样的思想个性——朴实无华、沉静内敛、刚毅自尊、倔强独立。生活的历练使她的创作表达了妇女的心声，同时也反映了女性所面临的许多令人深思的社会问题。她的小说都以男女主人公的爱情与婚姻为主线，并以此来揭示社会的矛盾与不公，她以丰富的想象力和非凡的艺术匠心，成功地塑造了简·爱、谢莉和露西等新女性形象。女性主题加上抒情笔调，构成了她创作的基本特色，产生了恒久的影响，尤其是关心女性自身命运、权益和地位的女作家更是尊她为先驱，将其作品视为"现代女性小说的楷模"。

《简·爱》和女性主义的一些源头有关，但远未达到女性主义作品的要求，在艺术成就上也被《呼啸山庄》远远抛下，成为一部通俗小说。尤其是简·爱这个形象，成为许多女性对自身状况无法正视的一个阻碍，以为只要保有自尊自爱就能得到一切。女性主义兴起一百多年到今天仍然面临着许多问题，女性需要的不是幻想而是自省，而这恰恰是这部作品所欠缺的，但简·爱形象却毋庸置疑地成了一个经典的女性形象的代表。

《维莱特》是一部展现痛苦的小说，对女性孤独心理的描写震撼人心，凸显了露西这身如浮萍的社会边缘人的形象。利维斯认为夏洛蒂善于表现个人经验，"在《维莱特》里，写出了第一手的新东西。"夏洛蒂没有在结尾明示露西和保罗的未来，给读者留下巨大的想象空间。关于保罗最后的命运，夏洛蒂在致乔治·史密斯的信中，表达出极为悲观的态度。她说保罗或者淹死或者与露西终成眷属，而她认为前者更具温情，因为保罗可以从此结束痛苦，而读者期待让保罗活下来拴在露西婚姻里反而是一种残忍的冷漠。这说明，夏洛蒂对男女主人公获得幸福毫无信心。在小说中，露西是一个彻底的孤儿形象，其人生比简更加惨淡，命运更加莫测。简·爱在获得财富、亲情、爱情和家庭后,最后尚能回归社会,而露西却始终抓不住缥缈的幸福,只能在无奈中继续孤独地漂泊。夏洛蒂将露西的身世进行模糊化处理,并借用象征来传递出一种抽象的普遍悲凉意义,揭示了个人的理想追求与现实的巨大悬殊。她有意识地赋予露西一个"冷的姓氏",初稿中是露西·弗罗斯特,终稿中改为斯诺,不论是 Frost,还是 Snowe,都吻合了露西僵冷的外表和残酷的人生境遇。露西的人格形象十分复杂,兼有"火与冰"的奇特冲突与并存。这种"矛盾"之处曾受到《旁观者》杂志的批评,但是的确有助于主题的深化。

二、艾米莉·勃朗特的创作

(一)艾米莉·勃朗特的生平

艾米莉·勃朗特(Emily Bronte,1818—1848 年),是勃朗特三姐妹中最具神秘色彩的一个。"比男人刚烈,比孩子单纯",这是夏洛蒂·勃朗特对妹妹艾米莉·勃朗特的评价。虽然她心地善良,为人谦和,但性格内向、孤僻、寡言少语,极少参与朋友聚会、交流,从不向别人吐露心迹,即便是自家姐妹。她常常独自一人在自家周围的荒野上散步、思索,并从中寻得心灵的满足。她对该区的历史、传统和传说爱得最深,对沼泽地生活了解得最透。她熟知沼泽地的详细情况,而沼泽地也给她带来很大的收获——为她的小说《呼啸山庄》提供了宝贵的素材。

艾米莉具有超出常人的坚强毅力。她患肺病后,尽管心力交瘁,但拒绝卧床休息,每日操持家务,直至去世那天。一次,她在荒野散步时被恶狗咬伤,伤口流血不止,为止血以防感染,她强忍巨痛,用烧红的火钳烙炙伤口。值得一提的是,艾米莉对传统宗教——基督教不以为然,极少去教堂做礼拜。但是,她的文学作品,尤其是她的诗作,又表现出令人难以理解的神秘氛围。在西方,甚至有学者认为,艾米莉是芸芸众生中少数能与某种神灵沟通的人,艾米莉与常人的迥异可见一斑。

(二)艾米莉·勃朗特的创作

《呼啸山庄》是一部奇书,通过非凡人物形象的塑造和对风景、荒原等自然环境的描绘,反映了女性作者特有的审美取向——找寻完整的自我,弥补现实中的缺失。艾米莉孤独凄凉而又无拘无束的一生几乎全是

第三章 女性意识的萌芽：19世纪的英国女性文学研究

在英格兰北部的荒野山地度过的。辽阔的荒原、寂寞的山谷、单调的生活构成她短暂一生的主要内容,这样的生活深深影响了她的思想个性,使其因不善交流而孤独一生。夏洛蒂也说:"我妹妹的性格天生是不大合群的,环境养成了她离群独居的倾向,除了上教堂或上山去散步,她很少迈出家门。"[①]但在敏感多思、娴静文雅的艾米莉的内心,对自由生活的渴望并不比别人少,她在荒凉寂寥的荒原找到了开怀的乐趣和自由的感觉。她的美学观受到其生活的时代以及她进行创作时代的文艺思潮的双重影响,这源于艾米莉生活的1818年到1848年,正是欧洲浪漫主义文艺思潮从兴盛到衰亡、批判现实主义文学兴起的重要交替时期,因此其美学观也就不可避免地受到浪漫主义与批判现实主义美学观的双重影响,但首先是对浪漫主义美学观的继承。她的一生极为不幸,孤苦相伴,屈辱相随的经历使她不得不逃避现实,将目光转向大自然,从中寻求安慰,以消极的态度对抗严酷的现实,与先于她的消极浪漫主义作家不谋而合。

曾有人认为艾米莉·勃朗特把凯瑟琳视为她自己的一个化身。她在有生之年未曾有过一天幸福安定的生活,也没有受到像其姐夏洛蒂所受到的来自四面八方的关注赞誉,死后却因其唯一的小说《呼啸山庄》而成为19世纪英国文学天空中一颗光芒四射的明星。可惜,无论作品成就了怎样的神话,它的作者却永远不能得知这份殊荣,只能如其笔下的凯瑟琳那样,带着悲哀不平沉睡千年。犹如她所描写：十几年来,凯瑟琳的孤魂在旷野上彷徨哭泣,等待着希斯克利夫,终于希斯克利夫离开了人世,他们的灵魂不再孤独,黑夜里在旷野上、山岩下散步流连。艾米莉·勃朗特在少女时代曾写下这样诗句：

> 我是唯一的人,命中注定
> 无人过问,也无人流泪哀悼
> 自从我生下来,从未引起过
> 一丝忧虑,一个快乐的微笑
> 在秘密的欢乐
> 秘密的眼泪中
> 这个变化多端的生活就这样滑过
> 十八年仍然无依无靠

---

① 杨静远.勃朗特姐妹研究[M].北京：中国社会科学出版社,1983:27.

一如我在诞生那天同样的寂寞……

她所塑造的两个人物——无论是与当时的贵族绅士格格不入的希斯克利夫还是与文雅淑女迥然相异的凯瑟琳,实际上都是她本人的写照。艾米莉笔下的凯瑟琳正如一面镜子,照见了作者自己苍凉而惨淡的人生。她在家排行第五,哈沃斯牧师住宅及周围的自然环境对其的影响比对其他孩子尤甚,她的天性更像一个"自然之子",对荒野情有独钟,她的生活背景犹如风雨摧残的荒野沼泽、寂寞峡谷一样粗犷而单调、呆板和一种兴趣狭窄却感情奔放不羁的原始生活,荒野以它原始的自然力刺激了她坚强勇敢的性格和巨大的想象力,因此,她心在荒野,远避尘寰,决然孤立,虽在外短暂学习、工作,但其生活多局限在住宅和荒野,这就养成了她特别的思想个性。除与姐姐一样的坚强勇敢之外,还表现出比姐姐更显著的"男性特征",也更加冷漠镇静、暴烈勇毅和桀骜不驯。夏洛蒂谈到艾米莉的性格时曾说:"她比男子更坚强,比小孩更单纯,她的性格是独一无二的。"[1]

凯瑟琳的形象一反维多利亚时代贵族女性的娴雅端丽,既融入了作者自己的灵魂与血液,使她突现了作者强悍、狂野、任性的魅力,又赋予作者所不具备的优越的家境与美丽的外形。虽然不像简·爱那样受人关注,却因其独立不羁的个性别具风采。如果说简·爱是细雨,更多地给人以心灵的浸润与触动,那么,凯瑟琳则更像风暴,在某种程度上具有更加摄人心魄的震撼力。凯瑟琳在小说中的地位是举足轻重的,甚至超过了男主人公。从小说第三章到最后,关于她的叙述贯穿了整部小说,她才是作品的中心,其形象构思"既新颖得出奇,又自然得厉害——她是新颖的,宛如来自其他星球,她又是熟悉的,仿佛是关于某种痛苦的经历的回忆"[2]。凯瑟琳除了单纯善良、天真无邪外,浑身上下还洋溢着与山庄一样的野性与顽劣。

凯瑟琳与希斯克利夫这两个看似有天壤之别的少年,在日常接触中,他们之间居然产生了爱的萌芽,确实匪夷所思。而且对于凯瑟琳·恩肖以外的呼啸山庄的人来说,希斯克利夫本是一个外来者,仅仅出现在庄园第一天,希斯克利夫就在心理上给庄园的生活带来了波动。当老恩肖拿出被挤碎的小提琴时,辛德雷的哭声里隐含了对于这个外来者的憎

---

[1] 杨静远.勃朗特姐妹研究[M].北京:中国社会科学出版社,1983.
[2] 杨静远.勃朗特姐妹研究[M].北京:中国社会科学出版社,1983.

第三章 女性意识的萌芽：19世纪的英国女性文学研究

恨,那个小凯瑟琳也因未得到可爱的鞭子而向他咋去。因此,这一特殊人物的出现,开始激荡起人性中善与恶、美与丑的对立,打乱了庄园正常的生活。只有凯瑟琳爱他,这绝非偶然,而是源于他们本性的趋同。突出表现为两人相同的天性：疯狂而又任性。

凯瑟琳觉得希斯克利夫有男人身上诱人的野性美,他俩之间似乎有更多相像的地方,他不是那种带有娘娘腔的风流小生,所以凯瑟琳尊重他,愿意和他在一起玩耍。于是"贫民窟的弃儿"与"不受约束的大胆姑娘"在反抗暴政与文明时结成了利益联盟。

但凯瑟琳毕竟是小姐身份,理应嫁给像林敦那样的少爷,他们从小产生的美好感情也因此蒙上一层无法忽略的阴影。对她来说,只要遵循理性的约束,这世俗的"人"的生活似乎不会被打破,有期望的生活总会有力。然而,凯瑟琳遇到温文尔雅的埃德加后,心怀倾慕,私下应婚,对女仆的表白就揭示了她当时的矛盾心理。现实的行为与无力的表白最终背离,凯瑟琳嫁给了林敦。这不妨被视为一种绝望中的期望,意味着向一度被她摒弃在外的世俗生活的屈服,她的价值观取决于原始的野性,力量决定价值。凯瑟琳对希斯克利夫的感情与对林敦的感情有着很大区别,她对林敦的情感是肤浅而造作的,将更为深沉、神圣的情感留给了希斯克利夫,虽然她深知这种爱比林敦所给予她的文明优厚的物质条件重要得多,但她还是违背自己的天性而嫁给了林敦。从此,她结束了呼啸山庄虽然激情浪漫却背离文明现实的"自然人"的生活,但是,这个压抑着真情与狂野的少女不会自此心如止水,在她的性格与魂魄里,将从此交织着与演绎着自然野性、狂放不羁与文明秩序、功利规训的对立、矛盾与搏击、毁灭。这是两种不同生活方式的冲突,是对近代文明的控诉,她显示了恒久存在的双重现实和人自身的分裂,并以纯粹直接方式展示出原始野蛮包围、侵入、吞没文明的威慑性力量,显示了人在走向文明的同时存在着倒退回野蛮的反向潜流,反映了与文明化相反的运动秩序及其背后的现代文明的深刻危机。

一度狂野不羁的凯瑟琳在现实面前曾经反抗,也曾屈从,却终不敌资本主义文明的功利、规训的桎梏。无奈她以一种消极的毁灭返归了自我,也返归了与男主人公一同向往的自然与自由的他界,并以死的决绝昭示了与现实世界的决不妥协。但现实中身体的消亡并未消解女主人公灵魂深处"自然人"的精神内核,相反,她却以对现实的离弃实现了一种超现实的存在价值。凯瑟琳与希斯克利夫在荒野中呼号、游荡的灵魂却在向世人昭告着绝不屈服的誓言与决绝！正在于此，《呼啸山庄》这部最奇特的小说因这个狂野不羁的最奇特的女性获得了最撼人心魄的艺术魅力！同时她也是艾米莉缺憾人生的强烈宣泄与压抑心灵的纵情释放！

　　孩提时代的凯瑟琳就是一个狂野不羁、倔强大胆、充满自由反叛精神的女子，她钟情于希斯克利夫，因为从他身上看到了自己，他是凯瑟琳本质的一种表现，代表其心中另一个真实的自我。正如西哲所说："人往往要通过了解自己所爱的人是什么人才能真实地了解自己，因为真正爱的对象正是自己本质的一种表现。"[①] 因此，当父亲带回希斯克利夫后，他们很快成为密友，即使父亲死后常受到爵哥的压迫和仆人的刁难她仍然感到幸福，因她还可以拥有希斯克利夫，即真实的自我，如其所宣："我爱他，并不是因为他长得俊俏，而是因为他比我更像自己。不论我们的灵魂是用什么材料构成的，他和我是同一个材料。"而她却在另一个世界——画眉山庄迷失了自己，宁静而美丽的画眉山庄是与呼啸山庄截然不同的一个全新的世界，面对物质世界的诱惑，面对象征金钱权势的林敦的求婚，她放弃了"自我"，皈依了"超我"。当离家多年的希斯克利夫再次出现时，她的自我意识又开始慢慢苏醒，放弃做"房间里的天使"，努力想找回另一个分裂的自我，开始了痛苦的挣扎，"这个破碎的牢狱，我不愿意被关在这儿了"，她一直在情人与丈夫之间徘徊，终至筋疲力尽，心力交瘁，郁郁而终。

　　通常人们总是关注凯瑟琳的爱恨挣扎，却忽略了其女儿的命运际遇。小凯瑟琳温顺驯良、声音柔和、表情沉静，她的愤怒从不狂暴，她的爱情从不炽烈，而是深沉温柔，但骨子里却有一颗在感情上过度敏感活跃的心，还有与其母一般"莽撞的性子"和"倔强的意志"。她从小就以自己的方式走路和说话了，对于每一件压制其意志的事都要有充分的理由才肯听从约束，她的自我追求与母亲一样曲折，所不同的是她经历了一个自我压抑、自我反抗与自我实现的过程。首先是自我压抑：小凯瑟琳从小在画眉山庄长大，在其父的精心教育呵护下，她长成一个温柔善良的天使，天性被父亲的爱包裹、压抑着，这种压抑甚至延伸到对小表弟的溺爱上，被迫嫁给小表弟后，面对自私、懦弱、暴躁的丈夫，她仍然扮演着天使的角色，尽力呵护顺从对方，致使自己处于更深重的压抑。

---

① 陈琨.西方现代派文学研究[M].北京：北京大学出版社，1981：24-28.

第三章 女性意识的萌芽：19世纪的英国女性文学研究

在此,她与其母都失去了自我,却又有着本质的不同。凯瑟琳原本活在自我中,只是因为顺应社会的要求和虚荣心的驱使才迷失了自我,违心地嫁给了林敦,而小凯瑟琳完全是有意识地压抑着自我天性,因此一个是主动舍弃迷失自我,一个是被动克制压抑天性。这样的压抑直到丈夫去世,小凯瑟琳才猛烈意识到忍耐顺从的方式维系的婚姻并不能带来幸福,于是她不再柔弱,对希斯克利夫的淫威开始了反抗。在自我追求的历程中,她克服了自身的弱质,抵弃了门第观念,自主追求幸福,这是那一时代女性难以做到的,即使其母也没有例外,只能在原地苦苦挣扎。

在两代凯瑟琳的追求中,不难看出作者为当时女性寻觅的一条自我实现的途径。维多利亚时代父权制文化盛行,社会崇尚的是"家庭天使",要求女性自我完全归于家庭,只以女儿、妻子、母亲的身份存在,无论哪一个角色,都只是从属于另一个主体"家庭",而没有自己独立的个体身份,只剩下不完整的存在,把能代表他们个体的那部分"自我"被"抽离",不再拥有真实的自我。小说中母女二人都有自由个性,且都不同程度追求自由,这种向往自由的天性也是作者的天性,在艾米莉的心灵深处:"她胜过一切,最热爱的是自由。"凯瑟琳从小就向往自由,她与希斯克利夫常在山野里疯狂地奔跑,将约瑟夫的宝贝书籍扔进狗窝,当父亲问及她希望得到什么礼物时,她居然选择了一条马鞭,而非漂亮衣物,不到6岁她就能完全驾驭家里的马,拥有马鞭即拥有了自由的权利与个性。因此,她钟情于冷酷而不解风情的希斯克利夫,却冷待善良多情的林敦,因为只有在希斯克利夫那里,她才有自由的生活与独立的人格。但在女性地位卑微的时代,凯瑟琳一直得不到父亲的宠爱,父亲去世后又被哥哥所压迫,不仅在家中没有地位,婚姻也不得自主选择。为此我们不可过多地追究凯瑟琳的违背自我,因为她无权选择。作者早就意识到这种男女的不平等,呼吁:"既然社会传统允许男人爱其所爱,那么女人也应该享有按自己的愿望发展的恋爱自由。"[①] 她通过小凯瑟琳与哈里顿的爱情来证明这一点,身为主人的小凯瑟琳与身为仆人的哈里顿不仅没有平等的地位,而且没有自由恋爱与自主婚姻的权利,但作者却让二人最终结合,无疑是对父权制的挑战,也是作者的爱情理想所在。

艾米莉将自己的女性意识寄予两个女性,通过她们对真实自我的追

---

① 朱虹.伍尔夫研究[M].北京:中国社会科学出版社,1992:125.

求,充分表达了自己的思想主张:作为女性不仅要有自由精神,还要有独立人格,在男女平等、恋爱自由和婚姻自主的基础上,才能充分实现自我。在维多利亚时代,作者尽管是一个不为人所理解的孤独的天才,但却同她的姐妹和当时的女性一样,也有着一份女性情感自由与自我实现的梦想。

三、安妮·勃朗特的创作

（一）安妮·勃朗特的生平

安妮·勃朗特(Anne Bronte,1820—1849年)是夏洛蒂·勃朗特和艾米莉·勃朗特的妹妹。19岁时她曾到米尔菲尔德的英汉姆家担任了8个月的家庭教师,1840—1845年间又在梭普格林的罗宾逊家任家庭教师。1849年,因肺结核去世,年仅29岁。

（二）安妮·勃朗特的创作

安妮·勃朗特一生仅留下了《艾格妮丝·格雷》和《怀德费尔庄园的房客》两部小说。

《艾格妮丝·格雷》是一部带有自传色彩的小说,讲述了主人公从天真单纯走向成熟的经历。主人公艾格妮丝·格雷自小备受宠爱,但由于家道中落,她不得不外出工作以补贴家用,她怀着满腔的热诚和美好的理想踏上社会,担任富商布鲁姆斯菲尔德家的家庭教师。但是主人的傲慢冷漠以及孩子们的粗野、自私令艾格妮丝十分痛苦。之后,她来到贵族乡绅穆瑞家为四个孩子做家庭教师,仍然受到了主人家的冷漠对待。在这里,她爱上了善良的牧师爱德华。后来,艾格妮丝回到家中,创办了自己的学校,并与爱德华喜结连理,结成了幸福的家庭。

这部小说以严肃的态度批评了维多利亚时代的许多社会问题,如阶级平等、家庭教育、妇女地位等,尤其是对当时社会上泛滥的物质主义和腐朽的道德观念给予了批判。

《艾格妮丝·格雷》情节平平淡淡,没有《简·爱》和《呼啸山庄》那样轰轰烈烈的爱情。它的成功之处在于,通过艾格妮丝之口,作者真实地再现了家庭女教师这一特殊社会群体的甘苦。在19世纪中期的英国,有超过两万多的女子在从事家庭女教师的工作。对大多数的家庭女教

第三章 女性意识的萌芽：19世纪的英国女性文学研究

师来说，她们的地位是独特而又尴尬的。对于这些女性来说，最痛苦的不是生活上的清贫，也不是工作上的辛苦，而是精神上的压抑。她们独处异地，寄人篱下，没有丰厚的陪嫁；她们也很少有缔结一段美满姻缘的机会，许多人甚至终身形单影只，因此她们是不属于家庭的。面对等级森严的资本主义社会，她们除了知识、清贫与自尊，一无所有。她们无法融入中上层社会，又不甘于与下层劳动人民为伍，因此她们理想与现实的错位，高贵与低下的冲突，给她们带来的是精神上无尽的痛苦。《艾格妮丝·格雷》具有很强的自传性，在艾格妮丝·格雷身上，我们可以看到安妮自己的影子。但作者让艾格妮丝实现了自己无法实现的梦想。安妮自己终身未嫁，她曾经与父亲的一位助手相爱，但恋人却在她外出做家庭教师时病逝，而安妮过了很久才知道这个消息。在小说中，安妮却安排艾格妮丝与韦斯顿先生获得幸福的生活。《艾格妮丝·格雷》极强的自传性使它真实地反映了家庭女教师的生活，而《简·爱》虽然也是以家庭教师为主人公，却更多地带有浪漫主义的色彩。一个再现了现实，一个描绘了梦想，这也许就是《艾格妮丝·格雷》与《简·爱》最大的区别。

《怀德费尔庄园的房客》是一部书信体小说。主人公海伦在亚瑟·亨廷顿的追求下嫁给了他，但是婚后才发现亚瑟品德不佳，酗酒、生活放荡。为了摆脱不堪的生活，她决定带着孩子出走，计划当画家来独立生活。亚瑟得知后，愤怒地烧毁了画具。但海伦还是带着孩子毅然地离家出走了，来到了怀德费尔庄园。庄园的主人吉尔伯特·马克汉姆对海伦存在好感，他在海伦的日记中知道了她的过去，便开始追求海伦。后来，亚瑟病逝，海伦继承了遗产，可以自由地绘画。最后，海伦嫁给了吉尔伯特。

这部小说大胆涉及了女性平等的问题，被认为是最早的女性主义小说之一。海伦在爱情、婚姻等问题的处理上都具有反传统的性别革命色彩，她积极选择、大胆追求，这种兼具情感与理性的新女性形象在当时来说实属罕见。

安妮·勃朗特塑造的海伦这一崭新的女性形象，充满女性独立自主意识，敢于质问，敢于反抗，既美丽聪慧，又具备非凡的理智与强烈的道德感，她做出的种种努力也最终卸下了"女人，你的名字是弱者"这道枷锁，使读者眼前一亮，并被深深地吸引。

在海伦所处的维多利亚时代，"自由"似乎成了男人的专用，给女人留下的更多是口头上的自由和想象中的自由。然而,海伦却在年轻的时候就萌发了强烈的自由观。在婚姻承父母之命的时代,海伦就通过自由恋爱的方式,拒绝姨妈姨父的候选人,选定亨廷顿作为自己的丈夫,这本身就是对女性传统价值观的猛烈挑战。

当博勒姆热烈追求海伦时,受到海伦的冷回应,于是转而向她的姨妈求助,海伦当即表达了不满。"我希望我姨夫和你(指姨妈)告诉了他这事不由你们做主。他有什么权力不求我,求别人。"刚强执着的海伦面对姨妈的一席话进行了激烈的反驳。她对于这个候选人,用一个字概括了她当时的心境,非常大胆:"恨"。这可以看作海伦的大胆反抗。接下来,海伦在婚姻选择的道路上遇到的第二道难关就是她的这位追求者——博勒姆。

当海伦不听姨妈的劝告,立即拒绝博勒姆的求婚时,遭到了博勒姆来自男权社会的激烈压制。他紧追不放陈述了自己的理由,后来,博勒姆又搬出姨妈来试图使海伦屈从时,她大声说出了自己作为一名独立自主的女性的一番话:"……但在这么大的事情上,我就冒昧自作主张了。谁劝都改变不了我的决定。谁劝都休想诱我相信,走出这一步就有助于我的幸福或你的幸福……。"这表明在海伦的婚姻观念里,物质与人品的优秀只是一方面的条件而已。女人拥有婚姻的自主权。为了劝服姨妈,她从圣经中找出近30条语录来说明拯救一个人的灵魂是一件多么神圣的事。最后,海伦也收到了父亲的回信表示同意。

这里要提及一下海伦的身世,海伦的母亲很早就去世了,只剩下父亲和一个弟弟,海伦是从小被姨妈和姨夫照看长大的,作品中在海伦的父亲去世时提及这一点,而海伦也承认:"我自幼只见过他一次,而且分明知道他根本不关心我。"作品中没有详细交代原因,但如果我们联系一下作者所处的时代,不难发现这其实是作者安妮·勃朗特在其作品中表达对主流社会的行为规范和导致这种规范形成"父权"的反抗。这种"弃养"可以被理解为作者以近乎隐喻的形式表达出的抗争,让我们窥视到安妮·勃朗特潜意识中对摆脱"父权"的束缚和对自由平等的生活氛围的向往。作者以此更多地注入了女主人公执着坚韧的品性。

在海伦嫁给亨廷顿之前,曾经向姨夫表示不会考虑婚后财产处理的问题,这充分表现海伦的婚姻观,不为钱财嫁,不为地位荣。这在后来与马卡姆的婚恋中也有所体现,当海伦继承了姨父的一大笔遗产时,一直追求爱慕她的马卡姆犹豫了,他们之间出现了财富地位的差距,这让马

第三章　女性意识的萌芽：19世纪的英国女性文学研究

卡姆犹豫不决。海伦当即表明了自己的态度："地位、出身、财产等这些世俗的差异再大，同和谐一致的思想与感情相比，同真正的爱情相比，同共鸣的心灵相比，就如尘土一般微不足道。"可以看出，海伦一直信奉这种平等真挚的婚恋观。

安妮笔下的这位新女性向往自由，渴望婚姻中双方对彼此的尊重。她追求人格完整与独立。其实这在与亨廷顿婚前的交往中就已经有所体现。海伦曾经为亨廷顿画过一幅微型画，被亨廷顿无意中发现并拿走。海伦则强烈要求把它归还，在遭到对方的取笑后，她愤然把画撕成两半扔进火炉。这在当时那个时代的女性往往会顺从而羞涩地答应对方的要求，而海伦则很有"自我"意识。这一婚前的反抗事件已初显海伦的反抗意识。在结婚之后，亨廷顿炫耀从前的风流韵事，以使海伦气愤、惊讶、伤心、流泪为乐，根本不顾及海伦的屈辱和痛心。海伦婚后第一次大胆地反抗是将亨廷顿锁在门外，这时有这样一段心里独白："我决心让他明白我不是他的奴隶，我只要愿意，没他照样过。"对于丈夫对自己的冷淡，也决不让步。当亨廷顿与有夫之妇安娜贝拉调情被海伦发现后，他不仅不以为耻反以为荣，甚至引经据典为其不道德的行为辩解，认为"女人忠诚是天性"，女人的爱"盲目、钟情、永不变心"。海伦对此进行了有力的回击："你和我调换一下想想，我要是这么做，你会认为我爱着你吗？"她在凭借着自己的力量反击，她所追求的是女人在家庭中的平等地位，一位同男性一样具有独立意识的人，是主体。

海伦的焦虑与压抑也可以理解为海伦女性意识的扭曲的显露。海伦逐渐发现自己处于让人窒息的婚姻状态。她所追求的自由平等，真正意义上的人与那个时代对女性的要求发生了冲突，她一直在希冀与焦虑之间挣扎和斗争。她被迫降低自己的期望值，她也以自己的方式反抗着男人的枷锁。尽管物质生活很充裕，品性高贵的她因为得不到精神生活的满足而焦虑。她渐渐意识到他们的婚姻正在腐朽，因意识到她们彼此缺少一种灵魂深处的交流而焦虑不安。后来当海伦拿到丈夫与安娜贝拉私通的第一手资料后便立即提出分手，亨廷顿不准，她便毅然中止了夫妻情分。最后，强烈的压迫使海伦准备离家出走，她要逃离这种没有爱的婚姻。她对自己的逃离计划得很周密"我要靠双手劳动维持自己和他（儿子）的生活，调色板和画架一度是我喜爱的游伴，如今必须充当我的严肃的同甘共苦的……"。有了这种想法以后，她还理智地意识到自己的绘画水平尚浅，需要进一步提高，还考虑到经济问题，如卖首饰等,中间虽然遭遇挫折,被亨廷顿发现她的逃跑计划抢去她的首饰和积蓄,烧毁了绘画工具,但这一切并没有动摇海伦要逃走的决心。在老仆人雷切尔的帮助下,最终获得成功。这一系列的过程都体现出海伦的经济独立意识。

需要提及的是海伦在逃走之后在荒芜孤寂的山庄生活,海伦需要克服两方面的困难。一是物质上的匮乏。山庄的破旧与昔日庄园的华丽形成巨大反差。然而,智慧坚强的海伦不畏辛苦专心作画。这从后来马卡姆对她的作画技巧的评价中可以看出。并且难能可贵的是,即使是面对自己的亲弟弟,也不愿受其施舍。心中想着偿还弟弟所承担的费用,"现在我自己劳动,自己挣钱,自己节省开支,勤俭持家,我从中得到的乐趣比以前任何时候都……"这充分显示了海伦的独立精神。她试图逃离后摆脱经济上对男人的依赖也是在向男权社会提出挑战。在精神方面她又不得不承受远离亲人和朋友的孤独和舆论的压力,那是对女性意识伤害的巨大武器。她有时也会伤心惆怅,但还是顶住了压力,"为了孩子,再也不能忍受了,人们怎样议论,我的朋友们怎样想,根本没必要理会。"她感激这个避难所,并为自己获得自由而高兴。

小说中海伦对两位女性朋友米利森列和爱斯特都有一定程度的积极影响。生性懦弱的米利森列先是屈从父母,嫁给自己并不认可的丈夫哈特斯列,又在婚后对丈夫的专制作风逆来顺受,当哈特斯列终于意识到自己的不道德行为时,海伦对前来道谢的米利森列说,她是做了她自己也可以做并且早就应该做的事了。海伦更为成功地影响着另一位女性爱斯特,尤其是帮助她成功地度过了婚姻选择这道关。当少女爱斯特拒绝母亲介绍的中意结婚对象时,遭到了母亲的训斥,当她犹豫不定时,海伦支持了她的做法:"你不喜欢他,这条足矣。"并且警示如果她草率地结婚,嫁给一个自己不爱的人,不如卖身为奴。对于爱斯特害怕自己没有合适的结婚对象时,海伦又说,一定要找到合适的人选,否则将会遗憾终生。不要因为母亲和哥哥对她所施加的种种压力而嫁给一个自己并不爱的人。后来,她真的找到了情投意合、真挚正派的劳伦斯缔结连理。爱斯特也真心地感激海伦,一位有理想、有主张、不畏压力的新女性,她使自主意识的光辉照耀他人。

海伦最终证明,女人不再是缄默的天使。安妮·勃朗特一直都在试图为她的女主人公海伦寻找一条灵与肉的出路,找到既符合维多利亚的道德规范,又能保留女性相对的独立性的标准。最终她获得了成功。这部小说也为研究英国女性在维多利亚时期的生存状况、独立意识发展提供了有力的借鉴,同时这部作品也成为英国女性文学史上一座光辉的丰碑。

第三节 伊丽莎白·巴萨特·勃朗宁与玛丽·雪莱的创作

一、伊丽莎白·巴萨特·勃朗宁的创作

(一)伊丽莎白·巴萨特·勃朗宁的生平

伊丽莎白·巴萨特·勃朗宁(Elizabeth Barrett Browning,1806—1861年)是著名诗人罗伯特·勃朗宁的妻子,是英国维多利亚时代的著名女诗人。她自幼天资聪颖,勤奋好学,掌握多种语言,谙熟古典文学,并且具有出色的创作天分,14岁时她出版了第一首长诗《马拉松之战》。此后不久,她又出版了《论心智及其他诗歌》《撒拉弗及其他诗作》《孩子们的哭声》《诗集》等,逐渐在英国诗坛上确立了自己的地位。伊丽莎白39岁时结识了小她6岁的诗人罗伯特,两人对诗歌的共同关注使他们走到了一起。1846年,伊丽莎白与罗伯特秘密结婚,婚后他们移居意大利,在那里生活了15年,直到1861年伊丽莎白去世。

(二)伊丽莎白·巴萨特·勃朗宁的创作

作为一名诗人,伊丽莎白取得了很大的成就,她的许多诗歌不仅在当时就给人们留下了深刻的印象,而且几百年之后,她的诗歌仍为世人所喜爱和传诵。而在众多的诗歌中,她的爱情诗写的尤为出色。这些爱情诗主要收录在《葡萄牙人十四行诗集》中,诗集中的诗歌是伊丽莎白写给丈夫罗伯特的情诗,诗人通过热烈直接的表白和错落有致的音节将自己对丈夫的爱表达得淋漓尽致。

从其生活经历上来看,《葡萄牙人十四行诗集》几乎可以算得上是伊丽莎白涅槃重生的代表作。诗人在年幼时因为一次意外坠马事故挫伤了脊椎,从此只能瘫痪在床。伤痛、孤寂和封闭使她的生命中只剩下痛苦,唯有靠读书写诗来暂时纾解这些痛苦。这种生活一直持续到她

39岁。痛苦几乎让女诗人窒息，但也让她的诗歌创作受到磨炼和升华，1844年，伊丽莎白的两卷本诗集得以出版，越来越多的人开始关注到她的诗歌。而这些诗歌也给她带来了新的曙光——爱情。比她小6岁的罗伯特正是通过这些诗歌，对伊丽莎白产生了钦佩之意，两人开始互通信件，并渐渐产生了爱情。与罗伯特的爱情让这位女诗人重新焕发了生机，她的生活也由此产生了翻天覆地的变化。

  罗伯特的出现为伊丽莎白带来了她从不敢奢望的爱情。这份爱情支撑着伊丽莎白从黑暗的世界迈向了光明，她甚至敢于为了这份爱情与自己的父亲背道而驰（伊丽莎白的父亲并不赞成她与罗伯特的婚姻，她为此与罗伯特秘密结婚并私奔到意大利）。与罗伯特结婚后，伊丽莎白感觉自己幸福无比，她甚至逐渐克服了自己的病痛，成为一个登山涉水、探幽访胜的健游者。然而，这份爱又让她在自卑、自尊的痛苦泥淖中辗转难眠，让她惊慌疑虑，害怕这爱情的烈焰燃烧了自己，也伤害了别人。因此，她的爱情诗中所表现的情感中有痛苦，有怀疑，有激情，有恐惧，更有无限的喜悦和幸福。

  除了爱情诗之外，伊丽莎白作为一名女性诗人，她并未完全沉浸在狭隘的男女私情之中，也有不少表达民主自由和女权思想的诗作。但诗人所倡导的乃是一种激进的女权主义。代表作品如《奥罗拉·雷》。这是一首具有说教性和浪漫色彩的叙事诗，用无韵体写成。全诗共9诗章，讲述了一个年轻女诗人奥罗拉·雷的故事。奥罗拉幼时母亲（英国人）就去世了，由父亲（意大利人）抚养成人。她13岁时，父亲过世，她被送到英国姑母处，接受传统的教育。姑母未婚，保守、传统，对孩子缺少爱心。对此，奥罗拉身心感到痛苦不堪，对姑妈的令人窒息的传统思想及其教育非常不满。从父亲的藏书中她找到了暂时排解苦恼的方法并由此开始专心阅读；另外她的一位表兄罗姆尼的关怀对她也是一种安慰（第1诗章）。20岁时她突然发现了大自然的美妙，萌发了写诗的欲望，并逐渐热衷于借诗歌以抒发自己的感受。罗姆尼富有、善良，是一位慈善家和社会活动家，但思想上却存在着歧视妇女的意识，觉得妇女不应该也没有必要写诗。为此，他劝奥罗拉放弃诗歌创作，并向她求婚。但是，奥罗拉拒绝了他的请求，立志写诗并最终成为一名出色的诗人（第2诗章）。而罗姆尼则欺骗自己，要和穷苦的女缝纫工玛丽安·厄雷结婚。经过一系列传奇性事件之后，奥罗拉和罗姆尼两人终成眷属，并且都了解了男人和女人在社会中各自的作用和力量。《奥罗拉·雷》通过对一

第三章　女性意识的萌芽：19世纪的英国女性文学研究

位女诗人的成长和发展过程的记叙，揭示出妇女只有去除内心深处的大男子主义观念，才能充分展示自我。同时，这首诗也在一定程度上表达了诗人关于诗歌的作用的观点。

二、玛丽·雪莱的创作

（一）玛丽·雪莱的生平

玛丽·雪莱（Mary Shelley，1797—1851年），出生于英国伦敦。1814年春，著名的诗人雪莱与玛丽一见钟情。不久，两人就不顾众人的反对私奔了。他们先后旅居法国、瑞士、德国和荷兰，这段经历被写入他们合作完成的《六周游记》的第一部分。1817年，玛丽完成了《弗兰肯斯坦》。1818年3月，这本书以匿名形式出版，立即引起轰动。但在关于该书的评论出现之前，雪莱夫妇早已离开英国去了意大利，直到几年之后，人们才知道该书的作者当时只是一个19岁的年轻姑娘。玛丽·雪莱于1817年开始创作她的第二篇小说《瓦尔珀伽》，其间她经历了孩子的死亡以及婚姻问题。1819年，玛丽完成了中篇小说《玛蒂尔德》。这篇小说描写了父亲对女儿的乱伦欲望，由于主题太具有争议性，在她有生之年未能发表。

1822年7月8日，玛丽与雪莱在意大利度假时突遇风暴，雪莱不幸溺水身亡。1823年，玛丽携独子珀西由意大利返回英国。此后，她除小说创作之外，将主要精力投入到编辑整理雪莱的遗作中，决意确立雪莱在英国文坛的地位。经过20余年的努力，终于使雪莱作品全集于1847年问世。在此期间，她还著有小说《最后一个人》《洛多尔》《福克纳》及游记《德国与意大利漫游》，1851年2月，玛丽·雪莱于伦敦逝世。

（二）玛丽·雪莱的创作

《弗兰肯斯坦》是玛丽·雪莱最为世人推崇的代表作。《弗兰肯斯坦》虽然包含了很多鬼故事的基本元素，如鬼屋、坟墓、谋杀和无辜的受害者等，却远远超越了传统鬼故事的神秘怪异。尽管《弗兰肯斯坦》问世时人们在字典中还找不到"科幻小说"这个词，玛丽·雪莱在此书中所确立的体裁和风格却已经成为现代科幻小说无可争议的鼻祖。

《弗兰肯斯坦》是玛丽最著名的一部小说,带有明显的科幻色彩。这部小说的创作动机一直是文学史上的一段佳话。1816年,玛丽和丈夫雪莱以及诗人拜伦等人在日内瓦居住,由于一连几天大雨连绵,几个人只能待在拜伦的别墅里。当时,大家聊天谈到了关于生命的问题,拜伦就提议每个人各写一个鬼怪故事,当时玛丽在雪莱的鼓励下开始创作,并花了一年时间写成了《弗兰肯斯坦》。这部小说从1818年问世后一直不停再版,后来更是成为许多戏剧和电影的创作来源。

　　小说以书信体的形式讲述了科学家维克多·弗兰肯斯坦和他制造出来的怪物之间的故事,这个怪物的形象具有鲜明的象征意义,他是"人的孤独"的代名词,代表着为人类所不能接受的那一部分。小说中,怪物被维克多制造了出来,但却并不被人们所接受,在痛苦、孤独之下,他犯下了杀人的罪行,但这些行为并不是不可理喻的,他除了身体异于常人外,和人类没有什么不同,他最大的希望就是得到人类社会的认可,但是他因为相貌的缺陷而遭到社会的歧视和排斥。文中怪物的遭遇形象地揭示了文明社会只接受符合其标准的人或物,对其他陌生、有差异的事物则持否定态度的弊端,从这个角度来说,这部小说拥有了跨越时空的永恒性。

　　玛丽·雪莱在解剖人性的孤独上表现出笔力深刻,视野开阔,而孤独这一主题在现代主义众多作品中屡见不鲜。在《弗兰肯斯坦》中,作者不但特别突出"魔鬼"和弗兰肯思坦这两个主人公的孤独之境之情,对故事中的其他几个次要人物,也同样刻意描写他们生活或心灵的这一侧面。简言之,她要把尘世生活中的一幅孤独百态图展示给世人看。

第四节　乔治·艾略特和其他女作家的创作

一、乔治·艾略特的创作

（一）乔治·艾略特的生平

　　乔治·艾略特（George Eliot,1819—1880年）,英国女作家。艾略特从1856年秋开始创作小说。1858年,三部回忆早年乡村生活的中篇小说以《教区生活场景》为题合集出版。小说以真实平凡的生活内容打

第三章 女性意识的萌芽：19 世纪的英国女性文学研究

动了读者，引起文学界的普遍重视。

艾略特共创作了 7 部长篇小说，早期的小说创作包括《亚当·比德》《弗洛斯河上的磨坊》和《织工马南》。艾略特早期的创作题材几乎全部来自她所熟悉的乡间生活，洋溢着浓郁的乡土气息。她第一次将朴实的农民作为小说主人公，使这些普通人的感情跃然纸上。道德问题和人的道德选择是艾略特早期小说的主题，道德冲突又常常笼罩着浓重的宗教情绪，但这些宗教题材是为了展现人的理想，是仁爱的情绪，是以人为本的人道主义思想，而不是鼓吹传统的宗教教义。

从 1862 年到 1876 年间创作的《罗慕拉》《菲利克斯·霍尔特》《米德尔马奇》《丹尼尔·狄朗达》一般均被看作艾略特的后期小说。这些小说不再描写乡村景色和田园生活，取而代之的是历史、政治和社会题材，表现了她对现实问题的关注。艾略特长期居住在伦敦，英国的政治斗争、工人运动以及社会生活中一些极为突出的教育问题、饥饿问题、选举权问题等，引起了她的深刻思考。虽然道德问题仍是小说的主题，但后期小说里道德力量的冲突，一般都被赋予了更为广阔的背景。人的内心世界的描写也更多地与社会风俗和社会环境联系起来，个人命运也有了更广阔的社会依据。艾略特在小说中运用了细腻的心理写实和心理分析，她的写作手法影响了托马斯·哈代、亨利·詹姆斯和 D. 劳伦斯等许多作家。

（二）乔治·艾略特的文学创作

《弗洛斯河上的磨坊》是艾略特的一部自传体小说，它凝聚了作者深厚的感情。麦琪和汤姆的兄妹关系依据了艾略特和她哥哥的生活经历，吐立弗先生的塑造则是借助了艾略特对父亲的回忆。小说通过麦琪与汤姆兄妹间关系的发展，通过对吐立弗一家荣辱兴衰的描写，表现了 19 世纪初社会生活的变迁、新旧价值关系的交替和人的"友爱关系"的永恒。作品把爱情、伦理道义三者糅合在了一起，得出了严谨而又带有宗教情感的价值判断，体现了作者的独到之处。

小说采用第三人称写作，体现了艾略特善于把握叙事艺术、灵活地变换视角的特点。在这里，"全知视角"给她以有利的位置，使她可以自由地出入故事的场景和人的"灵魂"，褒贬人物，发表观点。

艾略特在她的作品中曾塑造了许多有声有色的女性形象。在实际生活中表现激进、常与世俗偏见和虚伪道德做斗争的艾略特,在小说创作中却表现了较多的保守倾向。小说《弗洛斯河上的磨坊》中,女主人公麦琪被迫忍受个人痛苦、牺牲自己的感情和追求,以实现更高的道德理想。艾略特通过对麦琪高尚品质的歌颂,旨在表明她后期所推崇的道德观念,即人在物质生活中仍需要相应的精神生活,而精神生活所不可缺少的是同情、理解和自我牺牲精神。

首先,小说的题目耐人寻味,它象征着人与自然的关系。古老的磨坊是早期工业的产物,磨坊与河流汇成了和谐的乐曲,但小说的发展则预示了这种和谐关系的解体。在小说结束时,我们看到古老的磨坊在兴盛了两百年后,终于在一场突如其来的洪水中倒塌。洪水过后,人们的生活又进入了一个新的时代。事实上,这也暗示了英国随着工业革命由农业国向工业国过渡的时期。

小说一开始,作者便生动幽默地刻画了不同阶层的芸芸众生相,书中那个小小的世界里弥漫着浓重的落后、保守、鄙俗的气息,人物登场都各具形态。具有小业主式的傲慢自负和愚昧固执的吐立弗先生,以格斯特小姐们为首的圣奥格镇虚伪势利和充满偏见的"上流社会",踌躇满志的迪恩先生和褊狭狠毒的威根姆律师,乃至轻浮冲动的斯蒂芬、狭隘冷酷的汤姆,凡此种种,作者都以戏谑的笔法予以简洁鲜明的勾勒和淋漓尽致的嘲讽。尤为深刻的是,作者紧扣主题揭示出时代的典型特征。主人公麦琪的悲剧命运是人物性格与她所处的环境相互冲突的必然结果。麦琪仿佛是尘埃中一颗熠熠闪光的明珠,和周围庸俗鄙陋的环境形成了鲜明的对照,这已经决定了她与环境之间必然会发生不可调和的矛盾。麦琪爱情上的不幸是她悲剧命运的核心。麦琪对费利浦的感情始于同情,后来因为精神的契合而滋长,可是由于两家的宿怨,遭遇到重重阻碍。后来,麦琪真正爱上斯蒂芬,但她又陷入道义和爱情的矛盾之中。她与斯蒂芬的"出走"事出偶然,她虽然是无辜的,但却被世人的流言蜚语中伤。麦琪最后丧生在泛滥的洪水里,但真正吞噬她的,却是那令人窒息的鄙俗社会中由世俗偏见和虚伪道德所汇集成的恶浪浊流。

《弗洛斯河上的磨坊》具有震撼人心的悲剧力量,它向人们启示生活的真谛,激发起对真、善、美的向往。艾略特在麦琪身上赋予了自己对美好人性的理想,她以细致入微的心理描写,展示出麦琪丰富优美的内心世界。麦琪并不是没有软弱动摇的时候,内心也不免时时陷入彷徨和痛苦,但无私的爱心和同情心对真诚和正义原则的信仰以及克己牺牲的

第三章 女性意识的萌芽：19世纪的英国女性文学研究

意志总是一次次帮助她战胜自我。她最后冒死援救汤姆，终于感化了他那石头般冥顽不化的心，"在最后的至高无上的那一瞬间"，他们终于实现了向纯真无邪的童年之爱的复归。

作为一位以强烈的道德观为特征的19世纪英国作家，艾略特个人的经历和成就，在妇女解放的道路上画了一个最有力的惊叹号。她超越了女性所谓的限度，预示了女性强大的潜力；为自己也为全体女性赢得了荣誉。她被认为可与奥斯丁、詹姆斯以及劳伦斯等人齐名，体现了英国文学的"伟大传统"。

二、玛丽·伊丽莎白·布雷登的创作

（一）玛丽·伊丽莎白·布雷登的生平

玛丽·伊丽莎白·布雷登（Mary Elizabeth Braddon，1837—1915年），出生于伦敦一个普通的家庭。布雷登是在19世纪60年代进入英国小说界的，那时严肃文学与通俗文学已形成共存共荣的局面，对小说的内容与技巧的讨论十分活跃，女作家更是人才辈出。在创作了几部不成功的小说后，她随后发表的两部长篇小说《奥德利夫人的秘密》和《奥罗拉·芙洛埃德》为她赢得了读者的关注。

作为一个小说家，玛丽·布雷登始终关心周围的事物，她不断地采用现代题材，追随当代文学界的潮流，从外国文学艺术中汲取营养。布雷登的作品大多通俗易懂且情节引人入胜，其中有不少好的作品在当时产生了轰动效应，她也被称为是继威尔斯·柯林斯以来通俗小说的杰出代表，并通过不断努力和创新，将通俗小说推向了新的艺术高度。

（二）玛丽·伊丽莎白·布雷登的文学创作

《奥德利夫人的秘密》是一部通俗小说。年轻、漂亮的海伦嫁给了富家子弟乔治·托尔博伊斯，可乔治古板的父亲则不赞成这门亲事，切断了对乔治经济上的支持。夫妇俩去欧洲豪华旅游回来，就落入了贫困的境地。孩子刚出生时，夫妻已经频繁吵架，海伦也对自己选择的这门婚姻怨恨不已。

一天深夜，乔治抛下年轻的海伦和襁褓中的儿子，只留下一张条子只身去了澳大利亚掘金，想通过自己的努力给小家庭带来美好的生活。

但海伦认为乔治抛弃了她,她把孩子丢给了自己年老的父亲,打算从此摆脱贫困艰苦的旧生活,寻找她梦中的富裕的新生活。她隐瞒了过去的经历化名露西·格雷厄姆,在外科医生道森家当上了家庭女教师。不久,附近的迈克尔·奥德利爵士看中了她的美貌,不顾一切地娶了她,婚后的海伦感到一切都让她心满意足。

三年后,在澳大利亚掘金发了财的乔治回国寻找心爱的妻子。海伦事先从报纸上看到了消息后,便安排了自己病故的假象,并在《泰晤士报》上登了讣告。她认为这样就没有人知道现在的奥德利爵士夫人就是过去的海伦·托尔博伊斯。乔治回到英国看到讣告后万分痛心,他的老同学罗伯特·奥德利陪他度过了这一艰难时刻。罗伯特恰好是奥德利爵士的侄子,他在伯父伯母出门做客时,带乔治去奥德利府邸参观,乔治在那儿看到了奥德利夫人的画像,他的神情有点失常,但并没有告诉好友发生了什么。

第二天下午,罗伯特和乔治又去府邸附近的溪流边钓鱼,罗伯特打了个瞌睡,醒来时发觉乔治影踪全无。据说乔治上府邸找过爵士夫人,但他从此就失踪了。晚上在伯父家吃饭时,罗伯特发觉爵士夫人弹钢琴时露出手腕上的伤痕,而她对此的解释并不能使罗伯特相信。

回到伦敦后,罗伯特也没找到失踪的朋友,一个个疑点在他的脑海中产生,他决心寻根究底,把奥德利夫人的秘密搞个水落石出。

罗伯特仔细地积累着证据,调查越接近事实就越让他难过,担心给贵族之家带来耻辱和灾难。在掌握大部分证据后,罗伯特警告海伦快逃之夭夭,可她却向丈夫哭诉告状,因为她料定爵士宁可相信侄子是疯子也不让她受到中伤。随后,海伦深夜赶到罗伯特所住的旅馆纵火,但第二天罗伯特又来到府邸,告诉她自己当时不在房间里。罗伯特指责海伦不仅杀了乔治,还是个纵火犯,在铁的证据面前,海伦不得不坦白了她的秘密。在知道了事情的真相后,爵士对爱情和幸福感到彻底幻灭,让罗伯特全权处理这件不宜外扬的家丑。罗伯特请来了精神病医生,将海伦移名改姓,住进比利时一个荒凉小城的精神病院里"活埋"了起来。

《奥德利夫人的秘密》通过对奥德利夫人的秘密的追究,构成了小说的中心线索,情节一环紧扣一环地发展下去,每一个环节既出人意料,却又在情理之中。与一般情杀故事不同的是,奥德利夫人是传统的贤妻良母形象:她温柔美丽,对丈夫体贴入微,只是当她的生活受到威胁时,她才本能地进行反抗,毫不犹豫地动手扫除对自己的一切威胁。

第三章 女性意识的萌芽：19 世纪的英国女性文学研究

从女权主义文艺批评的角度来看，《奥德利夫人的秘密》的意义在于推翻了 19 世纪文学中理想化的贤妻良母模式，通过一个极端的对照，使被压抑的妇女意识得到宣泄。

着重对奥德利夫人形象的塑造是这篇小说得以成名的关键。布雷登把当时维多利亚时期小说中"家里的天使"的模式颠倒过来，按照当时的观念，家庭是神圣不可侵犯的私域，是金钱世界以外的一片净土，是充满危机感的时代里的一个安全港湾，而处在这个家庭中心的多是理想化的女性形象。小说中这个貌似天使的奥德利夫人击中了男性心理最敏感的要害，她出身卑贱又有着疯病基因，犯有重婚罪、杀人罪、纵火罪，她不仅欺骗了男人，更冒犯了以男权统治为基础的社会秩序，成了要求改变现状的不安分女人的总代表。因此，奥德利夫人的形象本身是带有浓厚的叛逆性、颠覆色彩的。

《奥德利夫人的秘密》的引人入胜之处，还在于女主人公不可捉摸的神秘性。她从母亲那里继承了疯狂的基因，从父亲那儿继承了贫穷、屈辱和卑微；她既是乔治的妻子海伦·托尔博伊斯，又是家庭女教师露西，最后又成为奥德利庄园的女主人，这种人物身份的多重性，使得这部小说更显得扑朔迷离。

尽管玛丽·布雷登并不是什么思想家，也并不具有我们今天"妇女解放"的观点，但她的小说里多少存在着男子主宰一切的英国社会的投影，这就使作品突破和超越了一般的通俗小说，达到了现实主义的深刻性和丰富性。

第四章 女性意识的表现：20世纪上半叶的英国女性文学研究

20世纪初的英国面临着巨大的变化，文学领域也试图突破传统，寻求创新，一场反叛传统的现代主义变革应运而生，而在这个转变中女性作家可谓是一马当先。20世纪的女性作家用热情和决心寻求真实，但"这个真实不存在于物……而属于精神"，事实上，这种用新的创作方式来抗衡当时盛行的"男性的现实主义"正是女性主义意识在男性统治世界的体现，少数属于女性的独立自由的空间之一便是"区别于外部现实的个人意识"。

第一节 多萝西·理查逊的创作

一、多萝西·理查逊的生平

多萝西·理查逊（Dorothy Miller Richardson，1873—1955年），多萝西·理查逊出生在牛津郡的阿宾顿，祖父是一位成功的零售商，父亲是一位绅士，但后来遭遇了破产。理查逊离开家后曾经在汉诺威和伦敦任教职，自1860年开始为伦敦哈利街的一位牙科医生做助理秘书，继而开始写作。1917年她同艺术家艾兰·奥德尔（Alan Odle）结为伉俪，但艾兰由于肺结核于1948年过世。

二、多萝西·理查逊的文学创作

理查逊一生倾注于长篇巨著《朝圣》的创作，这是一部长达13卷的自传体小说，以意识流的手法完成。

第四章　女性意识的表现：20世纪上半叶的英国女性文学研究

《朝圣》是一部高度自传体小说，从女主人公米利安·亨德逊17岁走出家门开始，到36岁成为作家时结束。这部小说可以算得上理查逊的鸿篇巨制，共13章，历时40余载，最后一章在她去世后的1967年出版。小说的独特之处在于它共分四卷，由13部小说构成，每部小说构成《朝圣》的一章。小说的13章分别是（第一卷的）《尖顶房屋》（*Pointed Roofs*, 1915年）、《死水一潭》（*Backwater*, 1916年）和《蜂巢》（*Honeycomb*, 1917年），（第二卷的）《隧道》（*The Tunnel*, 1919年）和《过渡》（*Interim*, 1919年），（第三卷的）《僵局》（*Deadlock*, 1921年）、《五彩灯光》（*Revolving Lights*, 1923年）和《圈套》（*The Trap*, 1925年），（第四卷的）《山地》（*Oberland*, 1927年）、《左撇子多恩》（*Dawn's Left Hand*, 1931年）、《清晰的地平线》（*Clear Horizon*, 1935年）、《凹山》（*Dimple Hill*, 1938年）和《三月的月光》（*March Moonlight*, 1967年）。如果理查逊没有去世的话，她的《朝圣》就会继续写下去，就像斯特恩（Laurence Sterne, 1713—1768年）的狂欢之作《项狄传》（*The Life and Opinions of Tristram Shandy, Gentleman*, 1759—1767年）一样。

理查逊反对人们把她的小说称为意识流，用她自己的话来讲，她要创作出能够与流行的男性现实主义小说抗衡的女性现实主义作品。她的现实主义实质上是真实地再现（女性）人物内心世界流动不居、变换纷呈的主观思绪，即客观性烛照之下的主观性，有人甚至把理查逊的这种手法称之为自然主义。不难看出，如何界定作品的艺术手法并不重要，重要的是理查逊矢志客观描述的内容与伍尔芙、乔伊斯等意识流大家的艺术实践大同小异。无论是作为世家小说还是史诗性小说，《朝圣》首先植根于由乔叟、班扬、但丁和歌德等艺术家发扬光大的朝拜叙事，同时又从内部对这种独特的文学体裁加以改造。传统朝拜故事的作者往往是旋归故里、无所不知的旅行者，即香客—小说家—人种学家，而理查逊的叙事者则是具有特权的旁观者，通过人物之间、人物与世界的关系剖析人物。人生旅行对于理查逊来讲，就是"寻找已经拥有但没有完全掌握的东西，所谓发现也是二次发现，阐释也是重述"。

理查逊借助于女主人公亨德逊，详细地阐发了具有女性特征的实验主义小说技巧。威尔逊与亨德逊在小说创作上的对立充分体现了男性话语的压迫性与女性小说家强烈的反抗意识。在《隧道》中，威尔逊强调小说风格的重要性，而亨德逊则表示对所谓的风格一无所知。威尔逊的"知"表现为男性小说家的操纵欲，因而是可耻的，亨德逊的"不知"

体现在对直观感受的依赖和信任上。经过直觉感受的生活更加真实，更加鲜活，因为传统文体表现的是作者本人而非真正的生活，男性作家视野中的艺术创造性只不过是自我中心主义思想。《蜂巢》进一步指出，所谓的情节和道德说教是横亘在作者真实的再现生活与读者独立欣赏之间的一道障碍。"我读小说不是为了故事，而是为了作者本人生活中的一切细小琐碎，难分彼此，而小说里的每一个词都体现了作家的存在……这就是沉溺于道德说教令人厌烦的原因。"

《五彩灯光》抨击了传统人物塑造的模式。在亨德逊看来，传统小说家在塑造人物的同时，又把人物当作素材加以控制和利用，从而牺牲了人物的完整性。当然，理查逊并不否认小说人物的重要性。毫不夸张地讲，她的小说就是生动的人物画廊，她所反对的是作者无所不知、无所不晓的上帝属性和操纵性，即"食人行为"。理查逊认为，作家的天职就是用直觉去感知生活，作家应该随着说教成分的淡化而退出文本。

在理查逊的作品中，所谓"女性的"特征更多地体现在意识里并被女性所认可，而不是落脚于女性的身体上。以《尖顶房屋》第二章的省略表述为例，大量的省略不仅以现代主义手法（破碎、孤立的句子）生动地再现了亨德逊的意识活动，而且颠覆了长时间占据霸主地位的男性小说叙事范式。亨德逊乘火车去德国的汉诺威做教师。在白天，她望着窗外绵延不断的荷兰式风景，渴望走下火车步行在平坦的田野上。到了夜间，亨德逊则走到了她脑海里的"平原"，那里的"平地"一块连着一块。表现在书写上，在不同大小空间和不同长度省略号的切割下，语句变成长度不一、或完整或破碎的表述单位，以不同的节奏交互出现在书页上。夜间思绪的涌动衔尾而来，仿佛白天绵延在眼前的绿草地，一片紧接另一片。思绪与现实之间的类比强调了女性散文文体的真实性与科学性。

意识流小说容易给人以杂乱无章的错觉，但理查逊通过不断地巧妙运用古典音乐进行暗示的手法，使之既成为小说特定的组织手段，又强化了女权主义主题思想。在理查逊看来，音乐是一种高级的交流工具。为此，她频频利用与死亡有关的音乐，尤其是挽歌，来表达亨德逊对女性社会地位的思考。她认为，妇女在20世纪早期所承担的社会角色扼杀了她们的坚毅性、独立性和个性。在《尖顶房屋》结尾处，正当亨德逊就女孩午茶后能否跳舞而犹豫不决之时，现场奏响了肖邦的《葬礼进行曲》。与此同时，从事教师职业的她认识到教书对她人生的影响，"总

第四章 女性意识的表现：20世纪上半叶的英国女性文学研究

是孤单,癌症降临……我有一天会成为那样,……一位年迈的教师,患上癌症"。在《死水一潭》中,那位陌生人认为她只能从事教师职业,而她认识到教书根本没有出路。新来的教师朱丽叶同样想学习弹奏肖邦的这首音乐,她在小说结尾处的演奏象征着亨德逊完全抛弃了教师职业。可以说,两部小说中反复出现的葬礼音乐暗示了亨德逊对教师职业的拒绝。

贝多芬音乐的反复出现在作品之间架起桥梁,同时也强调了乐曲的自由主义命题。在《尖顶房屋》中,面对灰暗的前途,亨德逊在贝多芬《悲怆奏鸣曲》的感染下泪流满面,经历了从没体验过的自我表达的自由。对于亨德逊来说,演奏音乐远没有倾听重要,作为女性与艺术家,她需要的就是人们的倾听。然而,以父权为主宰的社会极少能够认真倾听她的心声,以她为代表的广大女性因而难以实现成功的沟通,来倾诉她们的精神之痛,表达她们的愿望与呼声。在《隧道》中,亨德逊也是借助贝多芬的音乐驱走了不受欢迎的求婚者,捍卫了个人的婚姻自由。其目的的实现主要源于两个因素。一是特里梅恩听不懂贝多芬的乐曲,音乐对他来说只是噪声。二是她的表演违背了他对礼节的理解,亨德逊通过交流的不合作原则表达了自己对求婚的意见。音乐成为亨德逊的语言,借助于新的女性语言,亨德逊一扫妇女被动、消极、边缘化的形象,把两部作品的女权主义思想紧密地结合在一起。对亨德逊来说,华尔兹堪称琴瑟和谐之音。在《尖顶房屋》中,校方禁止女生与男生跳华尔兹,因为校方认为华尔兹舞是两性交往和浪漫史开始的前奏,由此从反面证实了华尔兹舞曲的魅力。在《凹山》中,生活在教友会社区的亨德逊实现了顿悟,感受到了"个性坚不可摧"的她不再听挽歌,而是听教友会的赞歌与进行曲,它们就像天堂之光或天使从天而降,给她的身体与精神带来幸福的震撼。在这里,华尔兹的旋律又一次出现了,优美的旋律与和谐的动作成功地让男人与女人实现了逻各斯中心主义语言以外的交流。在《三月的月光》中,当比格斯小姐将亨德逊引领到钢琴室的时候,她又听到了从钢琴中传出的响亮浑厚的华尔兹舞曲。这是四人演奏的舞曲,它象征着人们之间某种和谐关系的建立,但这种和谐关系并非绝对的,而是发生在特定的空间里,这也就是亨德逊意识清醒之处。作品中人物的刻画同样成为作者表述女权主义思想的利器。作为漂游一族,亨德逊的漂泊经历向传统的男性和女性道德价值观念提出了挑战,成为女权主义觉醒的重要标志。

理查逊以人物的全部意识领域为题材创作小说，作品《朝圣》没有任何具体的情节，没有人物活动有序的进展。主人公米丽安是具有控制力的观察者，她代替作者的想象，阻止作者的干预。作者自己的个人风格只为人物的沉思冥想服务，在其他方面，我们感觉不到她的存在。小说中，作者使用意识流手法，注重心理结构，把过去、现在、未来，幻想、现实、梦境，通过自由联想交叉、糅合在一起。她把一切都归结于米丽安的意识，任何事物，只要不在米丽安心中出现，便不允许在小说中出现，米丽安是意识中心，其他角色的意识中都渗透着她的意识，她的意识中也包含着其他人物和事件的映像。作者还突出了意识和潜意识的交织，米丽安的外部活动和内心活动的相互关系，强调了她和外界以及自我的相互矛盾，并把时间发展的序列在其内心中重新加以组织，使作品出现了复杂的层次、立体的经验结构和叙述结构。

　　理查逊表现意识流的技巧是多种多样的，常见的有内心独白、自由联想、蒙太奇、重复出现的形象、平行与对比以及梦魇等。

　　理查逊热爱如诗一般的不和谐音，对印象主义有强烈的感情。小说中她经常有意识地运用诗歌成分，而且内省越强烈就越依赖对诗歌和其他艺术的借鉴。她常常使用省略或截断的句子以及若干重复出现的形象、象征或词组短语，将不同部分联成一体，它们所直接表现的活动都压缩在一段很短的时间内，在极其狭窄的框架里布置结构紧密的图画。米丽安的思维受各种偶然联想的支配，其运动的流动状态和不受限制的印象主义说明，从米丽安的意识一瞬间经过的材料是多种多样的。段落实际由一组形象构成，通过联想，一个意象引出另一意象，相互融合叠加，给人一种诗的感觉。赫伯特·乔治·威尔斯曾对她的这一技巧作过论述："她的故事对强烈的表面印象进行一系列的轻描淡写，她的女主人公并非一种精神，而是一面镜子。她游移于事实之上，正如那些为水的表面张力所支撑，而在水面浮游的昆虫一样。"

　　作品中，理查逊还把借鉴音乐作为其技能的一个重要方面。作品中有些篇章使用了文学借用中常见的奏鸣曲式。文中的黎明、上午、中午和黄昏四部分，与四个乐章中春、夏、秋、冬的场景是转换的平行物。她还运用音乐的主导旋律，在最初几页里暗示一个主题，然后一次又一次回到这个主题，直到作品线型展开的感觉被破坏。

　　多萝茜·M.理查逊在20世纪英国文学中的地位是毋庸置疑的。她大胆改变了人们所熟知的文学形式，她的意识流手法是对传统的写实

第四章 女性意识的表现：20世纪上半叶的英国女性文学研究

主义的挑战和反叛,对世界与人的理解和表现上进行了新的试验。《朝圣》在叙述技巧、语言文字、文体风格、语气、声调、形式、结构等诸方面都给人以崭新的感觉。有评论家评论说:"即使多萝茜·M.理查逊除了此书再也未写一字,她也应在文学史上占一席之地。"

第二节 弗吉尼亚·伍尔芙的创作

一、弗吉尼亚·伍尔芙的生平

弗吉尼亚·伍尔芙(Virginia Woolf,1882—1941年),英国女作家,被誉为20世纪现代主义与女性主义的先锋。两次世界大战期间,她是伦敦文学界的核心人物,同时也是布卢姆斯伯里派的成员之一。最知名的小说包括《达罗卫夫人》《到灯塔去》《雅各布的房间》等。

二、弗吉尼亚·伍尔芙的文学创作

伍尔芙认识到承受来自男性的性凌辱和性压迫乃是女性的历史命运,她一直认为妇女应该争取她们的权利,改善自己的地位,拥有自己的话语权。伍尔芙在自己的文学创作中树立了一个个全新的女性形象,通过她们的内心意识活动,我们可以看到伍尔芙要表现的是女性的自我能得到充分地实现和自由,而不是依赖男性。

《远航》是伍尔芙的第一部长篇小说,在题材和形式上均属于传统现实主义小说的范畴,同时也带有"女性成长小说"的色彩。这部小说生动描写了一位名叫雷切尔的女青年乘船前往南美的人生经历。雷切尔是一位颇具音乐才华的年轻女子。她失去了母亲,长期生活在孤独与痛苦之中。1905年,她乘坐其父亲的船前往南美,渴望开始新的生活。尽管在旅途中雷切尔因遭到政客达罗卫先生的性骚扰而度过一段噩梦般的日子,但她在南美的生活经历使她获益匪浅。那里的自然景色和风土人情进一步拓展了她的视野。雷切尔结识了不少艺术界人士,并爱上了一位名叫赫维特的小说家。不料,雷切尔突然发病,高烧不退,昏迷不醒,多日之后她死在男友的怀里。伍尔芙试图通过雷切尔的死亡向读者暗示,主人公缺乏足够的社会空间来拓展自己的事业,尤其当她将与信奉传统的小说家赫维特结婚时，她已经无法实现自己当艺术家的梦想。从某种意义上说，有关雷切尔心理成长、浪漫爱情和因病去世的故事情节是作者用以反映现实生活的艺术手段，"同时也是使小说能够揭露和批判困扰雷切尔的英帝国主义和阶级制度的一种结构上的安排"。

《远航》客观反映了伍尔芙在20世纪初对英国女性的地位和命运的关注。作为她的一部处女作，《远航》不仅代表了伍尔芙涉足文坛时的世界观和价值观，而且也体现了一位女性作家所具有的强烈的女性意识。在作者看来，女主人公雷切尔的命运是当时广大知识女性的真实写照。雷切尔无疑是当时英国女性的具体化身。像同时代的绝大多数女性一样，雷切尔遭受到男权社会的种种歧视和压抑。她在心理成熟和意识觉醒之前便离开了人世。在现存制度下，即使她能幸存并能结婚，她也无法实现当音乐家的梦想。就此而言，"远航"带有女主人公一去不复返的悲剧色彩，其意义远远超出了物质意义上的南美之行，而是一种精神意义上的探索。

伍尔芙的第二部小说《夜与日》是一部传统的现实主义作品，也是作者所写的篇幅最长的一部小说。作品生动描写了一对恋爱中的男女青年的情感困惑与人生选择。女主人公凯瑟琳的原型便是作者的妹妹。这部小说是伍尔芙早期习作练笔时创作的一部浪漫喜剧。凯瑟琳出生在伦敦的一个上层知识分子家庭，她的祖父是一位著名的诗人。她正帮助母亲撰写一部有关她祖父的传记。凯瑟琳平时夜晚喜欢独自在房间里研究天文学，享受着一种当时仅属于男人们的理性的夜生活。她受到一位名叫罗德尼的诗人的追求，并与他订婚。然而，凯瑟琳同时也爱上了律师拉尔夫。经过一系列错位和误解，最终凯瑟琳与才华横溢的律师拉尔夫订婚，而诗人罗德尼则爱上了凯瑟琳的表妹卡桑德拉。

小说中的另一位重要女性人物是具有同性恋倾向的玛丽。她是凯瑟琳的密友，也一度爱上了拉尔夫。小说结尾，依然单身的玛丽投身于女权主义运动与社会改革，而凯瑟琳和拉尔夫则继续面临爱情的考验。

《夜与日》是一部描写20世纪初英国青年人感情生活的小说。尽管这部作品似乎刻意模仿19世纪现实主义小说的题材与形式，但它却蕴含着现代主义的自我意识。小说最初的书名是"梦幻与现实"，同"夜与日"一样，折射出一种二元对立的原则，反映了男人与女人、理智与情感以及虚构与现实之间的辩证关系。虽然小说反映的是男女恋爱问题，但作者的意图是探索在社会转型时期男人与女人的社会角色和相互

第四章 女性意识的表现：20世纪上半叶的英国女性文学研究

关系。除了男女主人公的情感波折与错位之外，小说还存在多个"潜文本"。一是凯瑟琳与玛丽的同性恋关系，书中有多处详细的描写；二是对传统男女角色的颠覆与戏仿，并在一定程度上反映了作者的"中性"理论。此外，小说还偶尔涉及英国的帝国主义政策与战争问题。尽管《夜与日》发表后并未获得评论界的好评，但伍尔芙对现代女性意识的探索以及对明与暗、梦幻与现实的关注继续成为她小说创作的核心问题。

伍尔芙的第三部长篇小说《雅各布的房间》标志着她小说艺术的重大转折。"《雅各布的房间》是一部先锋派成长小说，被评论界视为伍尔芙第一部现代主义小说。"这部小说共分14章，其中有名有姓的人物达150余人。主人公雅各布·弗兰德斯是一位才思敏捷的剑桥学子，完成学业后到伦敦居住，随后到西方文明发源地希腊游览。但他像同时代的许多人一样死于战争期间。小说本身并无生动曲折的故事情节，而是包含了纷繁复杂的生活场景和人物变化多端的印象感觉。小说的视角在第一人称和第三人称之间流转徘徊，以飘忽不定的意识流语体反映了其他人物对雅各布的印象。主人公雅各布短暂的人生经历不是以有序的、合乎逻辑的进程来叙述，而是在一连串近似于蒙太奇的瞬间中得以展示。雅各布的房间本身并没有特殊的意义，只是为人物的意识活动提供了一个有限的却又必要的物理空间。尽管读者在许多场合遇见主人公，包括他与家人和朋友在一起聊天、在大学读书以及在希腊游览的情景，但雅各布在小说中缺场的现象却十分明显。不言而喻，《雅各布的房间》在题材、形式和技巧上已经与传统小说分道扬镳。

《达罗卫夫人》是伍尔芙最有名和最流行的一部意识流小说，也是20世纪英国现代主义文学的上乘之作。如果说伍尔芙在《雅各布的房间》中找到了如何开始用自己的声音来表达思想的方法，那么在《达罗卫夫人》中，她已经找到了符合自己创作意图并适合表现她所说的那种生活的艺术形式。这部小说以一日为框架，生动地描写了一位英国上层社会太太达罗卫夫人和一位名叫史密斯的精神病患者从上午9点到午夜时分约15个小时的生活经历和意识活动。《达罗卫夫人》完全打破了传统小说的形式，没有章节，只有以行间空白表示的12个部分。

作为一部意识流经典力作，《达罗卫夫人》在谋篇布局、时间处理和人物描写方面均充分展示了现代主义特征。在谋篇布局方面，作者巧妙地采用以一日为框架的小说结构，将人物复杂的生活经历压缩在15个小时内加以集中表现，充分展示了意识流小说无限的扩展性和巨大的凝聚力。小说完全颠覆了传统作品中循序渐进和合乎逻辑的叙事模式，摒弃了建立在因果关系之上的故事情节，凭借人物的自由联想和蒙太奇等技巧成功地构建了一种蛛网状结构。作者对人物的自由联想不作任何解释或说明，而是让各种念头和想法自由结合。随着小说的进展，作者的语体犹如行云流水，句子快速更迭，将一连串回忆、印象和现实的镜头交织一体，在表层语言信息之下透露出极为丰富的心理内容。

此外，《达罗卫夫人》还充分展示了伍尔芙的现代主义人物观。作者在人物设计上独辟蹊径，巧妙地安排了两个经历截然不同而又互不相干的人物，旨在揭示一个同时由神志清醒的人和精神失常的人观察的世界。伍尔芙摒弃了传统小说以情节为基础的人物关系，对人物在文本中的地位和作用进行了全方位的实验。她不仅以时间来揭示人物的经验与意识，而且别开生面地将人物的关系建立在三维的空间之上。她将不同的人物安排在伦敦熙熙攘攘的街道上，并按照现代电影剪辑与组合镜头的方法来塑造形象，成功地构建了现代主义语境中人物的空间关系。不仅如此，伍尔芙还深入探索异化时代人物精神上的联系，从而丰富了小说人物的象征意义。她将达罗卫夫人和史密斯两个互不相干的人物的经历交相并置，使他们的意识轮番迭现，深刻地揭示了人物在精神上的认同感和一种异化时代普遍流行的共性意识。从某种意义上来说，异化时代严重的精神危机成为联系小说人物的无形纽带。显然，达罗卫夫人和史密斯这对"精神伴侣"不仅颠覆了传统小说的人物关系，而且也标志着现代主义语境中人物模式的重大转型。

《到灯塔去》是一部非常诗化而又具有浓郁印象主义色彩的现代主义小说。在作者笔下，战后英国人严重的异化感和焦虑感已经被淡化，而笼罩着灯塔世界的则是一种平静的气氛。整部小说充满了美妙的旋律和朦胧的印象。这种旋律和印象几乎渗透于小说的每一个生活镜头之中，充分显示了作者希望从动乱中寻求宁静和秩序的创作意图。《到灯塔去》以间接内心独白的手法从不同的角度来反映人物微妙的心理变化，并通过视角的频繁转换不断使人物的意识相互渗透。伍尔芙的意识流语体将人物瞬间的感官印象描绘得丝丝入扣，其笔触既朦胧含蓄，又充满了诗的意蕴。她的印象主义描写时而细致入微，时而包罗万象，时而又留下许多让读者想象的空间，表现出人物在严酷的现实中探本求源，寻觅人生真谛和精神寄托的愿望。读者往往在一种只可意会不可言传的感觉中凭借自己的审美意识去把握人物的内在真实。显然，像《到灯塔去》这样的小说在英国小说史上是罕见的。也许只有像伍尔芙这样具有敏锐目光和独特视角的女性作家才能写出内涵如此丰富的作品。

《到灯塔去》之所以被称为艺术品,是因为它具有完美的艺术形式,饱含艺术魅力,表现出精湛的艺术技巧。首先,书中的故事只是轻薄的外壳,内在的实质才是无穷的宝藏。关于到灯塔去的断续的谈话,其作用相当于扔进水池里的石头,广为扩散的东西是它们激起的波纹,是人物的意识之流、自由联想。比如第一章第五节,描写外部客观事物只用了两句话,其余七八页几乎全是拉姆齐夫人的意识流动。又如画家莉丽,她善于用视觉形象进行思考。她临海作画时,记忆中闪现出许多生动的画面。从她思想的窗口,我们看到她与拉姆齐夫人抚膝相慰的情景、画架下的草坪和海上远去的帆船。

第三节　阿加莎·克里斯蒂和伊迪斯·希特维尔的创作

一、阿加莎·克里斯蒂的创作

(一)阿加莎·克里斯蒂的生平

阿加莎·克里斯蒂(Agatha Christie,1890—1976年),英国小说家、剧作家和诗人,被誉为"侦探小说女王"。她一生共创作了80多部侦探小说,100多个短篇,17部剧作。她的侦探小说被译成100多种文字。在西方,她的侦探小说重印达数百次,销售量仅次于莎士比亚的作品和《圣经》(Bible)。她的小说还不断地被搬上舞台和银屏,我国观众比较熟悉的有《东方快车谋杀案》《尼罗河上的惨案》和《阳光下的罪恶》(Evil Under the Sun)等影片。

阿加莎·克里斯蒂生于英国德文郡托尔奎,原名阿加莎·玛丽·克拉丽莎·米勒(Agatha Mary Clarissa Miller)。童年时代的阿加莎在一个幸福和睦的家庭中成长,父亲是一个开朗随和的绅士,母亲对子女的教育有着独到的见解。阿加莎一生虽未受过正式的学校教育,但从小就在家学习音乐和外语,母亲还经常给她讲故事、朗读文学名著,她所获得的文学素养完全来源于母亲的教育。

阿加莎·克里斯蒂16岁时到巴黎学习声乐,但文学的爱好使她最终放弃了走歌唱家的道路。在母亲和姐姐的鼓励下,早年对文学的兴趣再一次燃起,而对侦探小说创作的兴趣,则得益于姐姐对她的影响。阿加莎后来回忆:"在我很小的时候,麦琪就给我讲述了夏洛克·福尔摩斯的故事,将我引入侦探小说王国的大门,从此,我跟随她在侦探小说王国中游历。"姐姐曾抱怨当时的侦探小说大多拙劣不堪,读了开头就能让人猜出结局,这一抱怨竟被阿加莎看作是一种挑战,她决定要写出情节曲折、扣人心弦、出人意料的侦探小说。

1914年,阿加莎与阿奇博尔德·克里斯蒂上校结婚。第一次世界大战期间,她参加了英国红十字志愿队,从事救护工作,从而有机会接触并认识各种毒药的药性,阿加莎开始构思以投毒案为题材的第一部侦探小说,名为《斯泰尔斯庄园疑案》。

有侦探小说就需要有侦探,为了避免与福尔摩斯雷同,阿加莎决定塑造一个比利时侦探:他做过检察官,略通犯罪知识,依靠心理分析的方法破案,是一个精明、利落的矮子。这个留着大胡子、足智多谋、思路敏捷又有些怪癖的比利时侦探被定名为埃居尔·波洛。大侦探波洛首次在《斯泰尔斯庄园疑案》中登场,在阿加莎第六部作品《罗杰·艾克罗伊德凶杀案》中一举成名,他为阿加莎确立了侦探小说作家的地位。波洛在阿加莎笔下30部侦探小说中出现,成为继福尔摩斯之后第二个世界级的大侦探。1975年,波洛在阿加莎的小说《幕》中死去,为此,《纽约时报》还在头版头条发表文章悼念这位大侦探。

1930年,阿加莎在《牧师家的谋杀案》中起用新的侦探形象——来自英国乡村的女侦探玛普尔小姐。她好奇心十足,没有她不知道的事,是一个地地道道的侦探。与波洛不同的是,她常在乡间茶前饭后的闲谈中发现线索,并凭着直觉找出罪犯。其他有关玛普尔小姐的小说有《藏书室女尸之谜》《谋杀启事》等。

1930年,阿加莎在第一次婚姻失败后,嫁给考古学家马克斯·埃德加·马洛温,她经常陪伴丈夫到中东考察古迹,这为她写出异国情调的侦探小说提供了大量的素材。

这第二次婚姻非常美满,使阿加莎得以将整个身心投入到写作之中。不久,她就写出了轰动世界文坛的《东方快车谋杀案》《ABC谋杀案》《牌中牌》《尼罗河上的惨案》等作品,这些作品中的主要人物仍是以波洛为主。

1947年,为庆祝英女王85岁生日,阿加莎创作了一部三幕惊险剧,

第四章 女性意识的表现：20世纪上半叶的英国女性文学研究

名为《捕鼠器》,该剧在英国舞台连演几十年至今不衰,成为英国戏剧史上上演时间最长的一部作品。

阿加莎·克里斯蒂一生因此获得无数荣耀。在她66岁那年,她荣获"不列颠帝国勋章"和埃克塞特大学名誉文学博士学位,1971年,她又荣获女爵士封号,她因创作侦探小说的成就,被吸收为英国皇家文学会的会员,后被英国女王授予"侦探女王"的桂冠。

(二)阿加莎·克里斯蒂的文学创作

以埃及为舞台的《尼罗河上的惨案》写于1937年,后于1978年改编为电影。年轻、漂亮的林内特·里奇韦小姐是英国最富有的女人,不料这位千金一夜间嫁给身无分文的穷小子——赛蒙·多伊尔,接着旋风般地飞往埃及,在尼罗河畔开始了他们的蜜月旅行。赛蒙从前的未婚妻,林内特的好朋友杰奎琳·德·贝尔福特也跟随这对新婚夫妇来到埃及。她不甘心自己在情场上的失败,一路上,无论多伊尔夫妇走到哪里,杰奎琳就跟到哪儿,使多伊尔夫妇游兴索然。在卡纳克号游轮上她喝醉了酒,死死缠住赛蒙,声言要报复。突然间一声枪响,杰奎琳开枪打伤了赛蒙的腿,深红色的血慢慢浸透了他膝盖下的裤脚。当天夜里11点半人们突然发现林内特被杀死在床上,太阳穴中弹。周围的气氛顿时紧张。

大侦探波洛也正好乘坐卡纳克号游轮度假,凶手究竟是谁呢?似乎不可能是赛蒙和杰奎琳。因为在林内特被杀的这一段时间里,有充分的事实证明他们均不在现场:赛蒙膝盖受伤,无法行走,杰奎琳则由人看管。第二天,林内特的女仆和一位女作家相继被害,案情变得更加扑朔迷离。然而波洛镇定自若,他仔细地审问了所有怀疑对象,又重新分析了案情。最后他从林内特房间里的一个空的指甲油瓶子里发现了疑点。为什么瓶子里剩下的液体不是指甲油而是红墨水?又从这空的红墨水瓶子想到杰奎琳开枪后,赛蒙嚷着要人们走开是为什么?最后,他得出了惊人的结论:林内特不是死在赛蒙受伤之后,而是之先;杀害林内特的凶手不是别人,正是杰奎琳和赛蒙。为了夺取林内特的百万家产,两人精心设计了这场谋杀案。首先赛蒙让杰奎琳朝地面开一枪,接着便在膝盖上洒上红墨水,以造成瘸脚不能作案的假象。他跑进林内特的舱房向熟睡的林内特头上开了一枪,然后又立刻回到原地。这时他才朝自己的膝盖抠动了扳机……

在《尼罗河上的惨案》中,阿加莎借用爱伦·坡在《一封被盗的信》中的技巧:最不可能的地方正是藏信的地方,最不可能的人就是真正的凶手。

作品中,凶杀案一经发生,赛蒙和杰奎琳第一个被排除作案的可能。因为,第一,两人都有不在场的证据;第二,在杰奎琳误伤恋人和赛蒙在一夜间既身负重伤、又失去爱妻的处境下,人们不但没有怀疑他们,反而十分同情他俩。随着情节的发展,事件显得更加复杂。作案用的手枪神秘失踪,林内特常戴的一串珍珠项链也不见了,她的仆人和女作家奥特伯恩夫人被杀,同船的还有林内特的经济代理人,她从前的一个仇人和一名危险的政治逃犯。究竟是情杀还是仇杀?是经济犯罪还是政治犯罪?作品中悬念一环扣一环,环环相扣,一个案子有几条线索、几个怀疑对象,他们一起出现并在侦探的攻势下获得一次性破解。侦探波洛首先发现了几个疑点:为什么用指甲油的瓶子装红墨水?为什么杰奎琳打伤赛蒙后,赛蒙坚持支开在场的人?手枪为什么不见了?经过层层推理,他终于查出事实真相。原来红墨水是用来制造被杰奎琳打伤腿的假相,然后赛蒙利用人们离开的间隙作案,并立刻回到原位开枪打伤腿,最后将手枪扔进尼罗河。

苏联侦探小说家阿达莫夫说:"侦探小说的魅力在于情节中的秘密,渴望识破生活道路上所遇到的一切不可理解的神秘的东西,而秘密越大越危险,或者越重要越想揭开它的愿望也就越强烈。"就《尼罗河上的惨案》这部侦探小说的文本结构来看,除了隐藏与案件背后的种种未知因素能引发读者的探密欲望以外,侦探们通过何种手段同样激起读者的好奇心。正是在这种心理期待的支配下,阅读过程往往会变成一种不自觉的参与侦探过程。读者常常与侦探一道寻找线索,分析案情、推断嫌疑人。

在《尼罗河上的惨案》里,推理从一瓶空的红墨水瓶开始,书中既没有福尔摩斯式的对伦敦地区土壤的细微区分,也没有烦琐的火车时刻表,专业化的法庭辩论术……读者最后发出一声感叹:这一点他也注意到了,这样的推理他也能做到,然而这就是阿加莎·克里斯蒂侦探小说的魅力——介于悬念和亲和力之间。

第四章　女性意识的表现：20世纪上半叶的英国女性文学研究

二、伊迪斯·希特维尔的创作

伊迪斯·希特维尔（Edith Sitwell,1887—1964年）是英国诗人和批评家,以其先锋派作品而出名。在创作的过程中,希特维尔擅长以新颖独创的比喻和意象、对各种韵律的尝试以及对情绪的完美表达等来对现代主义诗歌的发展做出贡献,驰骋于20世纪前半叶的英国诗坛。

希特维尔出生于一个贵族家庭,在家中接受了早期教育。第一次世界大战前,希特维尔凭借夸张的服饰和新奇的诗作在英国文坛产生了较大的反响。而在创作的早期,希特维尔深受早期象征主义诗歌的代表——阿尔蒂尔·兰波的影响,并成为现代主义文学运动的倡导者。此外,希特维尔还曾编辑了6版富有争议的杂志《轮子》,这本杂志中的怪异、讽刺以及自我意识预示了当代文学思潮的发展方向,也代表着现代主义文学的到来。1923年,希特维尔发表诗集《正面》,在这部诗集中,希特维尔试图将当代流行音乐（如华尔兹和狐步等舞曲）的节奏纳入诗歌的声音及音节的长短之中,从而使得其中的诗作在发音上十分古怪,在意象上十分抽象,这种做法深受评论家和读者的好评。进入20世纪30年代以后,希特维尔的诗作数量开始减少,散文和小说创作逐渐增多。20世纪40年代以后,希特维尔的创作逐渐摆脱了早期的歌谣特点,带有浓厚的宗教色彩。她的诗歌充满激情,同时意象相互间极端对立,如太阳与黑暗、冰与火、心脏与骨头等,这种做法不仅影响了20世纪英国诗歌的创作方向,而且也使其成为英国文坛的名流,她的公寓成为很多才华横溢的人的聚会地点,后来的布鲁姆兹伯利会社最初就是起源于这里的。1964年,希特维尔因脑溢血去世。

希特维尔的创作生涯延续了半个世纪的时间。在这期间,英国诗歌从第一次世界大战后期的明快和爵士之风过渡到20世纪30年代的政治运动和第二次世界大战后精神价值的回归。希特维尔一直是先锋派的中坚力量,她的作品十分注重主题的多样化,她认为这是因为她的创新意识的成长。为此在诗歌的创作中,希特维尔常常以充满实验性的诗句和充溢着很多令人迷惑的个人典故和令人咋舌的意象的语句来表达个人的内心世界,通过这些扭曲与变态的画面,她展示了一个已经变得疯狂的世界。

在希特维尔的创作早期,英国的诗歌领域正进行着一种转型,诗人们认为早前的诗歌创作不管在节奏还是韵律上,不管在词汇还是形式上都已经千篇一律、陈腐老套了,因此开始谋求诗歌在创作方向、想象、情感以及节奏上的变化。希特维尔遵从这一变化,在创作诗歌的过程中,常常创造出一些新的韵律和节奏,使诗歌在机械刻板的世界中呈现出一种疯狂、扭曲、变态的图景,这一创作手法带有异常锋利的实验性质,反映了诗人敏锐的感觉和丰富的色彩。而到了创作的后期,希特维尔的先锋派创作手法已趋于娴熟,但她对这一创作方式仍然满怀信心,因而在诗歌中依然保留了早期的先锋姿态,因此,有评论家认为她"虽然失败于每一场争斗,但是赢得了整个战役"[①]。

另外,在诗歌的创作中,希特维尔十分重视词汇所带来的色彩和声音效果,也因为如此,她的诗句常常跟随想象的流动前进,再加上各处存在的象征,形成了一种迷宫般的效果。这也使得她的诗歌常在发出一种叮咚作响的声音的同时,让读者如同身处迷宫,找不到方向,也摸不着头脑,从而展现出了一种变幻莫测的景象。

总之,希特维尔的诗歌具有高度个性化的语言,其创作技巧是难以模仿的和远远超出于她所生活的年代的,虽然在当时她的诗歌确为部分人难以接受,但随着时间的流逝,她的诗歌却越来越显示出其独特的魅力。

第四节 凯瑟琳·曼斯菲尔德和其他女作家的创作

一、凯瑟琳·曼斯菲尔德的创作

(一)凯瑟琳·曼斯菲尔德的生平

凯瑟琳·曼斯菲尔德(Katherine Mansfield,1888—1923年)是新西兰现代短篇小说作家、诗人。原名凯思琳·曼斯菲尔德·博洽姆(Kathleen Mansfield Beauchamp),出生于新西兰的惠灵顿。她的祖父能将拜伦的诗断断续续"背诵一个半小时",她的父亲是新西兰的银行家。她在短短的 35 年中创作了 88 篇短篇小说,大量的文学评论、日记、书信、传记

[①] 倪志娟.变化莫测的女爵士[J].绿风,2011(3).

第四章　女性意识的表现：20世纪上半叶的英国女性文学研究

和一些别具风格的诗。

曼斯菲尔德天资聪颖，年仅9岁的她就发表小说。1903年，15岁的曼斯菲尔德就读于伦敦女王学院，并开始为学院文学刊物撰写随笔散记之类小品，3年后，她回到新西兰学习大提琴。

1908年，20岁的曼斯菲尔德终于说服家人，只身来到伦敦生活和写作。在她到达伦敦的最初几年里，文学创作收效甚微，从1910年起，她开始在《新时代》上发表讽刺性短篇小说；第二年，她的第一部小说集《在德国公寓》问世，评论界对这部作品反应较好。

1912年，曼斯菲尔德与编辑、评论家约翰·默里相恋，并结成伴侣。在此期间，曼斯菲尔德常在默里主编的杂志上发表小说，同时也为《威斯敏斯特报》写文学评论。她与S.S.柯特连斯基（Koteliansky）合作翻译的契诃夫书信选，最初就是在《文学俱乐部》上连载的。她的第二部小说集是《我不会讲法语》。而接下来的两部小说集《幸福》和《园会》，则奠定了她作为新西兰最杰出的短篇小说家的地位。

小说集《园会》是曼斯菲尔德创作后期的代表作，这部作品集收录了作家最优秀的一批小说，如《园会》《已故上校的女儿们》《帕克大妈的一生》《布里尔小姐》《航行》《第一次舞会》等，其中作为书名的《园会》一篇，也许是曼斯菲尔德小说中最具有代表性、最脍炙人口的名作，《园会》集刚出版就在美国连续再版7次，可见作品受读者喜爱的程度，可惜正当曼斯菲尔德的才华日益成熟之际，她的健康状态却趋于恶化。1923年1月9日，她因患肺结核逝世于法国枫丹白露，年仅35岁。

（二）凯瑟琳·曼斯菲尔德的文学创作

曼斯菲尔德的小说具有强烈的个性色彩。她作品众多，人物形象繁杂，而且每部作品、每个人物几乎都带给读者常新常异的感受，没有雷同重复。她的笔触精致微妙，富有诗意和音乐性，善于在平凡中挖掘生命的真切感受，紧紧攫住瞬间细节中的精彩意义，以富有创新性的个性风格充分展示出来。作为具有现代主义意识的小说家，她特别关注人们的精神世界，心理描写细腻丰富，而她的环境描写更是在优美生动之中深具象征隐喻色彩，不但与人物塑造和心理描写相得益彰，而且极大地拓展了作品的含义。这里分析一下曼斯菲尔德具有代表性的几部作品。

《序曲》是一部单独出版的中篇小说，在当时未受重视，后来逐渐被公认为是作者最优秀的作品之一,与稍后的《在海湾》构成关于伯内尔家庭题材的姊妹篇,并称曼斯菲尔德最著名的两部新西兰题材小说。它的雏形是1915年开始写作的《芦荟》(*The Aloe*,又译为《龙舌兰》)。小说分为12章,描写新西兰的伯内尔一家搬家后开始新生活的片断,用一系列飘忽跳跃的回忆片段,追溯新西兰生活的童年印象,深浸怀旧的美丽乡愁。作品塑造了一系列个性鲜明的人物形象,核心是伯内尔一家三代人。妄自尊大的斯坦利·伯内尔是一家之主,与妻子、儿女、妻妹以及岳母生活在一起,精明能干的他买下一处花园住宅,举家迁往新居。斯坦利美丽的妻子琳达脆弱而神经质,对婚姻生活和生育怀有深切的厌倦与排斥。琳达的妹妹贝里尔待字闺中,她漂亮虚荣,自私造作,自视甚高的她在寄人篱下的尴尬处境中憧憬着爱情和美满体面的婚姻,时时不忘卖弄风情,甚至对姐夫的态度也不乏暧昧。斯坦利的三个小女儿秉性气质各异,老二凯西娅善良多思,性格坚强,是寄托着作者思想情感立场的视点人物。孩子们的外婆贝尔菲尔德太太慈祥宽容,沉静坚强,任劳任怨地呵护着全家,不但是凯西娅最亲近的人,也是琳达的精神支柱。小说对琳达和贝里尔两姐妹的心理描写细腻微妙,传达出女性经历的丰富侧面。对其他人物如家中女仆爱丽斯、叔表亲戚特洛特一家、旧邻约瑟夫斯一家以及小店掌柜等的描写繁简不一,但是都各具特色,栩栩如生。这部小说的基本人物结构后来出现在《在海湾》这部作品中。小说原名《芦荟》,是因为中心人物琳达最钟爱的植物就是花园里那长着长尖刺、令人不敢轻易冒犯的芦荟,这富有个性的植物寄托着依附于丈夫的琳达无法实现的生活理想。"序曲"这个题目表层意义直指新居生活的开端,从深层看来则具有更大张力,含义模糊而品质丰富。作品也包含自传色彩,小姑娘凯西娅身上明显具有作者的气质,而《序曲》中的斯坦利正是曼斯菲尔德的父亲哈罗德的化身,而琳达则与作者的母亲安妮颇为相似,是一个漠然又疏远的母亲形象。作品中的环境描写却极为精当,作者描述出的背景优美得宛如自然本身一样。

在《求职女》中,作者用反讽的语气和现实主义的辛辣态度,讲述了一个小家庭教师的求职经历,展示了现实的丑陋和下层社会妇女的人生困境,同时也不无同情地戏谑了少女对现实缺乏正确认识的幼稚行为。主人公是一个年轻单纯的英国姑娘,要赶赴德国应聘家庭教师的职位。在火车上,毫无安全感的她对一个外表文雅、衣着体面的老头萌生好感和强烈的依赖之情,一厢情愿地把对方认作慈爱的老祖父,完全失去了

第四章　女性意识的表现：20世纪上半叶的英国女性文学研究

判断力，直到老头终于露出狰狞面目，小姑娘才如梦初醒，狼狈逃离。然而，她与老头的联系交往已被周围的人误解，因而错失工作机会。这是一个阴暗的故事。一方面，作品讽刺了小姑娘完全按照主观幻想行事，缺乏理性判断的缺陷。她凡事只看表面现象，对粗野脚夫、浪荡青年以及猥琐的侍者都严阵以待、冷若冰霜，但是却看不清"老祖父"的丑恶面目。读者仅凭客观的陈述早已经对老头的卑劣居心洞若观火，小姑娘却还沉浸在幼稚的幻想中自我陶醉，这种真相与幻觉的反差形成强烈的反讽效果，造成一种冷峭的黑暗基调。另一方面，作者也抨击了现实的丑恶和冷酷，对孤单无助的小姑娘寄予深切的同情。故事中的所有男性人物，都以不同方式给单纯的女孩带来了伤害，这种世事险恶的环境也促使她格外渴望温暖的庇护，希望得到基本的安全感。由此，女性尤其是下层社会女性的人生艰辛可见一斑。

曼斯菲尔德开创了一种新型的短篇小说传统诗意的心理小说，在艺术才能上堪与同代人伍尔芙争辉。她的作品富有人性的光彩和优美意境，语言精当而意蕴丰厚，促进了女性美学传统的缔造，被称为"作家中的作家"。她还涉及广泛的题材，追求叙事技巧的革新，对英国的现代主义写作和短篇小说创作都产生了深刻的影响。曼斯菲尔德的人物塑造鲜明感人，心理刻画细腻，尤其精于展现现代社会女性的心灵风貌，直接推动了20世纪的心理现实主义文学。总之，曼斯菲尔德对英国短篇小说和英国女性小说的贡献是多方面、深层次的，她的创作标志着短篇小说作为一门独立的艺术，在英国进入了成熟阶段。

二、伊丽莎白·鲍温的创作

伊丽莎白·鲍温（1899—1973年）在英国常被人们比作20世纪的"简·奥斯汀"。她的小说感情细腻，赋予主观抒情色彩，擅长心理描写，创作特色鲜明。鲍温的作品多反映英国中上层人们的情感和彼此之间的微妙关系，讨论现代社会的冷漠无情和人的孤独、隔绝、幻灭与异化。

伊丽莎白·鲍温的小说构建了一个盎格鲁—爱尔兰世界。在这样一个虚拟的世界里穿行，读者既能体验到喜剧的快乐又能体验到悲剧的崇高。透过反复再现与世隔绝或者父母早逝的孤儿的人生经历，作者向读者展示了一个失去传统的社会。她对生活的刻画不仅深刻、严肃，而且还极具同情之心；她的小说主题具有不可忽视的深度与广度；她的叙事风格却始终如一,既典雅、细腻又充满睿智,虽然没有直接受到詹姆斯的影响,但其风格与詹姆斯极为相似。鲍温出生在爱尔兰,但早年随母亲移居英格兰,那里的乡间美景和都市建筑的独特风格给她带来了极度的兴奋,对她日后的文学创作产生了非凡的影响。同时,她的特殊背景决定了她永远不可能完全融入英国社会,这又为她提供了近距离仔细观察英国社会生活的方便。她的第一部小说《旅店》带有明显的爱德华时代特征,主要描写了逗留在意大利里维埃拉的一群聪明但尚未定性的少女之间的关系。《去年的九月》描写了一个盎格鲁—爱尔兰家庭在爱尔兰复活节前的生活,小说的主人公仍然是一位涉世不深、充满了崇高但不切实际理想的年轻女性。《伊娃·特劳特》是她的最后一部小说,主人公乃是一位天真的孤儿,她积极活跃的天性给周围的人们带来了数不尽的麻烦。《巴黎的房屋》与《小姑娘》则表现了鲍温叙事手法的独特性,对过去的回忆被整体镶嵌在对现在的描写之中,形成了三明治结构。然而,在鲍温的众多小说中,最能代表其思想、艺术性的当属《心之死》与《白天的炎热》。

《心之死》描述了少年女性从天真到世故的心理路程,被批评家誉为鲍温的力作。女主人公鲍西娅是私生子,由于社会对婚外情的排斥,她随父母一直漂泊在欧洲,游离在社会的边缘地带。父母去世之后,她被迫寄居在哥嫂家里。然而,渴望家庭温暖的鲍西娅并没有找到家的感觉,她与嫂子安娜在个人风格和观念上存在严重分歧。安娜追求有秩序的生活,生活的秩序与其说是道德的倒不如说是美学意义的,而鲍西娅的杂乱和随意恰好打乱了她有序的生活方式。鲍西娅爱上艾迪之后,发现艾迪的性格像真空,因没有固定的内核而变动不居。面对双重的打击,鲍西娅无奈之下来到退休在伦敦的少校布鲁特那里,布鲁特也正因为找不到往日的生活现实而困惑。小说结尾时,安娜和鲍西娅都认识到,生活并没有固定的模式,所谓普通常见的生活根本不存在。

《心之死》准确地讲是少女的率真在生活复杂性打磨之下的丧失。鲍西娅的天真并不体现在寻找意义与身份的行为,而是体现在对生活的意义和身份的认知。她相信在事物的表象之下必然存在着真理,表象与真理之间存在天然的统一性。从理性的角度讲,安娜高度秩序化的生活应该为鲍西娅提供她所梦寐以求的家庭温暖,然而事实却让她大失所望。安娜对鲍西娅生活习惯的误解虽然出于对秩序的追求,但恰恰说明,她在认识少女行为的性质时割裂了少女行为表象与真实的关系。当

第四章 女性意识的表现：20世纪上半叶的英国女性文学研究

鲍西娅把艾迪视为爱情客体时，艾迪却是一位性格流动不居的人。爱情表象与现实之间的矛盾性通过海边避暑客栈的荒凉意象又进一步得到加强。客栈本应舒适、优雅，但现实中的客栈破败、萧条，极为不和谐。小说叙事者不止一次的使用双重否定的表达方式暗示着表象与真理之间的断裂关系："她不能相信世上不存在天道"，或者"没有什么会不具有意义"。小说的种种反差和叙事者的有意暗示强调了现代社会表象与真理之间的矛盾与错位，鲍西娅的寻找必定无果而终。

《白天的炎热》在私密空间与公共空间、民主与阶级、民主与自由等方面探索了战争对女性人生观的影响。小说的创作历时近10年，作者也经历了生与死以及世界观的巨变，此书可谓鲍温呕心沥血之作。女主人公史蒂拉在纳粹的轰炸之中与柯尔威相爱，正当两人享受着战争中难得的幸福爱情之时，情报机关的哈里逊突然出现在史蒂拉面前，警告她远离柯尔威，因为柯尔威为纳粹德国工作。不过，哈里逊向史蒂拉暗示，只要他们两人能够保持不断的"接触"，他就不会向上司报告柯尔威的叛国行为。史蒂拉拒绝相信哈里逊对柯尔威的指控，更不会移情别恋。当史蒂拉质问柯尔威是否叛变时，柯尔威的答复是他没有国家的概念，敦刻尔克的噩梦让他丧失了对政府的信任。为此，在对国与家的两种爱之间，史蒂拉陷入了困境。与此同时，小说的另一位女主人公露伊寻找精神寄托的浪漫经历成为小说的第二条主线。总之，小说的文质细密，叙事结构相对复杂。

鲍温认为，战争摧毁了传统私密空间与公共空间之间的性别差别，更多的女性从此走进了公共领域。二战之前，妇女虽然获得了平等的政治权利，但仍然更多地生活在维多利亚的传统中。二战中，"我被炸着了！"成为众多女性惊喜交加、富有象征意义的呼喊。毫无疑问，没有家的感觉等同于摆脱了维多利亚伦理道德的枷锁。史蒂拉作为历史的见证者，一方面目睹了空袭对伦敦造成的实际破坏，另一方面体验到了战争给女性带来的性别机遇，家与前线、士兵与市民的界限消失了。然而，与大多数妇女一道享受着工作的快乐的同时，她也感到工作的临时性，虽说不愿意回到战前的生活状态，但人们对家的渴望越来越强烈，并演绎成一种普遍的情绪。所不同的是，摆在她面前的婚姻逐渐背离了传统，成为开放体，对家庭的渴望绝不会再成为自由的羁绊，因此她憧憬着家的同时却勇于"外其身"。从私密的家走进广阔的公共空间，再从公共空间回到私密之处，传统的变革似乎从终点回到起点。事实上，传统变了但没有割断,新观念诞生了但没有否定渊源,她与柯尔威、哈里逊之间的周旋成为这一新式关系的象征。

鲍温笔下的女性解放与等级观念有着千丝万缕、难解难分的联系。生活中的鲍温拥有自己的房产,属于上层中产阶级,故事里的史蒂拉也出身于同一阶层,只不过继承房产的是她的儿子。差别细微,但由此可见鲍温模糊了妇女运动与阶级观念之间的关系。从历史的角度来看,出身于下层社会的妇女为自己能像中产阶层以上妇女一样从事工作而感到兴奋与自豪,但这种兴奋掩盖了工种的不同以及存在的较大差别。同时,工作中的上层妇女也极少与其他阶层的女性有着实质性的交往。战时的史蒂拉虽然像千万个妇女一样工作,但她从事的是具有趣味性的工作,而非乏味、又苦又累的差事。不仅如此,她这个阶层的女性面对工作时具有更多的选择,这是来自社会底层的妇女在父权社会所不敢奢望的,小说里出身社会下层的露伊所从事的乏味、繁重的体力劳动足以说明父权退让的有限性。也就是说,鲍温的妇女解放明显带有中产阶级的色彩,这也许是她自己没有觉察到的。

纷飞的战火为英国女性提供了实践新式两性关系的机会。新式的两性关系不仅具有鲜明的时代性,而且也具有阶级性。露伊的丈夫在前线浴血奋战,后方的露伊为了填补精神上的空虚与其他人寻求性的慰藉并怀孕产下一个男婴。露伊的性行为在战时的英国并非偶然事例,而是具有一定的代表性。战争在一定程度上的确打破了传统的性禁忌,一部分女性有机会涉足新的两性关系。当英国皇家空军执行任务返航时,露伊高举怀抱中的婴儿向凯旋的英雄致敬,她的行为颇具象征意味。然而,生活中的现实似乎并非完全站在鲍温的一边,当时的英国社会仍然对通奸罪实行严厉的惩罚。鲍温让露伊体验性的自由并开花结果虽然体现了她的性观念新主张,但那个年代的单身母亲很难在照顾孩子的同时又能实践新获得的自由,工作对她来说更多的是养家糊口,而非对家庭羁绊的摆脱。由于鲍温通过塑造两个女性形象来整体地表达自己的女权主义思想,史蒂拉与露伊的女权主义实践暴露出不可忽视的差异,正是这种差异让评论家再一次从中读出了鲍温的女权主义运动的阶级性。有评论家认为,让史蒂拉享受着择业的自由,而露伊则体验性的解放并负担着由此引发的后果,体现了鲍温对中产阶级女性的偏爱和对下层妇女的不公。因此,鲍温女性解放的普世性超前于那个时代,但带有鲜明的阶级特征。

第四章 女性意识的表现：20世纪上半叶的英国女性文学研究

鲍温的小说创作没有超出她所属的那个阶层，但站在中产阶级的视角来与父权文化进行谈判并不会淹没她的女权主义积极思想，她的作品从另一个侧面反映了女权主义思想作为意识形态的复杂性。对于每一个个体来说，她们有权利选择与父权文化抗争的方式，她们反对父权的方式又取决于个人的能力与有利于自己的具体意识形态。两部小说的一个共性是，无论是女性从天真走向经验，还是走出家门、尝试新的性关系，鲍温笔下的女性对家有着一定的依恋，这是难能可贵的。她的独到之处在于把女权主义思想置于战争环境之下加以考察，揭示了意识形态暴力的微妙之处。

第五章 女性意识的繁荣：20世纪下半叶的英国女性文学研究

英国文学源远流长，人才辈出，自文艺复兴时期以来，经历了几乎是脱胎换骨式的改造，其艺术一再得到优化与升华，在世界文学的走廊中永远是一道亮丽的风景线。英国文学从形成之日起便与女性有着特殊、紧密的联系，女性文学是"英国文学的伟大传统"之一。进入20世纪，在新的时代背景下，这一伟大传统又有新的发展，英国女性主义作家从新的视角检视女性，注重从女性的内心体验、价值观念、自身解放和人生理想等诸多方面去塑造新的女性形象。

第一节 卡罗尔·安·达菲的创作

20世纪50年代，一反战后英国文坛主流的保守思潮，对性压迫现象展开了强有力的抨击。女性逐渐反叛所谓文明的父权制社会的权威，回归到自我率真、自由无束的境界。20世纪六七十年代，女性主义作家从战后的家庭价值观念中走出，猛烈抨击当时社会流行的"母性"心理，运用心理学和社会学的研究成果，来批驳男女的直线性分界。

一、20世纪下半叶的英国女性文学研究

这里把20世纪下半叶英国女性小说的发展划分为两个主要阶段，分别是20世纪六七十年代：女性主义浪潮下的女性小说；20世纪八九十年代：多元化的女性小说创作。

第五章　女性意识的繁荣：20世纪下半叶的英国女性文学研究

（一）20世纪六七十年代：女性主义浪潮下的女性小说

到了20世纪60年代，此时描写女性经验进入了一个全方位的境界。许多作品反映了女性在精神和心理上独立于男性（不仅是经济上独立）的社会现实，肯定了女性的自身价值和经验，以及对理想人生的追求。

20世纪六七十年代，女性主义作家从战后的家庭价值观念中走出，猛烈抨击当时社会流行的"母性"心理，运用心理学和社会学的研究成果，来批驳男女的直线性分界。这一时期的英国女性小说的一个共同特点就是受到了女性运动第二次浪潮的极大影响。

从伍尔夫到莱辛和德莱布尔，英国女性主义作家在男性为中心的话语场中奋力突围，书写着女性作为个体与历史群体的悲欢体验和自身独特的生命史。

这一时期的女性文学创作从新的视角检视女性，关注女性的感觉、印象、思想和情感，注重对女性内心世界的发掘，并从女性自身的体验、对生活的反应，以及她们的价值观等方面去塑造新的女性形象。女作家们从自觉的性别立场出发，在嬉笑怒骂中完成对男性中心主义社会现存秩序的锐利批判，在充满不可测变数的现实文化语境中，不断摸索建构属于"她们"的女性诗学境界。

（二）20世纪八九十年代：多元化的女性小说创作

20世纪80年代，一种超越两性对立且多族群化的崭新的女性主义文化出现在小说创作、艺术和文学理论中，英国的女性主义者以前所未有的规模参加了这场文化运动。多元化是这一时期女性小说总的特征，反映在题材范围的扩大上，也表现在女性作家背景的多样性和多种族特征上。

综上所述，20世纪英国女性文学在承袭18世纪、19世纪追求女性独立的女性意识基础上，进一步关注独立以后的女性所面对的种种问题。随着现实生活的变迁，这个世纪的英国女性文学呈现出阶段性纵深发展，由追求女性社会政治权利的基本层面，深入到女性精神自由与人格独立（即对男权社会的彻底否定）的本质层面，进而思索两性的二元对立统一（即社会文明的整体协调发展）。

二、卡罗尔·安·达菲的创作

(一)卡罗尔·安·达菲的生平

2009年5月1日,卡罗尔·安·达菲(Carol Ann Duffy,1955—)荣获新一任"英国桂冠诗人"的称号。她的父亲是一位苏格兰裔工人,她的母亲有爱尔兰血统,达菲出生时家境并不优渥。1974年达菲进入利物浦大学攻读哲学,三年大学期间,达菲刻苦钻研学业,并且阅读了大量古今文学著作。达菲26岁那年到伦敦定居并自由撰稿人为生,开启了她的创作生涯,此时的创作以诗歌和戏剧为主,达菲在伦敦居住了整整15年,在此也达到了她一生中创作的巅峰。1996年,41岁的达菲受邀返回曼彻斯特,在那里的都市大学教研究生写作。颠沛流离的生活使达菲走过太多的城市,见过形形色色的人,丰富了达菲的视野和内心世界,当时英国社会不同阶级与种族的人都成为达菲创作的素材和描写的对象。

诗集《站立的裸女》(Standing Female Nude,1985年)是达菲最典型的代表作,其后,她陆续出版了《出售曼哈顿》(Selling Manhattan,1987年)、《另一个国度》(The Other Country,1990年)、《悲伤时刻》(Mean Time,1993年)、《世界之妻》(The World's Wife,1999年)、《女性福音》(Feminine Gospels,2002年)和《狂喜》(Rapure,2005年)等诗集,[①]达菲诗作中呈现的女性主义为英国的诗歌画卷增添了别样的色彩。达菲的诗歌深受认可,一生获奖无数,包括英国全国诗歌竞赛奖、毛姆奖、迪兰·托马斯奖、艾略特奖等,但她从没有醉心于这些荣誉,仍然没有停止创作的脚步。

(二)卡罗尔·安·达菲的文学创作

常言道,每一个成功的男人背后,总有一个贤惠的女人。然而,在西方,每一个成功的男人背后似乎总有一个沉默的女人,她们往往无名无姓,人们对她们知之甚少。达菲的诗集《世界之妻》(The World's Wife,1999年)为读者呈现了一系列这样的"沉默的女人"。这些"世界之妻"有些确有其人,有些完全是想象。她们既有古代的,也有现代的;既有温顺的,也有桀骜不驯的;既有受害者,也有施暴者。但是,她们都依附

---

① 王晓英,杨靖.影响世界的100部女性文学名著[M].苏州:苏州大学出版社,2010.

于男性名人,如皮革马利翁、赫尔米斯(梅杜萨)、西西弗、伊索、力士参孙(大丽拉)、洗礼者约翰、拉撒路、莎士比亚、浮士德,等等。甚至还有雨果《巴黎圣母院》中的卡西莫多、电影《金刚》里那位力大无比的大猩猩。围绕着这些文化名人,往往有许多传奇,达菲的《世界之妻》对这些传奇进行了仔细解读,甚至进行了颠覆和重构。

诗集的题目来自乔治·艾略特(George Eliot,1819—1880年)《弗洛斯河上的磨坊》(Mill on the Floss,1860年):"舆论在这种情况下总是具有女性的属性——不是世界,而是世界之妻。"原文是在描写"闲话"或"流言蜚语"的性质,但是,呈现了社会对女性的一种性别偏见。达菲的目标就是暴露这些性别偏见,她的手段是改写历史和神话。在一次访谈中,她说,"我想要拓展这些故事,引入更多真实的层面。我想要向原作添加,而不是删除内容。"她的后现代女性视角使一些古典故事显示出更多的复杂性和启迪性。

达菲的诗歌里不仅仅有女性主义的锋芒,也描写浪漫爱情的细腻与柔美。达菲的爱情诗十分有特色,甜蜜的爱情经常联系着深刻的哲学思想。达菲的爱情诗代表作《情人节》中的描绘的爱情故事甜蜜而清新,没有一丝丝的忧伤,以一种活泼的语言表达讲述了爱情的浓烈与炙热。

具有哲学思辨精神的达菲摒弃了华丽的语言和繁复的修饰,形成了脱口而出、毫不做作诗歌表达风格。达菲的诗歌也并非高高在上,远离人间疾苦,作为深受大众喜爱的桂冠诗人,达菲始终用心倾听人们的内心,用平实的笔触贴近社会和大众。

第二节 多丽丝·莱辛和艾丽丝·默多克的创作

一、多丽丝·莱辛的创作

多丽丝·莱辛是英国20世纪众多的重要女性作家之一。她一生笔耕不辍,创作出的作品多达几十部,堪称一位多产作家。

(一)多丽丝·莱辛的生平

多丽丝·莱辛(Doris Lessing,1919—2013年),英国当代最著名的女作家,出生于伊朗的克尔曼莎赫省,父母都是英国人。莱辛5岁随全家迁往南非,30岁回到英国定居,时间在赋予莱辛智慧与思考的同时,也对她的努力与付出给予了肯定。处女作《青草在歌唱》获得了巨大的成功,她的国际声誉由此建立。莱辛从创作《野草在歌唱》以来著作颇丰,年近百岁依然不间断创作着实令人钦佩。《野草在歌唱》是莱辛的处女作,这是一曲殖民的悲歌,一经出版便取得了巨大成功。莱辛的早期作品有很强的自传性,主要取材于她早年的生活经历,包括发表于1952年至1969年的五部曲《暴力的儿女们》和《金色笔记》。20世纪60年代以后,莱辛被认为是当时女权运动的主要代言人。《金色笔记》与西蒙·波瓦的《第二性》和贝蒂·弗里丹的《女性的奥秘》一起成为女权主义的必读书。[①]

人们习惯把莱辛的文学生涯分为四个阶段:第一阶段(1950—1951年),这个时期的创作以反对殖民主义统治、争取自由平等为主;第二阶段(1952—1973年),主要反映现代妇女所面临的困境和寻求自我解放的不懈努力,同时,致力于对人物内心世界的展现和刻画;第三阶段(1974—1983年),用寓言、幻想等小说形式展示自己对人类未来的关注;第四阶段(1984年—),主要反映社会的黑暗现实以及人们对现实的不满。四个阶段的创作中交错、穿插着不同题材和体裁的小说。

(二)多丽丝·莱辛的文学创作

莱辛的艺术成就有力地展示了妇女作家的创作潜力,奠定了女性小说家在20世纪60年代的艺术地位。

《金色笔记》被认为是多丽丝·莱辛最知名的一部作品。《金色笔记》的故事主要发生在20世纪50年代末的伦敦。小说由一个名为《自由女性》的故事和五本笔记构成。《自由女性》讲述了一个相对完整而连贯的故事,但是它被黑、红、黄、蓝四部笔记切割成五个部分。在最后一部分《自由女性》的故事之前,出现了本书的点题之作《金色笔记》。

《自由女性》描述了两位女性好友在伦敦的生活。女作家安娜婚姻破裂,和小女儿珍妮生活在一起。 她曾和男友迈克尔保持了5年的关系,但最终被他抛弃。安娜的女友莫莉也是一位离异的女性,有一个20

[①] 王晓英,杨靖.影响世界的100部女性文学名著[M].苏州:苏州大学出版社,2010.

第五章 女性意识的繁荣：20世纪下半叶的英国女性文学研究

岁的儿子汤米。这两位女性都曾加入过英国共产党，都因为精神疾病接受过同一位精神分析师的治疗。

安娜写了四本不同颜色的笔记，以便记录个人经历的各个阶段和各种感受。在《自由女性》的叙事过程中，安娜与同住在一套公寓里的一对同性恋夫妇发生争吵，要他们离开自己的公寓。在她女儿自己的要求下，女儿被送往了一所女子寄宿学校。现在，安娜独自一人，她的心理开始崩溃，整个人都变得疯狂起来。她和一位美国人索尔·格林产生了恋情，后来心理疾病得到康复，最终投身福利事业，成为一位婚姻顾问。最后，莫莉也再婚了。在《金色笔记》的结尾处，我们才得知安娜写作《自由女性》的素材来自她日记中所记录的个人生活。单独看《自由女性》，读者会觉得它略显枯燥而乏味，但是它在《金色笔记》中起到了主线的作用。正是因为《自由女性》，五篇不同颜色的笔记才构成了一个整体。

黑色笔记分成两部分，一部分题为"根源"，另一部分题为"金钱"。在黑色笔记中，安娜论及了她用来创作一部畅销书的素材，这本书的题目是《战争的前沿》。她还写到了自己后来在文学创作中取得的成功。我们可以读到一个充满代理人、电视改编和电影版权的世界，同时，莱辛还加入了一些非常好笑的戏仿成分。当安娜遇到创作障碍的时候，黑色笔记就变成了关于非洲暴力现象的剪报档案。

红色笔记记录了安娜从1950到1957年参加英国共产党的经历。后来她逐渐对该组织产生不满之情，并最终脱离了组织。和黑色笔记一样，红色笔记也充满了关于暴力的剪报内容。

黄色笔记开始于安娜正在创作的一部小说《第三者的阴影》，然后她评论了自己的创作过程。这部小说是她本人生活经历的小说翻版。该小说和《自由女性》并置在一起，这就使读者发现，安娜为了写小说的需要而选择、塑造并重构了这些素材。黄色笔记包含了短篇小说、戏剧和讽刺杂烩等成分，而讽刺杂烩的出现则体现了安娜作为作家所遇到的创作障碍。

蓝色笔记可以说是安娜的日记，她故意不把所有事情都写成小说，但是她试图真实地记录自己生活中所发生的一切。在蓝色笔记中，她记录了自己的创作障碍、接受心理治疗的过程、与迈克尔恋爱关系的结束、在共产党组织中的工作以及与莫莉和自己女儿的关系。最重要的是，它详细描述了她自己心理的崩溃以及她与美国人索尔·格林的恋爱关系。这些日记内容有时是简短并记述事实的,有时又是篇幅较长而且充满思考的。蓝色笔记最为详细地记述了安娜的生活,事实上,这也是读者为了了解安娜而必须依赖的内容。

最后,在金色笔记中,安娜综合了散见在其他笔记中的各种经历,因此,它们几乎形成了一幅完整的图景。因为安娜有了这种整体感,所以她可以重新开始写作。当安娜有能力抛弃那些分散的笔记时,金色笔记就变成了记录她思想的唯一媒介。因为安娜允许自己心理崩溃并允许发生混乱的情况,所以她才可以获得最终的心理整合。

作为一部由女性书写的关于女性的作品,《金色笔记》这部小说的主题非常广泛,包括现代社会里的政治信仰丧失和心理崩溃、语言表征的危机以及女性的性别代码等。小说通过四种不同,颜色的笔记代表人生不同的内容,黑色代表创作生活,红色代表政治,黄色代表爱情,蓝色代表精神。莱辛的小说就是要通过这种形式上的分裂来表现社会和意识的分裂,并且在此基础上重新寻求人格的完整。她崇尚的小说就应该是具有强大的思想及道德力量,因此能创造秩序、创造一种新的世界观。

《金色笔记》标志着莱辛创作的重要转折。在此之前,莱辛注重19世纪现实主义的创作手法,她的小说多采用全知叙述和历时叙事。随着她对无意识和苏非教派的兴趣,莱辛开始质疑传统现实主义的写作技巧。她意识到,要传达小说人物多层次的心理意义需要不同的表现手法,特别是在表现人的心理崩溃状态和心理失常状态时,更需要有反传统的写作技巧。莱辛的小说从来都不是为了形式而标新立异,相反,她深刻地表现了形式所代表的内容。因此,莱辛的《金色笔记》为后现代关于小说性质的讨论作出了重大贡献。

《暴力的儿女》五部曲中理智与情感的矛盾贯穿始终。这几乎是老生常谈:男人是理性的,女人是感性的。作为20世纪致力于反映政治及其他重大问题的重要作家,莱辛清醒地意识到理智与情感的差异。在莱辛的女主人公看来,父权文化界定的女性智慧(feminine intelligence)是麻醉剂,束缚了她们的手脚,阻止了任何突破性的行为。莱辛小说里的人物不停地搜寻,查找非理性的入侵。

莱辛的一生一波三折,生活中扮演着女儿、妻子、母亲、朋友、同性恋等多个角色,充满了各种各样的矛盾和冲突。莱辛的母亲对她的影响非常巨大,莱辛是母亲的第一个孩子,曾经被赋予很高的期望,母亲将

第五章 女性意识的繁荣:20世纪下半叶的英国女性文学研究

自己从前未能实现的心愿一股脑全倾注在莱辛身上,让年幼的莱辛很受伤,加上敏感叛逆的性格,莱辛不理解母亲为什么总是强迫她。于是在《金色笔记》中呐喊"我又不是你的附属品"。莱辛一生经历了两次婚姻,她抛弃了第一次婚姻中的两个年幼子女,却倾其所有照顾第二次婚姻中的儿子。莱辛遇到了一个黑人女孩多罗西·施瓦茨(Dorothy Schwart),加入了共产主义学习小组,成为反对"颜色隔离"、争取自由平等权利人群中的一分子。回到伦敦后,莱辛主张和平、民主、平等的理念始终没有动摇过。莱辛一生饱受眼疾煎熬,却使她心灵的眼睛更加明亮,洞察世事更为透彻。

二、艾丽丝·默多克的创作

艾丽丝·默多克是当代英国杰出的多产作家和哲学家,在文学和哲学两方面著述颇丰。

(一)艾丽丝·默多克的生平

艾丽丝·默多克(Iris Murdoch,1919—1999年)出生于爱尔兰都柏林,自幼随家人迁居伦敦,随后进入伦敦弗罗贝尔教育学院、巴德民顿学校、牛津大学萨默维尔学院接受教育。

默多克早期的思想和创作深受存在主义哲学的影响。作品关注人的位置和基本状态、善与恶、神圣与亵渎、自由和性等概念的本质与内涵,特别强调人际之爱,认为"世间一切事物中最重要的是热爱人们"。从其创作意图来看,默多克还明显受到爱尔兰著名荒诞派作家贝克特的影响。她的处女作《在网下》就是一部哲理小说,基本阐述了作者本人对存在主义哲学观点的看法和对自由与意志的认识,默多克也因之一举成名。其后的《逃离巫师》《沙堡》《大钟》也在很大程度上反映了萨特存在主义哲学对她的影响。默多克一共著有小说23部,其中影响较大的还有《黑王子》《神圣的与亵渎的爱情机器》《海,海》等。《作为道德指引的形而上学》和《存在主义者和神秘主义者》是默多克的主要哲学著作。

(二)艾丽丝·默多克的文学创作

　　研究当代英国文学,无法绕开艾丽斯·默多克。在她四十余年的创作生涯中,共著有 26 部小说、6 部哲学著作、4 部戏剧以及 2 部诗集。默多克创造了入英国布克文学奖决选次数最多的纪录,共有 6 次进入决选,每次都是获奖的热门话题人物。

　　小说《在网下》以自叙的口吻展开,故事的开头,主人公杰克·唐纳格拎着满是法国书籍的箱子从法国归来,看到远房兄弟芬恩正在街角等他,并被告知他的女朋友麦杰已抛弃了他,要将他们俩赶出住处。杰克回到住所,发现女朋友已经有了新欢——一个非常富有的赌徒山姆·斯塔菲尔德。自尊又自卑的杰克没有容身之外,不得已他去找卖报纸的婷克太太,与她商量自己将何去何从,后来,他又来到老朋友、哲学家大卫家,但是大卫却翻脸不认人地赶他走。芬恩提起杰克以前的情人——歌手和演员安娜。于是他又踏上了寻找安娜之路。见到了安娜却发现安娜也不念旧情,直接把杰克推给了她的妹妹萨蒂。

　　这是一部存在主义主题的实验作品。默多克同意萨特对人的概念,认为人是一个独立的个体,有绝对的自由,杰克就是这种概念的体现。杰克一直是无根的,没有联系的,当他从法国归来被麦杰赶出住处时,没有提到他有任何的家人或亲戚可以帮助他,他的朋友因为可以提供免费的住宿或性而有价值,但他离开他唯一有求婚欲望的女友安娜,就是因为他想获得他的独立性。雨果是一个精神伙伴,可以探讨哲学,他也没能与他保持联系。杰克最"亲近"的朋友芬恩,有一天竟突然失踪了。后来才发现在得到一笔资助后,芬恩回爱尔兰圆了他一个多年的梦想。出走多年后回归的杰克找到了所有之前有亲密关系的恋人和朋友,他们却表露出对他的冷漠和忽略。整部小说表现了一种难以名状的怪癖和蠕动在网下的人们企图摆脱网的纠缠时的无能为力。在这部带有荒诞色彩的喜剧小说中,表面的诙谐流露出苦涩。

　　《好学徒》通过同母异父的爱德华和斯图亚特兄弟对善的孜孜追求,揭示了善良与邪恶的辩证关系。爱德华在朋友的三明治里放上了致幻药片,并趁他人睡之际外出探访了自己的一位女友。可是,悲剧就在这短暂的时间里发生了,他的好友从窗户坠地而死。为此,爱德华感到天崩地裂,内疚万分,他在脑海里不断地演绎着当时的情景,查找自己的

第五章　女性意识的繁荣：20世纪下半叶的英国女性文学研究

过失。面对好友的死亡，他痛不欲生，这是人性之善对他灵魂的问责。托马斯相信爱德华只能自我拯救。于是，这位善良的心理医生暗中写信给爱德华的生身父亲杰斯，建议他邀请爱德华到他那里，希望爱德华离开伤心之地之后精神能够恢复得好一些。这时，爱德华收到生父杰斯的信，邀请他到西嘉德小住。来到杰斯那里，爱德华见到的并非一个身体康健、人生阅历丰富的长辈，而是一个卧病在床、奄奄一息急需救助的老人。父亲对他的原谅虽然微不足道，但给了他不可忽视的安慰。尽管他希望从生父那里得到安慰，但看到生父备受病魔折磨，他毅然决然地承担起了护理的责任，在痛苦之上又背负了孝道，为此，人性之善在他的行动中燃烧了起来。后来，杰斯在伦敦神秘地死亡，爱德华将父亲的遗体运回家乡。在整理父亲的遗物时，爱德华发现父亲在遗嘱里立他为财产继承人。为了避免不必要的纠纷，爱德华偷偷地将父亲的遗嘱烧掉。相比之下，斯徒亚特并没有释疚的需要，而是致力于行善。他戒掉了性生活，辞去了有着良好前景的数学教授职务，决心从事扶贫工作。在西嘉德，他发现了父亲与托马斯妻子米奇的关系，不料米奇转而移情于自己，但斯图亚特婉言拒绝了她的好意。可是，在这一系列错综复杂的关系中，斯图亚特并没有博得父亲和米奇多少好感。父亲因他与米奇的亲近而大为光火，米奇则对他和另外两个男人颇感不满。尽管他心怀善意，但所到之处，麻烦紧随其后，他唯一的善举就是劝说布朗尼的母亲原谅爱德华。故事结束时，兄弟俩人都对善良与邪恶有所领悟。

　　故事从一个伦理道德问题开始。爱德华从绝望走向希望就是善走向胜利的过程。爱德华的再生不是仅仅依靠个人的力量得以实现的，而是众人合力相助的结果。爱德华最后的人生决定（以自己的人生经历为背景进行小说创作）也凝聚了托马斯、杰西和养父哈里的鼓励。可见，善行绝不会是孤独的。斯图亚特是爱德华的陪衬。他对善的理解向来空洞无物，直到小说的最后，他才找到具体的行动对象，把善心转换成行为。他要做孩子们的教师，告诉他们何为善以及行善的途径是什么。虽说善决不会孤独，但对善的领悟求之不得，来之不速。默多克的人物再一次走出人生的困境，这是因为善是可行的。不过，善需要两个先决条件：一是对真理的感知，二是对自我的抑制。爱德华由于过分内疚消解了自我，在历经了一番曲解之后，才逐渐能够感受到真理。而虽然斯图亚特决定戒色、行善，但他以自我为中心，与他人缺乏成功的交流，他的努力必然付诸东流。所以，在寻求真理的旅途上，爱德华是真正的好学徒。

　　默多克把西方文化与东方藏传佛教的神秘哲学思想融为一体,来阐释她关于善的哲学思考,体现了莎士比亚"生活即舞台"的人生哲学。作品的人物塑造也呈现了一定的相同之处:默多克的查尔斯和莎翁的普洛斯佩罗都是魔法师,他们按照自己心中完美的理念来改变他人的精神。默多克小说所揭示的主题可谓深邃和丰富,如权力、幻想、魔力、真理、美、爱等,但这些主题都紧紧地围绕着"善"而别开生面地展开。

第三节　玛格丽特·德莱布尔和安·奎因的创作

一、玛格丽特·德莱布尔的创作

　　玛格丽特·德莱布尔是驰名英国文坛的小说家,她的小说集中描写了个人与社会的关系,通过人物的悲剧性格揭示了英国社会的保守性,反映了国家的政治和经济状况。

　　(一)玛格丽特·德莱布尔的生平

　　玛格丽特·德莱布尔(Margaret Drabble,1939—　),英国当代著名女作家、女学者,出生在英国约克夏郡谢菲尔德市里的一个书香门第家庭,父亲退休前是律师,母亲曾任小学教师,姐姐 A.S.拜厄特是著名学者兼小说家,所以她从小受到了良好的教育。1960 年,德莱布尔以优异的成绩毕业于剑桥大学,并开始练习写作。在校时,她酷爱戏剧,毕业后与丈夫克莱夫·斯威夫特一同去参加皇家莎士比亚剧团,但不久就怀孕,无法参加演出,于是专心从事写作。

　　1963 年,24 岁的德莱布尔出版了第一部长篇小说《夏日鸟笼》,并因这部作品而一举成名。《夏日鸟笼》以后,她佳作不断,主要作品有《盖瑞克年》《瀑布》《针眼》《金的王国》《冰封岁月》《人到中年》《光辉灿烂的道路》和《象牙门》等;另外,她还写过《阿诺德·贝纳特传》和《安格斯·威尔逊传》两部人物传记,以及研究作家的故乡风物对其创作影响的专著《作家的英国:文学中的景色描写》。

　　随着时间的推移,德莱布尔对世界的理解日渐深刻,其创作思想亦

第五章 女性意识的繁荣：20世纪下半叶的英国女性文学研究

逐步开阔，如果说把英国当代小说分成"个人小说"与"社会小说"两种，那么，德莱布尔早期的作品可谓比较接近"个人小说"，后期作品则转化为"社会小说"，超越了狭窄的个人生活经验，进入了更广阔的社会历史时空。在前期作品中，德莱布尔多从女性的视角看人生、婚姻和爱情，她坚信男女平等，站在人道主义立场来批判社会的不公。她敏锐地感觉到一些古老问题在当代形势下的种种反映和传统观念遭受的种种冲击，不断地探索着新的价值观念，表达着谋求成功与幸福的艰辛和困难。[1]

（二）玛格丽特·德莱布尔的文学创作

女权主义思潮在德莱布尔的代表作《磨盘》中有突出体现。《磨盘》是德莱布尔的第三部小说，它的标题借用了《圣经》中的一个比喻，"磨盘"暗示了主人公想逃避婚姻和儿女，违背了自然规律从而遭受惩罚。书中主人公的生活出现了危机，作者采用第一人称的叙述角度，细致地表现了女主人公面临危机的几个月中的心理状态、思想活动、感情与生活，点明了她背负着重如"磨盘"的精神负担。

主人公罗莎蒙德·斯特西受过良好教育，有自己的思想，但她为自己营造了一个回避性爱的禁区，与同学哈米什相爱一年却从未发生过关系。她甚至尝试同时与两个男人约会，只是为了有人跟她作伴，让其中一个男人"以为"自己与另一个男人有性关系，事实上却没有。但在一次意外的偶合之后，她发现自己怀孕了，对方是与自己关系极为疏淡的乔治，甚至没人知道她认识他，这就排除了日后需要维护关系的麻烦。起初她怀疑、震惊与恐慌，曾鼓起勇气喝杜松子酒打胎，但是却没有用。但她又不愿找医生帮忙，只得把这个孩子生下来。

没有人知道谁是腹中孩子的父亲，包括乔治本人。有那么几次，罗莎蒙德也曾想过打电话给乔治或者去见乔治，但最终都打消了念头。在怀孕过程中，罗莎蒙德跨过了无数心灵上的坎坷：未婚而孕，保健检查时的困窘；因为怀上别人的孩子，而不得不避开朋友的沮丧；父母虽不在身边，但不管是怀孕期间还是有了小孩后，因担心父母随时会回来，焦虑与不安随时向她侵袭；尤其使她为难的是该如何面对她的学生们，而且她深感凭自己一个人带小孩，同时又得工作、学习的这种独立性时

---

[1] 王晓英，杨靖.影响世界的100部女性文学名著[M].苏州：苏州大学出版社，2010.

刻受到威胁。

在她怀孕6个月时,她的女友莉迪娅因住处不安定,要求住在她家,她免除了莉迪娅的房租。莉迪娅聪明伶俐、独立自恃、爱好写作,且帮她料理一些家务。在孩子出生前的那个晚上,罗莎蒙德无意间读到了莉迪娅正在写的小说,发现主人公的原型正是自己,而且莉迪娅在小说中表现出对自己专业的攻击与极端轻视,并且揭示了罗莎蒙德这种人迷恋学术上的细节发现,只不过是一种逃遁,试图逃避她个人生活中的危机,逃避一般的社会现实。罗莎蒙德因此心烦意乱,沮丧不堪。孩子顺利地生下来,取名奥克塔维亚,一切都比预想的要好得多。孩子很美丽,加上朋友的问候,罗莎蒙德的"抵抗力"增强了,体形也迅速复原。莉迪娅每天都单独或带朋友去看她,但住院的最后一个晚上没来,她忧伤地哭了。

最初带着孩子过日子,罗莎蒙德每周都要在烦乱中哭上好几次,但却不得不勇敢地面对一切。她曾经希望在生了孩子之后,会重新对男人感兴趣,可这样的事情并没有发生。尽管有时除了柔顺的女儿,也会怀着温情想念乔治,但他终归没有打电话给她。某次孩子咳嗽,在医院检查时医生发现孩子是个畸形儿,需要动手术,存活率仅四分之一。没有人可以商量,更无人分担,罗莎蒙德第一次为另一个人感到害怕。她想到乔治,但在同一瞬间,又因乔治从未分担过这不必要的忧伤而感到高兴。

孩子终于平安出院,罗莎蒙德的论文也即将出版,并且她将在一所颇具吸引力的新大学里得到一份很好的工作,她的名字将变成"罗莎蒙德·斯特西博士"。她的情绪很好,就在那个圣诞节前夕,她遇见了乔治,她是那么惊喜,思绪翻腾,但她只是请他到家里看看自己的孩子,经过内心的一番矛盾与斗争后,依然没有告诉乔治实情。如果两个人,谁也不向另一个人靠拢,那就只能分手。就这样,乔治走了,故事也戛然而止。

在各种主义层出不穷的当今时代,德莱布尔以自己独特的现实主义风格,形成了一道朴实无华的风景线。她继承了现实主义传统,又扩展了现实主义艺术技巧,以开放的结尾、倒叙、闪回等手法丰富了现实主义传统。她往往采用第一人称叙述,风格清新自然,笔调幽默机智,获得评论界的一致好评。"在小说的结构上,她喜欢一开始就把主要矛盾推到读者面前,然后从这一角度出发追述导致矛盾的各种复杂因素,再用少量篇幅将故事推进一步。"小说结束时,主要矛盾往往并未得到解决,现代生活复杂多变,传统观念被抛弃,新的价值观念还未找到或不

第五章　女性意识的繁荣：20世纪下半叶的英国女性文学研究

统一，在小说中也就不可避免地会出现这种无结局的结尾，这就显得故事本身更加真切感人，耐人寻味。难怪评论家戴维·洛奇把它们称为"后现实主义"小说。

二、安·奎因的创作

（一）安·奎因的生平

安·奎因（Ann Quin，1936—1973年）是一位以实验风格著称的作家，出生在英格兰南部的海滨城市的一个单亲家庭。狠心的父亲抛弃了刚刚产下奎因的母亲，母亲独自抚养奎因长大成人。虽然家境贫苦，缺少父爱，却不妨碍奎因发挥自己的文学天赋。年少的奎因深深地为戏剧表演着迷，但生性害羞的奎因又不敢站上舞台表演。虽然奎因没有走上戏剧创作的道路，但戏剧的形式与内容却充斥在她后来撰写小说的字里行间。为了养活母亲和自己，奎因先后做过许多份工作：律师办公室的速记打字员、出版公司的职员等，她只能在工作之余写作。奎因的创作是从诗歌开始的，到后期才渐渐以创作小说为主。奎因的创作之路并不是一帆风顺的，寄出去的手稿被纷纷退回，极大地打击了她的自信心和创作热情，生活上和精神上的双重压力使得奎因濒临崩溃的边缘，不得不接受心理治疗，并几次决定放弃自己热爱的写作。在奎因短短37年的生命却遭遇了许多磨难，但她仍然顽强地拼搏并坚持创作，1973年，已经37岁的奎因参加了大学入学考试并被录取，但还没来得及入学便溺水身亡，这不得不说是一种无法弥补的遗憾。

（二）安·奎因的文学创作

《伯格》是奎因发表的第一部小说，好评如潮，丰厚的报酬改善了奎因母女的生活，也极大地激励了奎因的创作热情。小说主要讲述了四十岁的男主人公伯格跟踪父亲来到海滨，目睹父亲与人偷情，因此痛恨父亲并起了杀人之心。

《伯格》是一部有着浓烈的自传色彩的小说，叙事风格颇为独特。小说开头就是一个破碎的句子，而其他内容都从下一页才开始。作者一开始就给读者展现了一幅视觉意象而非故事性的叙述：海边，滚动在床上似鱼般的躯体。而后，读者通过第三人称叙事才知道此"似鱼般的躯体"是伯格,紧接着是一句第一人称叙事,"我是不是再去一次,另选一个?"由于原文不加引号,让人感觉人称叙事混乱,难以区分那是人物的内心独白还是人物之间的对话。此处的第一人称叙事可以理解为伯格的内心活动,但是类似的叙事也出现在了小说的其他地方,由于缺少必要的语境,读者完全可以用两种不同的方式解读。可见,小说叙述层次的边界模糊不清,由此得小说叙事也就变动不居,突兀而又难以确定。但从叙事的整体情况来看,第三人称照相式的描述完全可以认为是属于伯格,外部的描写则可以视为伯格对现实的反思。也就是说,奎因巧妙地让伯格成为小说的中心意识。[1]

日记是《三》的主要叙事形式,三个主要人物S、露丝与里奥纳德都有自己的日记,其中S与里奥纳德的日记表现突出。S的日记约占小说的一半篇幅,形式和内涵都与其他二人的日记有很大的差别。奎因在小说《三》的写作不停地变换视角,意识也在三个主要人物之间转来转去。小说通篇没有标点符号的赘词冗句,而多以只言片语呈现,作者的意识注入了每一个角色,使得读者常常混淆三个人物。这种形式上的极端试验,使读者难以理解。然而,随着故事的进展,人物关系逐渐变得明晰,事件也逐渐变得清楚,经过读者重新组合的情境和情节之中也不乏戏剧性的效果。

奎因是英国文学史上一位极具个人风格的女性作家,她的后现代派风格引领了对传统小说的确定性的逆反心理和否定的风潮。奎因从不从衣着、外貌等方面对人物进行描写,甚至不给小说主人公起一个具体的名字;也不着力描述确定的故事情节,构成情节的事件随着叙事的展开并没有变得明朗,反而模糊不清,文章架构显得杂乱无章。叙事者所依据的理由是,生活的叙事就是这样。由于内容的纷杂,小说也就出现了多变复杂的阐释。可以说,后现代叙事已经变成了一场叙事技巧游戏,但这是一种严肃的游戏。

---

[1] 李维屏,宋建福.英国女性小说史[M].上海:上海外语教育出版社,2011.

第五章　女性意识的繁荣：20世纪下半叶的英国女性文学研究

第四节　安吉拉·卡特和其他女作家的创作

一、安吉拉·卡特的创作

安吉拉·卡特集记者、小说家、剧作家和评论家于一身，是英国最具独创性的作家之一。

（一）安吉拉·卡特的生平

安吉拉·卡特（Angela Carter，1940—1992年）出生在苏塞克斯郡的伊斯特本市，无忧无虑地度过了童年。她是英国小说家、剧作家、记者，同时又是一位评论家。"二战"时期，卡特全家搬到了南约克郡的一个采煤村庄，她和哥哥在乡下度过了幸福的童年。战争结束后，他们全家又搬回了伦敦。二十岁结婚，追随父亲做了一段时间的记者之后，卡特就读于布里斯托尔大学英国文学系。毕业后，在母亲的影响下开始了文学创作。

安吉拉·卡特于1962年进入布里斯托尔大学，主修英语及中世纪文学。在此期间，她广泛阅读了心理学、人类学、社会科学等方面的著作，为以后的创作奠定了一定的基础。安吉拉·卡特的第一部小说《影子舞》于1965年问世，这是一个发生在老古玩店里的谋杀故事，阴森恐怖，具有哥特式小说的特点。之后，她又推出了《神奇的玩具店》，讲述了少女米拉尼从无忧无虑的童年进入危险神秘的青春期的心理历程。小说延续了魔术般变幻无穷的风格，却更加着力于开拓人物的内心世界，后荣获约翰·莱威林·里斯奖。安吉拉创作的第三部小说《若干领悟》，因为"充满了生动神奇的想象"，又赢得了萨默赛特·毛姆奖。

20世纪60年代末70年代初，安吉拉·卡特的生活发生了一些变化：她与出版商海涅曼关系破裂，与丈夫的感情也出现了裂痕，小说《英雄与恶棍》是她与海涅曼合作的最后一本书。之后，她离开英国，作为访问学者在日本生活了两年。其间发表的作品《霍夫曼博士的罪恶欲望机》并未以日本为素材，但在稍后出版的短篇小说集《烟花》中却可以找到一些她旅日生活的影子。

· 101 ·

20世纪70年代后半期,安吉拉·卡特任谢菲尔德大学创作研究员,随后又担任布朗大学写作专业客座教授。她这个阶段的主要作品包括:长篇小说《爱》《平安夜激情》《马戏团之夜》以及短篇小说集《血窟》和《黑色维纳斯》。进入90年代,安吉拉又创作了《聪明孩子》《美国幽灵和旧世界奇迹》以及《燃烧你的小舟》。她的作品是魔幻现实主义的代表,同时也是现代文学理论和女权主义结合的完美产物。除了文学创作之外,安吉拉·卡特还从事过记者、编辑、影视编剧等工作,她编辑出版了短篇故事集《任性的姑娘和邪恶的女人》《悍妇故事集》以及广播剧本《狼群》。

20世纪60年代中期到70年代中期是卡特小说艺术的成长期,她主要以怪诞的哥特式手法描写了受波希米亚以及嬉皮士精神影响的一批游手好闲之辈。这时期的作品主要有阴森恐怖、嬉皮荒诞的《影子舞》,体现幻觉、恋父情结和丰富象征的《魔幻玩具店》以及时间错位并借古讽今的《不同感觉》。20世纪70年代中期至80年代中期,卡特的创作进入了成熟期。1977年出版的《新夏娃的激情》代表着超现实主义的高潮,《马戏团之夜》则把神话与民间传说娴熟地融入了小说创作之中,两部小说连同20世纪90年代的《聪慧子女》一起从主题方面阐述了卡特个人对女权主义运动的有益思索。1992年去世。

(二)安吉拉·卡特的文学创作

安吉拉·卡特的《马戏团之夜》极具游戏风格。小说在女权主义主题的统御之下,把狂欢艺术、荒诞手法以及现实主义的写实特色融为一体,形成了鲜明的后现代主义风格。费弗斯在尼尔逊学院(妓院)、展示女性异形人的斯利克夫人博物馆和马戏团的经历成为小说主要的叙事框架。她所栖身过的三个地方实际上是福柯圆形监狱(panopticon)的不同化身,它们的历史记载着以费弗斯为代表的广大妇女从压迫走向解放的历程。卡特指出,在两性不能平等对话的前提下,以男性为中心的单向表述就是独裁和压迫。然而,通过费弗斯的颠覆性行为,卡特指出了妇女自我拯救的途径。费弗斯在交往中建立的是健康的人际关系。例如,在沃尔泽的协助下她把米农从肢体与性暴力中解救出来,帮助她建立了温暖的同性关系,原来对她恣意施加暴力的异性也领悟到了爱的真谛。解救了他人的费弗斯同时也是自我的解放者,她不仅体会到了爱

第五章 女性意识的繁荣：20世纪下半叶的英国女性文学研究

的幸福,也体验到了被爱的幸福。

小说还以挑战的姿态质疑了性交易与婚姻间的对立,区分了色情与欲望。卡特坚决反对性工作者与传统妻子之间的区别,认为她们之间拥有的更多的是共性而不是差异:婚姻就是为一位而不是多位男性提供性服务。她进一步指出,性工作者与妻子都是政治经济体制下的被剥削者,性工作者提供性服务并不是为了取乐而是为了生存。卡特批评了建立在虚假幸福观之上的资产阶级婚姻观念以及性工作者与妻子对立的狭隘观念。因此,性工作者在卡特的笔下从与妻子对立的枷锁中解放出来,成为善良妇女甚至女权主义活动家。卡特对传统婚姻、性工作以及色情的颠覆揭示了以男性为中心的文化霸权,无论在理论上还是实践上都为女权主义运动提供了有力的支撑。

小说聚焦于极具象征意义的以女性为主体的活动场所,把小说的女性主体叙事与诸多女性亚叙事交织于一体,向读者展示了一个女性生活的全景图画。借助于后现代主义思想,卡特成功地揭示了父权文化中现实与虚构、妻子与性工作者二元对立的流动性。通过揭露男性的性暴力与窥淫欲的本质颠覆了男性的霸权地位,把女性从被诉说、被书写的客体地位推到了掌握话语权的主体地位。小说把女权主义理论思想与艺术创作天衣无缝地结合在一起,表现出了极高的艺术造诣。

《聪慧子女》以家庭关系为背景,凭借奇妙的构思解构了父权与女性身份的观念,反映了卡特的女权主义哲学思考。

对小说形式做出最大胆的改革的作家当属安吉拉·卡特,她体现了女性主义立场与小说形式变革的完美结合。卡特对民间传说和神话故事的浓厚兴趣及采集工作推动了人们对类似题材的研究,促进了以神话故事为主题的儿童文学的发展。20世纪70年代中期以后的作品代表了她的小说的最高艺术和思想成就。

纵观安吉拉·卡特的文学创作,她热衷于形式技巧的实验,不仅在时空转换方面设计新颖,手法大胆,在创造具有丰富象征意义的意象方面也不断有所创新,使其作品既带有浓郁的魔幻现实主义气息,又不乏科幻小说的某些创作技法。

同时,安吉拉·卡特也显示出兼收并蓄的倾向,她吸收了心理学、人类学、社会学等现代人文科学的研究成果,并善于在民间素材中发掘丰富的幻想和灵感的源泉。她到过不少边远地区,收集了许多民间传说,很久以前的神话故事、谋杀事件以及诗人们的生活深深吸引了她。在创作中,她经常将这些传说置于现代社会氛围中予以重写,赋予了这些故事新的意义和生命。

二、其他女性作家的创作

20世纪50年代,罗斯·麦考莱(Rose Macaulay,1881—1958年)的《世界——我的旷野》(The World My Wildness,1950年),文字犀利,思想尖锐,一反战后英国文坛主流的保守思潮,对性压迫现象展开了强有力的抨击。通过女主人公罗斯·巴巴里的所见所闻和心灵感受,描述了她所经历的两个截然不同的世界。最终,巴巴里离开"血腥和残酷"的父亲,回到自由生活的母亲身边。该部作品的主题是,女性如何反叛所谓文明的父权制社会的权威,回归到自我率真、自由无束的境界。

20世纪六七十年代,女性主义作家代表人物有多丽丝·莱辛、费·韦尔登(Fay Weldon,1931—)、尼尔·顿(Nell Dunn,1936—)和玛格丽特·德莱布尔等。荣获2007年"诺贝尔文学奖"的莱辛被尊为女权偶像人物、英国文学老祖母,与伍尔夫并称"双星"。作为生活在父权制中心文化统治下不断拼搏的女性作家,莱辛对女性所遭遇的痛苦有更深刻的理解,她采取颠覆性创作策略,解构父权制男女两性的二元对立体系,消解了女性在该对立关系中所处的客体、他者地位。莱辛特别擅长塑造那些意志坚定、自强自立的女性形象,并描述她们在男权社会中所经受的情感危机,以期待众多女性主义者关注女性问题。

安吉拉·卡特是80年代最有影响的代表人物之一。她是多项文学奖的得主,包括莱斯纪念奖、毛姆文学奖、切尔顿汉姆文学奖等。卡特毫不隐讳地说:"妇女运动对我个人来说是极为重要的,我视我自己为一个女权主义作家。"她的诸多作品中,对女性的生存状况、两性关系中的大男子主义、性别差异的心理与生理等问题进行了深入探讨。她闯入文学中的性爱禁区,大胆地描述色情,但"她是带着为妇女争独立、平等、自由、解放的思想和动机闯入这个禁区的"。

值得注意的是,到了90年代,英国文坛上听到了长期被排斥在英国白人文化主流之外的亚裔、非洲和拉丁美洲等英籍女性作家的呼声。少数族裔女性主义作家,以各自独特的文化经历和种族身份,建构了自己的批评理论。她们既反对性别歧视,又抨击种族主义,同时,探讨种族或种族文化之间的关系,认为种族区别和社会性别区别一样,是后天人为

第五章 女性意识的繁荣：20世纪下半叶的英国女性文学研究

的,而非生理的,归根结底,是文化和社会的建造。在批评实践中,她们强调"文化群体"的作用,通过发掘各民族被忽略的女作家及其作品,消解了男性本位主义的神话及女性主义批评的霸权倾向。

在此行程中,20世纪英国女性作家建构了全新的属于女性自己的语言和文化,巩固和发展了"英国文学的伟大传统",对英国现代文明发展做出了重要贡献。在21世纪的今天,女性作家队伍越发壮大,我们期待着女性文学能够以发自生命本体的更加有力的文学信念,进一步解构与颠覆男权社会,促进两性间的相互理解与和谐共存,从而提升人类的生存意义和生命价值。

第六章 女性意识的开端：19 世纪前的美国女性文学研究

作为一个移民国家，17 世纪时美国的社会文化、政治体制保留有对欧洲大陆的明显的模仿、继承关系，女性也同样长期处于被男权主义统治和奴役的地位，从事文学创作的女性较少。这时期的女性文学创作多以描写殖民统治下的美国社会风貌为主，女性文学创作总体来说发展较慢，成就也较低。到了 18 世纪，美国爆发了独立战争，女性在社会上的地位和角色有了天翻地覆的变化，美国女性作家日益被重视，出现了一些具有较大影响的女性文学作品。

第一节 17 世纪的美国女性文学研究

尽管早在 1607 年第一个英属殖民地就在弗吉尼亚建立，可是第一批居民中并没有妇女。首批来自欧洲的妇女移民的出现是在 1619 年。1620 年"五月花号"抵达新英格兰的普利茅斯港时，这些为宗教自由和经济富裕而背井离乡奔赴北美的一百多人中，就有十一名女子，从 1 岁到 16 岁不等。尽管生活条件艰苦，欧洲女性还是源源不断地来到北美，随着第一批开拓者在新大陆的定居，美国女性开始了在北美的新生活。

一、17 世纪的美国女性文学研究

17 世纪的英国《普通法》是殖民地时期人们依循的主要法律。此法给妇女规定了很多的职责、很少的权利。根据当时的法律，已婚妇女没有财产权，不是法律实体，无权签约。事实上，妇女随着结婚时停止使用娘家姓氏而改姓夫姓，就完成了将自己归属于丈夫的合法程序，包括

第六章 女性意识的开端：19世纪前的美国女性文学研究

自己的财产，无论是嫁妆还是继承来的财产。在分居和正式离婚之后，妇女对孩子没有监护权。妇女没有社会地位，不享受法律、政治和经济上的平等权利，这种状况一直持续到19世纪。来到新大陆的男人们在他们追求精神和宗教自由的同时，并没有放弃旧的传统观念，也没有改变对待妇女的态度。有学者甚至认为，生活在新大陆的妇女较之在她们故国的妇女受到的性别歧视更多。

（一）家庭生活小说成为女性文学的特色之一

到北美后不少妇女还是开始学习文化，一些妇女利用做女佣的机会向别人讨教，以工换学，不少姑娘则是在随母亲做针线活时由母亲教她们读书写字，而来自上层社会的姑娘更是有机会在附近的学校学习。这些学校开设有女红、音乐、舞蹈、绘画等课程，以及作为社交技能的茶道、乡村舞蹈和音乐。虽然比起男孩来她们远远落后，但是妇女毕竟开始读书写字，提高文化水准。殖民地时期对青年女性的教育基本是在技术层面。土著青年女性在家里接受的部分教育就是如何把他们的传说、原始故事以及其他的族群的事件口口相传的技巧。在没有书面文字的族群，女性的口头文学传统与欧洲裔美国人的散文、诗歌和小说的编辑有同等重要的作用。这些技术使得文化永久流传。这些技术的流传方式也向我们展示那个时代的女性接受教育的方式和内容。欧洲裔的美国女性接受教育的第一阶段也包括学习做家务和学习宗教以及文化习俗。然而，由于殖民者的文化是有文字记录的文化，因此欧洲裔美国女性的教育史一直有教女性读书写字的议题。由于女性被认为在智力上低于男性，所以在革命前的历史时期，女性的教育总体上是被忽视的，尽管并不是完全忽视，因为中上层阶级出身的女性通常受过良好的教育。

殖民地时期妇女的活动领域主要限于家庭。妇女的家务非常之繁重，她们的职责主要是做饭、做乳制品、喂养家畜、种花除草、酿制苹果汁和蜂蜜、屠杀家禽并腌制肉食。她们还要制作蜡烛和肥皂，自己缝制衣服和被毯。城区的妇女还要纺织更多的布。父亲是姑娘们的全权代表，替她们完成社区的职责，选举时替她们投票。男人掌管经济，家里事由男人说了算，妇女在家里操持家务，是典型的"男主外，女主内"家庭格局。殖民地时期婚龄是从17岁到25岁。除了由于家庭需要照顾而离不开的姑娘，大多数姑娘最终都能如期嫁人。当时的孕令使妇女通常大部分时间都处在怀孕状态。据史料记载,第二代妇女移民平均生育八个孩子。因此,生育和婚姻是女性最为关注的问题之一。这个时期的女性文学也反映出女性的这些生活特点。

(二)女性作品书写形式多种多样

女性在17世纪书写过形式多样的作品,比如诗歌、日记、散文、游记等。她们很早就开始作诗,因为在欧洲裔美国文化中,作诗是很个人化的行为。有大量女性之间的书信被发现,这些书信对于了解当时的家庭关系和社会关系提供了很好的信息,并能以此进一步发现当时的社会、宗教、政治以及经济情况。女性甚至通过相互写信建立和维系某种女性之间的联系网络。女性的日记能够反映许多在公共场合无法反映的看法。女性的游记通常包含一些反映她们走出传统的家庭领域和在外面世界的活动,这些文本描述了女性旅游的经历和能力。早期女性个人的和集体的请愿书提供了她们后来不断增加的参与政治活动的渠道,以及表达她们对法定权利的要求。讽刺作品也是女性在寻求进入公开发表的抗议时一个有效的工具。

17世纪的美国女性不但要学文化,甚至还被鼓励去创作,并发表她们的作品,比如新英格兰地区的教友派妇女。这是因为宗教在妇女生活中具有重要的作用。史料记载,从1650年到1760年,约有一百零八名妇女正式发表过她们的作品。当时读《圣经》是每天必做的功课,很多社区都是以宗教信仰为基础建立起来的,正因为此,美国早期的女性文学在题材和风格上都具有浓厚的宗教色彩。当时的女性大部分都能读书写字。她们之所以能有接受教育的机会,是因为社会认为宗教对女性也十分重要。清教徒认为女性应该学习文化,因为这样可以使她们接近基督,能读诵《圣经》,从而在生活中遵循主的教导。这对当时女性的写作产生了重要的影响。为了能准确地记录自己追随上帝的心路历程,女性必须首先学会准确地记录。她们会用装在口袋里的小本子随时记下生活中的细枝末节,甚至记录下自己身体的周期性变化。由于日常生活被认为处处有圣灵存在的证明,因此将实际的和精神上的经历和感受准确地记录下来被认为是十分必要的。比如在新英格兰地区,教友派女性被鼓励记录并发表自己追随上帝的亲身经历。其中有代表性的是伊丽莎白·阿什布里基(Elizabeth Ashbridge)的作品。因此,早期美国女性的文学写作与社会对女性在宗教方面的期望有直接的关系,这也从内容

第六章　女性意识的开端：19世纪前的美国女性文学研究

和风格方面影响了女性的写作。这一时期女性的写作有浓厚的宗教色彩，女性作品大多是表现自己在宗教方面的内心经历和个人生活经历的自传性文字，比如日记、书信和自传性叙事。

女性写作的另一个重要的文类是书信写作。书信是早期妇女在表达她们对社会、文化和政治问题的见解时使用最多的一种文体，但是一直没有被看作严肃的文学或得到承认。随着妇女在18世纪转向小说创作，她们把早期的书信和被俘叙事两种文体带入了小说。

无论是日记、书信、被俘记，还是游记、表白叙事，这些早期的文类都有明显的自传特点。虽然"自传"（autobiography）通常被认为是19世纪初期（1808年）才造的词，真正流行起来是在19世纪30年代，然而自传体作为一种文学形式，在19世纪的新大陆颇为普遍。妇女用这种文学形式创作了大量的作品，并且在形式和内容上有很大的发展和创新。这些作品因触动了社会最敏感的神经而非常流行。妇女作家们创作的新大陆游记、被俘记、奴隶叙事、表白文学、日记、书信等对传统的文学形式概念是一种挑战。

（三）美国土著口传文学得以发展

美国土著的口传文学是最早的美国文学形式，其历史长于美国建国史。来自欧洲的新大陆开拓者们创作的带有浓厚的欧洲文学传统的文类，对美国土著文学传统是极大的丰富，也极大地提升了美国文学的表现形式。

至今为止发掘出的17世纪殖民地女性文学虽然不多，但是这些作家和作品揭示的问题却很有意义。它们涉及的问题反映出17世纪美国文化、社会和政治方面的一些特点，值得研究。比如，妇女在没有社会地位的情况下却能做到出版她们的作品：作为妻子、母亲或女儿的女性，她们有大量的家务要做，而她们仍然能够书写并发表。显然，女性在法律承认的层面与女性在家庭内部层面的社会地位有一定的差异，女性的社会地位和身份与她们的实际处境也有一定的差异，其中反映出的问题有宗教的和文化的背景影响。

另外，殖民地时期女性群体的构成是多种族和多文化的。从族裔角度看，女性中有美国土著、欧洲裔美国人、非洲裔美国人、拉丁美洲裔美国人等；从宗教信仰看，有清教徒、天主教徒、贵格会教徒等各种宗教或教派的。17世纪的女性在社会地位低下的情况下如何做到书写并出版作品？女性作品如何反映多种族、多文化的美国社会？假如女性文学从17世纪就有一种多元文化的声音，那么这种声音与三百多年之后的美国文学中的多元文化的声音有什么样的传承关系？当时的女性是如何看待并面对文化适应问题的？殖民地时期的女性作品是否反映出一种女性共有的可以称为女性传统的东西？它是什么？这些问题都是极具挑战性的、有意义的课题，值得进一步研究。

二、安妮·布雷兹特里特的创作

安妮·布雷兹特里特是美国第一位发表作品的女诗人，她是美国女性文学创作的领导者，被认为是美国女性文学的先驱。她被认为是美国文学史上最重要的人物之一，被誉为"美国文学之母"。

（一）安妮·布拉兹特里特的生平

安妮·布拉兹特里特（Anne Bradstreet，1612—1672年），美国首位正式发表作品的女诗人，出生于英国一个清教徒世家，是家中的长女。父亲托马斯·达德利（Thomas Dudley）信仰清教，是林肯伯爵四世家的大总管，移居北美后四次被推举为马萨诸塞海湾殖民地总督，并创立了"达德利·温斯罗普"政治家族。家境的优越使安妮接受了良好的家庭教育，受到宗教和英国文学的熏陶。[1]

安妮·布雷兹特里特从小就受到加尔文思想的影响。在良好的家庭氛围中安妮接受了良好的教育，深受宗教和英国文学的熏陶。体弱多病的安妮16岁便嫁给了同样受林肯伯爵庇护，后来担任过马萨诸塞州州长的西蒙·布拉兹特里特（Simon Bradstreet）。在18岁的时候，她和丈夫及父母来到了殖民区。这里艰难的生活使她感到极度痛苦，她甚至认为这是上帝在惩罚她。她在《疲乏的朝圣者》中就明确地表达了这一观点。后来她慢慢适应这里的生活，逐渐安定下来，成为八个儿女的母亲。她在处理完家务事之后，还是会坚持看书与写作。当时的社会，妇女写诗是会被瞧不起的，但是她没有退缩，始终坚持自己创作诗歌的理

---

[1] 徐颖果，马红旗.美国女性文学从殖民时期到20世纪[M].天津：南开大学出版社，2010.

第六章 女性意识的开端：19世纪前的美国女性文学研究

想。她饱读诗书，通晓多种语言，是博学多闻的知性女子。在1650年的时候，她的手稿《美洲最近出现的第十个缪斯》出版，成为殖民者所出版的第一部诗集。这部书销量很高，一度畅销，使得她的名气也大大增加。1678年，书名为《一些风格各异、充满机智和学识的快活诗歌》也在她卒后问世。

安妮本人的生活也是一部奋斗史，除了要适应新世界的严酷环境，还要与各种自身及流行的疾病作斗争。在这种情况下，顽强的安妮仍成功抚养了八个孩子，同时还艰难地从事当时并不适宜于女性的文学创作。当时主导着社会的清教主义追求宗教自由，然而新大陆的妇女却并没有呼吸到多少自由的空气。家庭的清教背景使安妮一方面被牢牢打上清教主义的烙印，一方面却渴望自由的天空。她一直深陷爱上帝与爱家人的矛盾中，只有在完成相夫教子使命的同时去从事当时被认为不适宜于妇女的诗歌创作，借此抒发心中的困惑。作为一个女人，她的困惑是具有普遍性的。

（二）安妮·布拉兹特里特的文学创作

安妮·布拉兹特里特的作品大多是在亲朋好友间传阅。她的诗歌主题广泛，包括各种社会、政治和哲学问题，许多冥想题材的诗说教意味较强，表现了她对灵与肉、现实与理想，以及世俗生活与宗教信仰的思考。但她的有关家庭生活的诗歌最受欢迎。此外，由于当时的文坛奉行传统，她也有一些模仿之作，明显带有伊丽莎白时代作家的痕迹。

由于当时社会处于神权和父权的双重统治之下，女性处于第二性的地位，因此安妮总体上是尊崇男性的，常把丈夫比作太阳，但也发出过颠覆传统的男女等级的声音。她记录了妇女在开拓新大陆中的卓越贡献，塑造了独立自主的新女性形象，对女性受到的歧视与压迫进行了反抗。《对至高无上的女王伊丽莎白的快乐记忆》(*Happy Memory of Queen Elizabeth*)一诗语气高昂，借对女王的赞颂，表现了女性的创造力和聪明才智，是一首具有女性主义意识的诗作。

《美洲最近出现的第十个缪斯》(*The Tenth Muse Lately Sprung Up in America*, 1650年)是在安妮不知道的情况下由其兄弟带到英国出版的，后来在美国出版了它的增补版《充满机智和学识的快活诗歌》(*Several Poems Compiled with Great Variety of Wit and Learning*, Full of Delight，1678 年），这是作者生前发表的唯一一部诗集，一出版便深受欢迎，一年内再版五次，曾排名英国最畅销的十部书籍之中。该诗作是殖民者的处女作，也是殖民时期英语诗歌最重要的两部作品之一。

诗集中更多的作品是关于对宗教信仰与世俗生活之间的矛盾的思考。当时的人们在这个新生的国家开拓疆土，艰苦奋斗，"上帝的选民"、上帝赋予的神圣使命、天堂的召唤，这样的信念时刻在激励着他们，给予他们无穷的力量，然而这种信念也抑制并否定了人们寻求快乐生活的本能需要。安妮通过诗歌隐晦地质疑了这种现象。

《灵与肉》(*The Flesh and the Spirit*)则描绘了两个世界的冲突。将灵与肉化身为两姐妹，代表精神世界和物质世界。"肉"质问道："冥想那么使你满足，世界都可以不顾吗？"而"灵"斥责"肉"罪孽深重。而当她意识到肉体摆脱俗世虚华的意志又正是来自对天堂更强烈的欲望时感到更加困惑。她的诗表现了安妮作为女性的自我和作为清教徒的超我之间的矛盾和困惑，写作似乎具备疗伤的作用。

安妮的诗歌不仅有对生活细节的直接观察，而且充满想象和激情，读者从中看到的是一个充满温情与激情的人性化的女性形象，这与传统清教徒的刻板形象截然不同，表现出安妮温柔外表下的叛逆个性。男性批评家们抨击安妮说她的手"更适合做针线"，安妮为了调和内在和外在的冲突，作品的语气变得非常低调、谦卑和隐晦，因为她知道"我令那些吹毛求疵的人讨厌"。就连当时的政治领袖约翰·温斯罗普谈起安妮时也语带讥讽，说她"因为长期致力于读书和写作，虽著作颇丰，但身体和才智却已经……如果她专心于家务，做一些妇女分内的事，就不至于此"。

总而言之，安妮的诗歌反映出她作为虔诚的清教徒和顽强的母亲的内心世界，她的作品较少有浪漫主义和感伤主义的色彩。初版中的早期创作的诗歌与作者激情蓬勃的内心世界相违背，刻意采用了传统、乏味、刻板的节奏，因此难以引起普通读者的兴趣。这也促使安妮开始发掘自己的内心，创作属于自己的诗歌，而这些作品后来收录在安妮故去后面世的美国版本中。这部作品创造了历史，它是美国出版的第一部诗集，也是美国第一部出自女性笔下的作品。

第六章 女性意识的开端：19世纪前的美国女性文学研究

三、安妮·芬恩奇·康威女士的创作

(一) 安妮·芬恩奇·康威的生平

安妮·芬恩奇·康威女士(Lady Anne Finch Conway,1631—1679年),也称康威女勋爵(Viscountess Conway),美国殖民时期著名女作家、哲学家,于1631年12月14日生于伦敦。其父亨利基·芬恩奇爵士(Sir Heneage Finch)是英国下议院议长,在其出生的前一周突然去世。母亲伊丽莎白·克拉多克(Elizabeth Cradock)是父亲的第二任妻子。关于安妮·芬恩奇·康威女士童年的记载不多,她在位于肯辛顿(Kensington)的家中长大,缺少了父爱的安妮幼时便喜欢独处,乖巧懂事。虽然家庭教育不太系统,但她敏而好学,先后学习了拉丁文、希腊文和希伯来文。

笛卡尔的思想是安妮哲学思想的基础。她通过书信热诚地向老师求教,而莫尔也并没有因为她的女性身份而忽略或者轻视她的学习热情和潜力。后来哥哥出游,安妮只得更多地写信向莫尔老师请教。1655年她搬到了丈夫的家乡居住,自此莫尔成了康威家的座上客,在那里度过了剑桥大学教课之余的许多时光。亨利·莫尔在哲学上对康威女勋爵的影响至关重要。

安妮的丈夫虽然很支持她,但却因工作原因常常外出,无法陪伴在她左右,即使是到了安妮生命的最后尽头。1679年2月,安妮终于无法继续忍受身体的痛苦,年仅47岁便离开了人世。海尔蒙为安妮办理了后事,而闻讯后的莫尔感叹安妮为"耐心和理性的最卓越的典范"。

(二) 安妮·芬恩奇·康威的文学创作

安妮的作品多为与人合作的结果,独著只有这一部,即《古今哲学原理》(The Principles of the Most Ancient and Modern Philosophy)。该书是在她最后的岁月著成,在她死后也是历经磨难,最先以拉丁文译本的形式于1690年在阿姆斯特丹匿名问世,后于1692年以《古今哲学原理》为名出了英文版。由于原稿遗失,英文版只能由拉丁文版再转译而成。如今该书已被译成现代英语,并配有详细注释,包括她的生平、文献年表和前言,以帮助读者在当时的历史背景和哲学语境下解读康威

女勋爵,并能够让后人清晰地认识这位忍受着极大病痛但仍留下宝贵思想的哲学家。

康威女勋爵的一生可谓命运多舛。然而她却凭借自己顽强的毅力和不羁的个性,在17世纪那个女性备受忽略的时代进入了哲学的领地,并取得了卓越的成就。康威女勋爵所走的是一条不同寻常的求索之路,这条路不仅对于妇女而言不同寻常,对那时的所有人来说也是人迹罕至。她的一生中先是信仰笛卡尔哲学,然后又钻研并精通了复杂的卡巴拉哲学体系,她的"单孢体"概念就是从卡巴拉思想而来。她还撰文批评过笛卡尔、霍布斯和斯宾诺莎的哲学理论,最终又力排众议,于1677年转向了贵格会。当时人们对贵格会极其反对,避之唯恐不及。这些无不显示出她独立的思维和执着的精神。虽然她激进且非正统的独立观点和个性在当时看来很不合时宜,但她的观点却预示了"启蒙时代"更宽容、更广泛、更积极的哲学观的到来。

四、玛丽·罗兰森的创作

(一) 玛丽·罗兰森的生平

玛丽·罗兰森(Mary Rowlandson,1636—1711年),别名玛丽·怀特·罗兰森,美国殖民时期女性主义作家。她出生于英国,是家里十个孩子中的老六。1639年她随父母远航至北美马萨诸塞州的兰卡斯特,1656年与毕业后与哈佛大学的清教牧师约瑟夫·罗兰森(Joseph Rowlandson)结婚,二人共育有四个孩子,长女名叫玛丽,然而3岁就夭折了,其余三个孩子都活下来了。长子随父亲名叫约瑟夫,次女也叫玛丽,小女儿名叫莎拉。

1675至1676年间,北美殖民者与印第安部落之间爆发了菲利普王战争(King Philip's War)。菲利普王是殖民者对一位强悍的印第安部落首领梅塔科梅(Metacom)的称呼。1676年2月10日,也就是在战争即将结束前,约瑟夫前去为兰卡斯特请求军事援助,求助没有得到回应,而印第安一个部落却趁机向兰卡斯特发起了袭击。他们焚毁了整个城镇,杀害了48人,还俘虏了24人,包括玛丽和她的三个孩子,他们分别是14岁、10岁和6岁。被俘后,两个大点的孩子分别关押,小女儿不幸夭折。在约150英里行程途中,玛丽经历了无尽的艰难、饥饿、疲

第六章　女性意识的开端：19世纪前的美国女性文学研究

急和恐惧。十一周后，也就是1676年5月，她的丈夫以20英镑将她赎出，随后两个孩子也很快被解救。然而，他们在兰卡斯特的家园已经被摧毁，一家人于1677年辗转迁居至康涅狄格州。在那里玛丽·罗兰森写下了被俘的整个经过，并将其整理成了一部自传性质的叙事小说，但一直没有发表。后来该作品在剑桥出版，书名是《国家主权和上帝的仁慈，以及上帝承诺之显现：罗兰森的被俘与被释》。小说受到热烈欢迎，后在大西洋两岸再版三十多次。

重聚后不久的玛丽一家人并没有度过太多的幸福时光，丈夫在1678年11月24日做了一次关于妻子被俘经历的精彩有力的布道，三天后便溘然辞世。次年，玛丽改嫁给塞缪尔·泰尔考特船长，此后的生活便罕为人知。塞缪尔和玛丽先后于1691和1711年身故。

（二）玛丽·罗兰森的文学创作

《国家主权和上帝的仁慈，以及上帝承诺之显现：罗兰森的被俘与被释》（*The Sovereignty and Goodness of GOD, Together with the Faithfulness of His Promises Displayed; the Narrative of the Captivity and the Restoration of Mrs. Mary Rowlandson*）以玛丽·罗兰森的亲身经历为模本写成，是一部带有自传性质的小说，以二十件从一地到另一地的迁移或旅行事件为线索，记述了她被俘和被释放的经历，具有文学、历史和宗教等多方面的价值。玛丽·罗兰森作为一个清教徒和一个普通的母亲，一生中仅发表过这一部作品，而正是这一部作品为她带来了永久的声誉。

这本书的出版开辟了美国文学的一个新领域：被俘叙事。被俘叙事自玛丽·罗兰森开创以来就作为一种文类得到承认，并成为妇女作家的强项。根据理查德·斯洛特金的观点，在被俘叙事中，通常是某个人，常常是位女性，处于邪恶势力的打击下，等待上帝的援救。被俘叙事小说的鲜明特点是真实性。对玛丽作品的研究，不仅大大加强了我们对于该文类中体验及表达宽度和多样性的理解，而且有助于我们了解该文类在18世纪的演变过程。被俘叙事在文学流派中尽管没有占据主要位置，然而它在美国文学的发展中却是令人瞩目的。

五、萨拉·肯布林·奈特的创作

（一）萨拉·肯布林·奈特的生平

萨拉·肯布林·奈特（Sarah Kemble Knight,1666—1727年），美国殖民时期日记体作家、著名教师、商人。她于1666年出生在波士顿，是家中的长女。其父托马斯·肯布林（Thomas Kemble）是一位成功的商人，母亲伊丽莎白·特莱瑞斯（Elizabeth Trerice）来自马萨诸塞州一个古老而显赫的家族。1689年，萨拉嫁给理查德·奈特，一位比她年长许多的船长，兼美洲一家公司的伦敦代理商。萨拉是他的第二任妻子，两人膝下只有一女，名叫伊丽莎白·奈特。萨拉中年即开始孀居，之后开办了一所写作学校，在波士顿颇有知名度，据说本杰明·富兰克林曾经是她的学生，同时她还是法庭公证人和公共文献记录员。世人尊称她为"奈特夫人"。

1704年，奈特夫人独自踏上了从波士顿出发经陆路到纽黑文需要长途跋涉的旅程，而且道路崎岖难走，即使是对于最强悍的男人而言，这一旅程都可以说是极大的考验，更何况是对于一个独自旅行的38岁妇女。1705年，奈特夫人完成行程返回家乡后，将自己历时五个月、行程长达二百英里的见闻整理成了一部日记作品。

奈特夫人记日记时十分细心，在每一天旅行结束的时候"记下所思所想的点点滴滴"。她的努力成果是一份很有价值的文献，里面记载了她独特的经验。她的日记从此也被私人珍藏，直到1825年才发表。她在现实生活和日记中所表现出来的坚强、勇敢和智慧，无疑也是留给女儿的一笔更加可贵的精神财富。

（二）萨拉·肯布林·奈特的文学创作

《1704年波士顿—纽约旅行之私人日记》（Private Journal of Journey from Boston to New York in the Year 1704）又名《奈特夫人的日记》（The Journal of Madam Knight），由西奥多·德怀特（Theodore Dwight）编辑整理，并于1825年出版。该日记写于1704年，被认为是对18世纪美国殖民时期最真实的记录之一。自问世以来，《奈特夫人的日记》一直都被视为是早期美国文学的里程碑和经典之作。一方面，

第六章　女性意识的开端：19世纪前的美国女性文学研究

在人物刻画和内容上，它揭示了高于生活的人物个性，记录了一个妇女所经历的艰苦旅程——这种旅行在当时实属少见；另一方面，在语言上，大量使用方言、幽默和有点粗俗的比喻，生动有趣地描述了所见之人和所到之处，这使得她的日记生动而富有生活气息，同时也是对清教主义主宰的殖民地严肃文风的反叛。她坦率的幽默、对所遇之人的偏执、对沿途所住旅馆的不满，以及她本人将经历的诗歌化等，都呈现在她的日记之中，形象地反映出新英格兰偏僻落后地区的风貌和中产阶级建功立业的社会理想。

然而，作品也体现了作者的反叛精神和时代进步性。从作品中可以反映出，当时清教主义思想正在衰落，人们正在从虔诚信仰宗教向世俗化转变。作者在日记中显示出与同时代清教徒不同的特点，表现出了唯物主义思想的萌芽。与清教徒作家玛丽·罗兰森的被俘叙事相比，她认为今世所做的一切都会在今世得到回报，而不是来世，因此她热衷于今世，不关心天堂的来生。另外，她们二人援引的典故也不同：玛丽·罗兰森主要参照《圣经》，奈特夫人则大量引用当时广为流传的诗歌。

奈特夫人在饱受清教主义思想意识压制的年代，顶住生活、精神和舆论的压力，在父亲和丈夫相继去世后，身兼数职，经过自己的努力，成为一名出色的作家、教师和商人，是新型妇女的典范。奈特夫人的创作目的并不在于发表或说教，而是娱乐亲朋。然而，一般的日记都会记载精神上的成长，或是悲剧性的经历，而奈特夫人的日记记述却坦率而犀利，充满了讽刺和幽默，因此说她极大地推动了日记体这一文学体裁的发展，并且是为美国幽默文学发展作出重要贡献的第一位女性。

第二节　18世纪的美国女性文学研究

由于传统的历史是根据历史事件断代的，而这些活动都是以男性为主体进行的，因此长期以来存在有两个基本误区：一个是美国妇女被认为与基于军事和政治发展的历史并无太大的关系，另一个是认为美国妇女自始至终社会地位低下，在20世纪中期之前极少参与历史变革。本节通过描述18世纪美国妇女在独立战争中所起到的积极作用以及对美国文学的贡献，试图澄清上述两个误区，同时展示18世纪美国独立战争给妇女的生活带来的巨大变化,以及女性传统的角色受到极大的颠覆,女性的社会角色开始多元化,社会对女性的态度也发生了积极的变化等社会问题。以下从几个方面论述。

一、18世纪的美国女性文学研究

在18世纪的美国,由于战争需要,男人们都上了战场,妇女们面临着比以往更大的挑战。除去照顾家庭,还要经营农场,甚至经营工厂等家庭企业,里里外外的重担落在她们的肩上。生活固然艰难,然而战争却也为妇女提供了走出家门的机遇和与外界交往的机会。

(一)女性开始直接参与社会活动

在当时,是否支持战争是一个是否爱国的问题,涉及女性对政治身份的选择。大多数女性为了用实际行动证明自己的爱国之心而参加了一系列的斗争,这也使女性有了满足自己政治诉求的需要。由此,女性活动的范围扩大了。她们跨出家门,通过各种方式参与独立革命:禁运英国商品、生产战争所需的物资、对英国人进行监视、跟随部队、为士兵和长官洗衣做饭、担任护士、裁缝等工作,甚至传送情报、女扮男装参军作战。在为前线的战士提供物质保证和精神支持的同时,妇女自身的爱国热情和参与政治的信心受到前所未有的激发,妇女的潜能得以发挥。爱国妇女抵制从英国进口的服装原料,用自己纺织的布料为家人做衣服。她们用"不进口、不消费"作为强有力的武器来反抗英国无理的税收。通过拒绝用丝绸以及其他奢侈品而改穿自纺衣物,妇女发出了反抗英国压迫的强有力的声音。家纺运动不仅仅禁运了英国的纺织品,也为陆军生产了必需的衣物和毛毯。作为爱国者,她们用纺织、缝纫的技术支持了革命事业;作为家庭经济的女主人,她们的购买选择支持了爱国事业。相同的抵制也扩展到其他英国商品。妇女们选择购买和生产"美国"货,虽然"不消费"抵制策略是由男人们制定的,但是女人们在家庭这块她们掌权的领域实施了这种策略。女性的行为对于美国社会之前一直教育她们的行为模式是极大的颠覆。

美国女性首次在家庭之外直接参与社会活动的规模是空前的。妇女通过组织例如费城的"女士协会"来帮助爱国事业,鼓励每一位女性为支援战争发挥能力。女性甚至为了政治的选择需要决定是否应该为

第六章 女性意识的开端：19世纪前的美国女性文学研究

忠于自己的丈夫而坚守婚姻。在战争之前，妇女对丈夫的忠诚只涉及他们个人的关系问题，但在战争时期已经上升成了政治行为，对于那些丈夫忠于英国的女性尤为如此。

在美国，"男主外，女主内"的格局是在18世纪逐渐被打破的。由于妇女加入到反对英国殖民者斗争的行列，与男性一起为美国的独立作了努力，妇女的社会地位明显提高。

（二）美国女性接受教育不再受阻

在18世纪，美国女性接受教育不再只有阻力了，女性接受教育的议题提上了日程。后来不但出现了认同男女同校或专为女孩子建立新学校的主张，而且"女校到处都在建"，苏珊娜·罗森（Susanna Rowson）女校和费城女校这样的学校成为时尚的先锋。

18世纪的女性成为美国出版业的新生力量，涌现了一批以妇女为读者的女作家和妇女杂志。流行服装、大众科学、家庭小窍门等生活文章充斥着各类妇女杂志，这些杂志的读者主要是家庭妇女。作品涉及美国革命战争、妇女受教育的问题、婚嫁和性取向的问题，以及18世纪末兴起的女权主义思潮等，题材广泛，内容丰富。黑尔率先在美国出版美国人原创的稿件并取得版权，极大地推动了美国本土文学的发展。

18世纪的美国女性文学有了很大的发展，如宗教布道词和记录人的精神世界的神学作品。布道词直接面向大众，通过口头和书面两种形式流传，是一种影响十分广泛的文学形式，在1639到1729年间北美出版的书籍中，百分之四十属于这类作品。还有精神自传、历史记述、印第安人"被俘叙事"，其中包含大量关于印第安人文化和种族关系的信息，以及表白叙事。表白叙事流行于妇女争取选举权运动，多见于19世纪中到20世纪20年代。18世纪后的一些文学作品在文学内容和形式上都有所提升，尽管美国文学在当时还处在少儿期。

（三）女性写作开始涉及重要题材

女性写作开始涉及重要题材，比如历史写作，而最有成就的要数摩西·奥蒂斯·沃沦（Mercy Otis Warren），她发表了三卷本的《美国革命史》。汉娜·亚当斯（Hannah Adams）撰写过数本历史研究方面的书，其中包括宗教研究。朱迪思·萨贞特·默里（Judith Sargent Murray）

发表过四卷本的《关于性别平等》,这是一部国际女性文学史。据记载,从 1790 到 1820 期间,历史书籍如此之多,以至于小说从数量上都退居其次了。

从 1800 到 1860 年期间,撰写历史书籍的女作家达百余人之多。不难想象,这些书对妇女进入公共领域有多么大的影响。妇女也因这种写作行为而极大地缩小了公共领域和私人领域的界限。然而,当男人们从战场上回来后,妇女的地位又一次被定位于家庭。走出家庭的妇女被再次呼吁走回家庭。在经历了战争的召唤和对爱国主义的实践之后,美国女性重归家庭。美国妇女要真正实现在政治、经济和社会上与男性平等的目标,还有很长的路要走。

二、摩西·奥蒂斯·沃伦的创作

摩西·奥蒂斯·沃伦是首位女性剧作家和政治评论家(也许最重要的是她是当时最主要的女性知识分子和文学创作者)。1943 年二战中一艘自由舰以摩西·沃伦的名字命名,2002 年她进入美国国家女性名人廊。

(一)摩西·奥蒂斯·沃伦的生平

摩西·奥蒂斯·沃伦(Mercy Otis Warren,1728—1814 年),剧作家、历史学家、爱国人士,1728 年生于马萨诸塞州的邦斯特伯市(Barnstable)。父亲詹姆士·奥蒂斯是个农场主、商人兼律师,任当地民事诉讼法院的法官,后来于 1745 年进入马萨诸塞州众议院。母亲玛丽是"五月花号"船上乘客、普利茅斯殖民地的创始人爱德华·多提(Edward Doty)的后代。

摩西·奥蒂斯智慧超群,兴趣广泛,喜欢政治和文学,生长在一个生机勃勃的爱国人士家庭中。沃伦在阅读和辩论的过程中,意识到虽然自己身为女性,但是并不输给聪明的哥哥们。在此期间她广泛接触了历史和经典著作,还学习了写作的基本原理。沃伦不断练习写作,很快就可以随心所欲地表达复杂的观念和想法了。由于共同接受教育,摩西和哥哥詹姆士格外亲密,詹姆士成了她最好的朋友和知识方面的伙伴。在哥哥的不断鼓励下,摩西意识到在智力上她和男人是平等的。当然摩西也知道自己接受教育和走出家庭追求事业的机会是很受限制的,所以她让

第六章　女性意识的开端：19世纪前的美国女性文学研究

哥哥带她进入政治和文学圈子中去。1743年,她在哈佛大学的毕业典礼上遇见了詹姆士·沃伦,他是"五月花号"的乘客理查德·沃伦的后裔。1754年11月,她嫁给了沃伦,并搬到沃伦家族在俄尔河的庄园中居住。他们共有五个儿子。

由于摩西·沃伦与绝大多数革命的领导人都有联系,所以从1765年到1789年她一直处于革命事件的中心。她利用自己的有利地位和写作天赋,成为革命年代的一名诗人和历史学家。1765年左右,摩西开始写爱国诗歌,这个时候她的诗歌只是用于她和朋友的娱乐。在她晚年时,她对强加于女性身上的约束规范非常愤怒,集中精力于教育改革。在丈夫于82岁去世之后,80岁高龄的摩西也终于败在了她抗争了一生的抑郁症下。1814年,沃伦以86岁高龄与世长辞,葬于马萨诸塞州普利茅斯的旧葬礼山。

（二）摩西·奥蒂斯·沃伦的文学创作

《美国革命的发起、进程和终止史》(Hisory of the Rise, Progress, and Termination of the American Revolution)是摩西用了三十年的时间写就的三卷本历史著作,这是第一部由美国女性发表的主要历史著作,也成为她个人出版的传世之作,原稿有一千三百一十七页之长。沃伦的这部作品从一个知情者的角度表达了对国家诞生的观点,这些观点非常宝贵。

身为美国之母,同时也是美国独立战争的第一位女性历史学家、第一位女剧作家的摩西·奥蒂斯·沃伦之所以为人钦佩,不仅仅因为她支持了美国人民的自由,"也为她自己的性别努力奋斗"。沃伦夫人极具感染力的写作使得她与18世纪大部分保持沉默的女性不同,作为诗人、剧作家、学者,她撰写小册子,号召人们为自由而斗争,将独立革命载入编年史,完善了美国宪法,为《人权法案》高声呐喊,勇敢地面对并成功挑战由男性主宰的世界。

三、菲丽丝·惠特利的创作

（一）菲丽丝·惠特利的生平

菲丽丝·惠特利(Phillis Wheatley, 1753？—1784年)是美国第

一位正式发表作品的黑人女诗人,约 1753 年生于现在非洲的塞内加尔或冈比亚。1761 年 7 岁左右的菲丽丝作为奴隶被卖到波士顿颇有名望的惠特利家族。菲丽丝很小就表现出超常的智慧,被视做天才,惠特利夫妇发现了以后,就让女儿教她读书识字,又让儿子教她英文、拉丁文、历史、地理、宗教和《圣经》,尤其是亚历山大·蒲柏(Alexander Pope)和约翰·弥尔顿(John Milton)等的经典作品。奴隶接受教育在当时是很少见的。菲丽丝很快被惠特利一家接受,成为这个家庭的一员,可以自由地进行写作。但她从未忘记自己的地位,从未真正和周围的任何一个群体完全融合。

菲丽丝进步迅速,经过十六个月的学习,已经能够阅读英语,并理解《圣经》中难懂的段落。12 岁时即能读希腊文和拉丁文的著作。13 岁发表了第一首诗,开始逐渐用诗在白人文化圈中表达自己。1770 年发表了为广受喜爱的牧师乔治·怀特菲尔德所写的第一首挽歌之后开始声名鹊起。通过惠特利一家,菲丽丝得以结识许多波士顿的社会名仕,有更多机会接触书籍和圣典。由于没有受过正规教育,菲丽丝便得以尽情抒发自己的所思所想,开创自己的风格。她的许多挽歌都是应邀而作,惠特利一家更是一直以她为傲。菲丽丝虔诚信仰清教,并在惠特利家族的教堂受洗。

她的一生为后来的美国黑人树立了榜样。菲丽丝·惠特利于 1773 年在波士顿创作的《海洋——大海的颂歌》手稿于 1998 年 5 月 30 日在克里斯蒂拍卖行售价高达六万八千五百美元,这首诗没有进入她 1773 年发表的诗集中。毫不夸张地说,今天的读者更能设身处地对她的作品和生活进行更好的理解。通过重新的审视,证明了菲丽丝是一位捍卫自己信仰的人,她勇敢而精明地表达了自己的政治主张,并在很早就参与到美国独立革命和废奴运动当中。

(二)菲丽丝·惠特利的文学创作

菲丽丝诗歌的主题包括宗教、道德、哀悼、自由、庆祝、战争以及死亡,反映了她的宗教信仰和古典的新英格兰教养。

菲丽丝的第一首诗《赫西与科芬先生》(On Messrs. Hussey and Coffin)发表在 1767 年的《纽波特信使》(Newport Mercury)上。1770 年菲丽丝为深受大众欢迎的传道者乔治·怀特费尔德写了一首挽歌

第六章 女性意识的开端：19世纪前的美国女性文学研究

《牧师乔治·怀特费尔德之死》(On the Death of the Rev. Mr. George Whitefield, 1770年)，这首诗表现了诗人在文学上的成熟，并有着浓厚的基督教色彩。在以后的几年里，她在波士顿的多家杂志上又发表了一些诗歌。也许是受到了她的非裔美国部落群体中那些妇女们教给她的演说风格的影响，她非常喜欢挽歌诗体。由于她精通拉丁语，她开始创作小型史诗（短叙事诗），后来发表了《悲痛的尼俄伯》(Niobe in Distress)。

1775年她为华盛顿将军写了一首诗，并赠予了华盛顿将军。也正是由于这首诗歌，她于1776年3月见到了华盛顿将军，这首题为《致尊敬的华盛顿将军阁下》的诗最后于1776年4月发表于《宾夕法尼亚杂志》。

菲丽丝发表的仅有的一部诗歌集是献给亨廷顿夫人的《关于宗教和道德各种话题的诗集》(Poems on Various Subjects, Religious and Moral, 1773年)，其中包括三十九首诗。挽歌占据了她诗歌的大部分，这是一种对某中深刻的事件或主题进行思考的严肃的诗歌形式。菲丽丝最擅长的就是挽歌，也常受命为各类人撰写此类诗歌。

《大英百科全书》评价菲丽丝的诗"成熟到令人惊奇的程度"。她之所以为人们所铭记，某种程度上也正是源于她的身份的特殊性。她是美国历史上第一位重要的黑人作家，但讽刺的是，她的成功似乎只在于向世界证明黑人也是有人性和智商的，在她生前并未引起她以后的美国黑人作家和女性作家的关注，作品发表后的家庭生活也是每况愈下。但她的一生对于后代的非裔美国人是非常具有鼓舞意义的，后来美国黑人的创作就是在她的推动下展开的。

四、阿尔盖比·亚当斯的创作

（一）阿比盖尔·亚当斯的生平

阿比盖尔·亚当斯(Abigail Adams, 1744—1818年)，1744年生于马萨诸塞州的韦茅斯，父母双方都来自殖民地有影响力的家族。像她那个时代的大部分女孩子一样，阿比盖尔没有接受正规教育。但史密斯家的女儿们比较幸运，因为她们有一个热爱学习和读书的父亲。威廉·史密斯让女儿和儿子充分利用他藏书颇丰的图书馆。阿比盖尔在父亲的图书馆广泛阅读了诗歌、戏剧、历史、哲学、神学和政治理论。阿比盖尔的母亲和祖母昆西则负责教授她社交礼仪、持家以及手工技巧。

阿比盖尔家里客人来往不断,他们有趣又有才智、并受过良好教育,这些人也帮助她成为一个有学问的、机智的年轻女子。她才思敏捷活跃、观点激进、表达直率,具有很强的政治意识。这些背景使她后来成为一名敏锐的政治观察家、多产的作家,以及有影响力的第一夫人。随着她日渐长大,阿比盖尔更加坚定要培养自己。长大成人之后,她已成为当时学识最高的女性之一。阿比盖尔对自学产生了极大的兴趣,这对于她那个时代的女性来说是非常勇敢的。18世纪的女性的主要人生目的就是婚姻和家庭,而教育常被认为是实现这个目标的路障。女性害怕变得过于有学问,认为追求者会不喜欢那些过于聪明的女孩,而喜欢那些无忧无虑的、喜欢调情的女孩。然而阿比盖尔的博学却博得了后来成为美国第二任总统的约翰·亚当斯(John Adams)的关注。1764年,她与当时身为律师的约翰·亚当斯结婚并在布伦特利市(Braintree)定居下来。

从1789年至1801年,阿比盖尔作为副总统的妻子以及后来的第一夫人,一直是约翰非常信赖并很有影响力的政治顾问。尤其是约翰·亚当斯在刚当选为第二任总统后急切地在信中写道:"我一生从未像现在这样更加需要你的建议和支持。"她坚定不移地支持丈夫的事业,在私下和公开场合都敢于发表自己的观点。

(二)阿比盖尔·亚当斯的文学创作

阿比盖尔被人们牢记,主要是因为她写给丈夫的大量书信。她的孙子查理斯·亚当斯于1841年与1876年出版了她几乎所有的信件,她的书信集多次再版,而她写给亚当斯的信收在《亚当斯家庭通信集》(Adams Family Correspondenc)中。结婚后约翰由于职业的原因经常不在家。在他们长期分离期间,阿比盖尔和约翰写了大量亲密而直率的信件以保持紧密的联系。约翰·亚当斯经常就许多事情寻求妻子的建议,所以他们的信件多是关于政府和政治事件的理智讨论。阿比盖尔·亚当斯对她的丈夫亚当斯产生了有目共睹的影响。

阿比盖尔·亚当斯是一位多产的书信体作家。通过书写信件,阿比盖尔·亚当斯得以表达自己的思想,砥砺自己的观点,对于读者而言也很有挑战性。在她的写作中可以看出阿比盖尔是一名自信、有远见、积极参与当时社会活动的泼辣女性。

第六章 女性意识的开端：19世纪前的美国女性文学研究

在美国历史上，阿比盖尔·亚当斯是一位有着坚定信仰、出色才智、精湛写作技巧和杰出智慧的女性。她不仅仅对丈夫和儿子（美国第六任总统）的政治生涯帮助很大，也是为女性权利和进步奋斗的先驱，这使得她成为美国最卓越的女性之一。阿比盖尔认识到在这个世界上女性被许可扮演的角色权利有限，对此她总体上是接受的。她认同依赖型妻子的角色，并表现出极度的热心。坚定的基督信仰使她忍辱负重，相信来生会有所补偿。如果说她在政治与社会上坚持过某种原则的话，那就是任何人包括总统和丈夫都不能掌握过大的权力。然而，她坚持认为女人的地位和男人的一样承载着相同的重要性和责任。在这个建立在平等和独立理想上的国家，阿比盖尔·亚当斯也促使男人和女人们开始考虑女人的权利和地位。阿比盖尔坚定地认为教育对于男女同样重要。

五、苏珊娜·罗森的创作

（一）苏珊娜·罗森的生平

苏珊娜·罗森（Susanna Haswell Rowson，1762—1824年），小说家、诗人、剧作家、宗教作家、舞台剧演员、教育家。大约1762年她生于英国的朴茨茅斯，父亲威廉·哈斯韦尔是英国皇家海军上尉。苏珊娜出生几天后，母亲苏珊娜·马斯格雷夫就亡故了，后来父亲驻扎在波士顿任海关官员，还在那里续娶了雷切尔·伍德沃德，后来又将女儿苏珊娜接到马萨诸塞州，一家人住在赫尔。1778年，她父亲的健康状况与日俱下，而生活也愈发艰难，苏珊娜不得不去做女家庭教师以养家糊口。1786年，她嫁给了威廉·罗森。

在做女家庭教师时，罗森写了她的第一部作品，献给得文郡公爵夫人，婚后不久又发表了小说《维多利亚》（*Victoria*）。1786年她同一批伦敦演员在布赖顿登台演出，两年之后，她又发表了《一次去帕纳塞斯山的旅行》（*A Trip to Parassus*）。虽然这本书是匿名发表，但评论家都知道是罗森的作品。罗森也开始写抒情诗歌，在以后的生活中她也从未停止过抒情诗歌的创作。在1793年搬到美国前，她已经写了五本小说，包括《夏洛特个真实的故事》（*Charlotte, a Tale of Truth*）。1793年罗森和丈夫以费城托马斯·维格纳尔（Thomas Wignell）的戏剧公司签约演员的身份来到美国，在两季之内演出了五十七个角色。1797年在波士顿她最后一次登台演出,随后她开始了一项全新的事业,又获得了成功:她在波士顿创办青年女子学院,并亲自担任总负责人。这是当时最好的女子学校之一,也是美国第一批专为具有初级文化水平的妇女开办的学院之一。罗森运营该学院二十五年之久,直至1822年。她的这一举措与后来19世纪主要的女权主题——妇女接受正规教育的问题遥相呼应。她于1822年从自己的学校退休,两年后,也就是1824年逝世于波士顿。

(二)苏珊娜·哈斯韦尔·罗森的文学创作

《夏洛特·坦普尔》(*Charlotte Temple*)初版于1794年,是美国首部畅销小说。它讲述了一个关于引诱和悔恨的传统伤感故事,一个天真的英国姑娘夏洛特接受了她邪恶的法国老师的建议而导致了悲惨后果。诱奸和背叛是《夏洛特·坦普尔》最主要的主题,而其中有一点非常明显,那就是年轻姑娘凡是为了爱人虚假的承诺而抛弃了父母,是注定会早早死亡的。很明显,这本书是一位女性写给其他女性的,从19世纪到20世纪,这本书的主要读者都是女性。痛苦的反思充满夏洛特的脑海,这也是对年轻人草率冲动的警示。

罗森在她的作品中运用了道德说教和情节剧式的语言,这是因为她要武装那些单纯幼稚的女孩子们的头脑,帮助她们逃脱社会上那些诱奸者、伪君子和虚伪朋友的圈套。作者也借这个故事警告年轻的女性要对男人保持警惕,以免给自己带来痛苦。

美国独立革命对罗森的生活和工作都产生了巨大影响。她也是最先将其作为小说背景的作家之一。帕特里夏·帕克(Patricia Parker)在罗森的书的"前言"中说道:罗森生活在美国历史中一个非常重要的阶段,那时美国正在从褊狭的殖民地向前工业化国家过渡。她认识到新共和国的政治目的,因此尽管自己出生于英国,她仍将自己认同为美国人。她的写作反映了她在政治上和性别上对于自由和民主原则的关注。如果能认真学习她写于18世纪90年代的抒情诗歌和舞台剧作,就可以理解当时刚刚获得独立的美国大众的欣赏情趣。罗森对于邪恶的解决方法不是去改变这个世界,而是要女性以自身获得的力量、智慧和常识来应对这个世界,罗森的小说只是对于个人的邪恶和软弱的控诉。

第七章 女性意识的凸显：19世纪的美国女性文学研究

在1977年之前，美国文学课堂上讲的美国文学正典基本不包括女性文学。自从女性文学被重新发掘，人们发现女性作家其实从殖民地时期就很活跃，无论是在商业层面还是在出版数量层面，从19世纪中期开始，女性作家也许就已经占主导地位了。在由香农·M.哈里斯主编的《1800年之前的美国女性文学》（1996年）一书中，女性作家写作范围之广泛、涉及题材之多样令人惊叹。女性作家几乎涉及了男性作家涉及的一切题材。她们在作品中描写了新大陆的自然特点和资源、对宗教的新认识、土著人与欧洲裔美国人的关系、爱国热情或保皇立场，以及对作为美国人的认识。除此之外，她们还表现了妇女的教育问题、青年女性的社会及心理的复杂心态、婚恋、婚姻、生育、婚后生活、性趋向、妇女的法律地位、妇女在家做家务的经济情况，以及18世纪末期出现的对堕胎的支持和女性主义思潮的兴起，等等。当然，虽然女性书写了如此丰富的作品，但是她们一直处于被忽视状态，直到20世纪70年代、80年代和90年代对女性文学的再发掘，才使她们被发现。

19世纪的美国是一个典型的男性居于主导地位的传统男权社会。因此，男女地位极不平等，男性占支配地位，女性是"他者"，这一特性表现在社会生活中的方方面面。例如，男性的活动范围比女性大很多，而女性们也无法反抗。这种男性压迫女性，占据主导地位的现象在内战以后得到了改变。

19世纪20年代至60年代，在美国发生了被历史学家称之为"伟大的人类迁徙运动"的第一次移民高潮，移民们怀揣着各自的梦想，远涉重洋，来到了这片理想中的土地上。在当初诱引欧洲人移民的宣传刊物中，北美大陆常常被描绘成女人，往往呈现为一名土著印第安少女；她正慷慨地敞开怀抱，将富庶和丰饶的新大陆呈献给即将到来的移民。此类宣传不仅宣称这块新大陆拥有极其丰富的自然资源,万事俱备,只等着移民来开发,还将女人和土著人符号化为自然,从而具象地使她/他们从此成了这个年轻国家的奴役。尽管长期以来,许多历史学家一直坚持认为,欧裔移民对北美荒原的征服带来了创立美利坚合众国的神话,但我们应该意识到,这些移民在征服这片荒原的同时,也试图征服着与荒原紧密相连的女人、土著印第安人和黑人;我们还应该意识到,在这两种征服之间存在着错综复杂的社会、政治和种族关系,这些关系应该得到进一步的探究。美国国家符号本身深深浸透着各种殖民神话,以至于几个世纪以来,人们总认为诉诸征服自然,创建美国这个国家是所谓优胜劣汰的自然法则使然,而非主流意识形态作祟。①

必须承认,许多女性移民在新大陆找到了她们完整的人生。所有有着同样的故事背景,有着同样心声的女人,无论是被奴役的非裔,还是遭围困的土著印第安人,抑或是勉强无奈的欧洲移民,都被纳入开荒垦地、添丁加口这一殖民使命中来。肩负着这一使命,女人被符号化为了繁殖机器,成了一艘运载着未来子子孙孙来到这片荒地的空心船,而不是一个拥有自身权利、实现自我完善的个人。耐人寻味的是,那些残垣断壁式的有关殖民地女性的历史,被定格在了诗中两个自然符号之间:故事以"像被挤压在书中的一片树叶"的"我"渴望颠覆自我身份开始,最终以拒绝将自我与"麦地"和"未开垦的森林"相提并论来结束,借此说明将这些女人符号化为荒野的做法,可能正是她们在新大陆举步维艰的根本原因。

美国女人在这段历史中发现了一些值得思索、值得质疑的东西,她们意识到颠覆遗产是女性界定自我的一个必要步骤。要从不同的角度审核某样东西,以便能够更加全面地看到隐藏在其背后的东西;另外,它还蕴含着某种推翻之举,推翻和改变某种传统的诠释或观点,将在"我"与自然之间、"我"与历史之间耕耘出一种新关系。这一关系将可能在一个新型的,不再负累于以往将女人与"麦地"或"处女森林"相认同的美国神话中开花结果。

在女性地位凸起之前,写作是被男性主宰的领域。但是女性之前低微的社会地位持续了很长时间,并且对她们的写作内容造成了很深刻的

---

① 郭竞. 颠覆与超越 20世纪英国女性文学研究[M]. 北京/西安:世界图书出版公司,2017.

第七章 女性意识的凸显：19世纪的美国女性文学研究

影响。在男性主宰的时期，女性的世界基本上只有家庭，很少有机会接触到外界的生活，这就造成了她们的写作局限。因此，很多评论家都说，女性们写出的作品描写了她们最为熟悉的世界，再现了女性的生活——她们的追求、理想、精神压抑、情感困惑以及她们的反抗。

在19世纪，许多政治活动家利用类型小说作为政治辩论的工具。具有政治敏锐性的乌托邦小说家则更具自我意识，乌托邦小说本质上即是政治性的，其写作内容围绕着一个与读者的经历完全不同的社会结构展开。那一时期最出名的侦探小说无疑是阿瑟·柯南·道尔笔下的夏洛克·福尔摩斯系列。道尔的故事并不缺乏政治意义，但除此之外，还有一些侦探小说被公开用于政治宣传目的。这些小说被刊登在带有明显政治倾向性的出版物上，例如凯尔·哈迪为新成立的独立劳动党创办的报纸《工人领袖》。

1855—1865年，美国女性作家的创作时期正是美国男权社会推崇"真正女人"的传统道德标准之时。所谓传统的道德标准，就是企图将女性的活动范围禁锢在家庭之中，模范女性就是要扮演好女儿、妻子、母亲的角色。她们富裕的家庭背景为她们在少女时代提供了受教育的机会，使她们以后在成为家庭主妇后仍有机会成为职业作家。实际上，这些作家本身的经历就预示了她们所塑造的文学形象，毕竟她们自身所处的时代、社会和家庭生活是她们作品灵感的主要来源。因此，她们的作品无法完全逃出固定的女儿、妻子、母亲的传统角色的限制，但是，她们的写作也是对这些传统角色的一种突破。这种作家和作品的紧密关联正是女性小说的一个重要特征，她们笔下的女性经历因为源于她们自身的经历而更加真实可信。

这些女性作家在其作品中多以"家庭现实主义"手法表达人物性格与交代故事内容。也正因如此，其作品场景也是围绕女性生活而展开的。作品内容也多为讲述在社会变革中女性的自我觉醒与个人发展。她们的作品都有着共同特点：都是通过自己的写作，让所有女性都能够张口说话，发出自己的声音，找到女性的自我意识。同时让社会意识到，女性正在为她们自己争取该有的社会地位。这些小说反映出一种温和的、有限的或是实用的女性主义，这些女作家将个人经历、认知情感融入作品，并以此反映二元文学形象（夏娃与玛利亚）的模式。从这些作品中塑造的女性形象来看，作者塑造的玛利亚是传统价值观下的女性代表，而夏娃则是新时代下拥有独立精神的女性代表，即玛利亚代表柔弱

· 129 ·

温顺的性格,她唯命是从,屈从于命运的安排,她在作品中呈现出符合男性主义心目中对完美妻子、母亲的描述,为家庭无私奉献和不平等的家庭地位;而夏娃则刚强独立,无视权威,敢于向命运发起挑战,在家庭的地位上也不再是趋于男性之下,有着相对较平等的家庭角色关系,在家庭生活中也有一定的发言权,甚至成为家庭的决策人。在19世纪女性作品中,女性角色同时拥有传统女性的柔美、顺从、奉献与新女性代表的独立意识、平等精神。

19世纪下半叶,随着女权运动的深入发展,女性得到了进一步解放,她们走出家庭,开始出入公共场所。到19世纪末,思想、行为有所解放的"新女性"越来越多,她们有知识、有文化,经济相对独立,社交面扩大了,婚姻自主权也大大增强。这样,美国女作家的女性意识也随之空前高涨,并在她们的作品中有所反映。

第一节 哈丽雅特·比彻·斯托的创作

哈丽雅特·比彻·斯托是美国著名小说家,同时也是一位慈善家。她的代表作《汤姆叔叔的小屋》可以说是美国反对蓄奴制的宣言书,当时的美国总统亚伯拉罕·林肯在接见斯托夫人时,称她为:"写了一本书而酿成一场大战的小妇人。"

一、哈丽雅特·比彻·斯托的生平

哈丽雅特·比彻·斯托(Harriet Beecher Stowe,1811—1896年),废奴主义者和美国废奴文学的代表作家,生于康涅狄格州列奇文城一个正统的加尔文派牧师家庭,父亲里曼·比彻是当时美国最有威望的加尔文派教士和著名的神学家,五个哥哥也都是牧师,斯托夫人自幼受到基督教的教育和熏陶,是虔诚的基督徒,后来的丈夫也是神学教师。他们共生有七个孩子,但大都早夭。这使斯托夫人深感悲痛,更加痛恨蓄奴制肆意买卖奴隶和拆散奴隶家庭的罪恶。舅舅的自由党信仰对她也有一定的影响。1832年移居至辛辛那提,在那居住了十八年,离蓄奴的南部肯塔基州仅一河之隔,因此,她得以目睹众多奴隶不堪忍受虐待而逃往北方的惨景。《汤姆叔叔的小屋》与她的基督教博爱精神和政治上的

第七章 女性意识的凸显：19世纪的美国女性文学研究

自由民主主义理想有密切关系。

斯托夫人处在19世纪美国蓄奴制猖獗、废奴运动高涨的时代。她经常接触到从南方逃亡过河的奴隶，并多次到肯塔基访问，目睹了无数黑奴在奴隶主的残酷迫害和压迫下的悲惨遭遇，以及他们不堪忍受压迫而进行的斗争，这些情况使斯托夫人对蓄奴制度的残酷性有了深切的了解和体会。1850年，美国国会为了缓和蓄奴制在南方引起的地区性矛盾，通过了《逃亡奴隶法案》，允许南方奴隶主到北方自由州追捕逃亡的奴隶，结果引起了北方进步人士的强烈愤慨。这时，斯托夫人出于对黑奴命运的同情和迫害黑奴行为的义愤，决定用笔来揭露蓄奴制的落后与反动，开始创作她的巨著《汤姆叔叔的小屋》（又译为《黑奴吁天录》）。

1832年哈丽雅特·比彻随父亲迁往俄亥俄州，并在当地任教员。1833年出版了第一本书《儿童地理常识》。1834年短篇小说《一个新英格兰的故事》在写作竞赛中获奖。1843年，第一部小说集《五月花》(*The Mayflower; or, sketches of scenes and characters among the Descendents of the Purians*) 出版，收录了之前发表的十五个短篇故事。1853年，斯托夫人去英国作了一次旅行，撰写了《在国外生活的快乐回忆》。

斯托夫人创作的其他主要著作包括《德雷德，阴暗的大沼地的故事》《奥尔岛上的明珠》《老镇上的人们》以及一些宗教诗，后收入1867年出版的《宗教诗选》。她还写过一篇虚构的维护女权的论文《我妻子和我》，如今还常常被女权主义者引用。斯托夫人晚年主要居住在佛罗里达州，在《棕榈叶》一书中描写了她在那里的宁静生活，这也是她创作的最后一部小说。[①]

二、哈丽雅特·比彻·斯托的文学创作

《汤姆叔叔的小屋》是斯托夫人的一部现实主义杰作，这部小说布局独具匠心，采用穿插轮叙的方式，沿着两条平行线索描述了两个黑奴不同的遭遇，塑造了忠诚友善但逆来顺受的汤姆和勇于抗争的伊拉莎夫妇等典型形象，并通过人物和场景描绘，表现了那个时期的美国社会生活面貌。

汤姆是庄园主谢尔比家的一个黑奴，因为他为人忠实、得力，且对人

---

① 王晓英，杨靖.影响世界的100部女性文学名著[M].苏州：苏州大学出版社，2010.

友爱,乐于帮助人,因此深受庄园主一家和其他奴隶的喜爱,尤其是谢尔比的儿子乔治少爷非常喜欢他,称他为汤姆叔叔。

庄园主谢尔比先生善良温和,对奴隶非常仁慈,但因他做投机生意亏了本,借据落到了奴隶贩子黑利手中,所以不得不接受黑利的条件,把两个黑奴卖给他。被黑利看中的两个黑奴中有一个就是诚实、能干、受人敬重的汤姆叔叔,另一个是谢尔比太太的侍女、混血女仆伊拉莎的独生子哈里。

一天半夜,伊拉莎偶然偷听到主人和夫人正争论关于买卖汤姆和哈里的事,她决定带着儿子逃走,并且来向汤姆报信。知道一切后,汤姆听得目瞪口呆,克洛伊婶婶更是悲愤万分,她劝汤姆同伊拉莎一道逃走。可是,汤姆叔叔想到,如果他一逃走,别的奴隶就会遭到被卖的命运,主人也要丧失所有的产业。他决定留下来,宁愿自己忍受一切痛苦。伊拉莎独自带着儿子走了,经历千辛万苦,在好心人的帮助下,她们母子到了一个保护奴隶的村庄。

可汤姆却被奴隶贩子扣上沉重的脚镣,塞进了马车将要卖到下游的种植园去。由于汤姆的忍耐和沉静,黑利渐渐对他放了心,汤姆可以在船上走动走动了。他总是安静而乐于助人,常常给船上的工人做帮手,船上的人对他都有好感。

四十章之后的几章运用了突降的手段,在高潮平息后对蓄奴制进行了思考。作为一个基督徒,汤姆以死捍卫了自己的信仰,他渴望逃离,但他更看重自己的尊严,因此选择了固守和殉道。他的正义凛然使白人变得渺小和邪恶。汤姆与白人的区别似乎已经不在于他的种族或他的奴隶身份,而在于他对上帝的追求更迫切,他更常翻看《圣经》。他是个真正的基督徒,而跟他相比,声称是"上帝的选民"的白人则更像是异教徒和魔鬼撒旦。基督教的教义宗旨就是爱,而小说的寓意也正是传达爱可以胜过律法,胜过一切的信念。

1985年通过了《逃奴法案》。根据该法案,奴隶是奴隶主的私有财产。奴隶主不仅有权追捕逃跑的奴隶,而且自由州的居民还有义务协助奴隶主追回自己的"财产"。这激怒了废奴主义者斯托夫人,于是便有了这部小说。它的创作目的是为反奴隶主义运动提供舆论宣传,最初以连载的形式发表在1851至1852年的华盛顿的废奴主义期刊《民族时代》上。斯托夫人认为奴隶的买卖和对奴隶家庭的强行破坏是极其残忍和非人道的,使读者深刻认识了蓄奴制度的残酷本质。另外,斯托夫

第七章 女性意识的凸显：19世纪的美国女性文学研究

人笃信基督教。斯托夫人声称自己是在上帝的启示下书写，她坚决反对奴隶制，以至于产生了宗教的幻觉并把它们写进了小说，如汤姆被杀害的场面。她一针见血地指出基督教与蓄奴制是不能并存的，基督徒的爱可以战胜由蓄奴制所带来的种种伤害。斯托夫人本人也曾失去一个女儿，所以对拆散奴隶家庭和母子的行为深恶痛绝，认为蓄奴制剥夺人的灵魂，是人类社会最没有人性的现象。因此，斯托夫人呼吁给予所有奴隶绝对的自由。但她的目标读者主要是妇女，旨在通过使她们意识到蓄奴制对家庭和信仰带来的破坏来影响整个社会。

斯托夫人的故事具有很好的宏观框架，情节具有一种人类原初时期的粗犷色调，人物也多在人类基本感情的矛盾中发展成长，而不是用宗教信条或政治信仰作简单化处理。她的作品表现出一种恢宏的气魄，她的经历、幽默、正义感和挖掘人性基本特征的激情与勇气都有一种博大的胸怀。斯托夫人知道自己的读者中有大批中产阶级知识女性，所以她有意识地在作品中触及妇女解放、平等教育、消除性别上的双重标准等议题，创作出批坚强独立的女性形象，因此引起当代西方女性主义批评家的关注。他们指出，在斯托夫人的废奴小说里，"奴隶问题最终和女性缺乏政治权利密不可分"。斯托夫人有意识地把蓄奴制描绘成一个由男性制造的制度，需要女性来加以纠正的问题。斯托夫人之前的奴隶题材叙事作品多从男性视角出发，写男性的勇气和智慧，而斯托夫人则使奴隶叙事"女性化"，产生了巨大的政治影响。正因为如此，斯托夫人被称为内战后主导美国文坛的现实主义的先驱。《汤姆叔叔的小屋》被认为是南方小说的始祖，其后的南方作品中人们总能觉察到其中渗透着斯托夫人的气息。她的新英格兰小说创立了一个流派和一种创作方法。应当说是她笔下的新英格兰，而不是霍桑的新英格兰风貌图，为诸如萨拉·奥恩·朱厄特（Sarah Orne Jewett，1849—1907年）等后世作家的创作提供了重要的借鉴。斯托夫人在美国历史和文学史上都留下了光辉的一页。

除此之外，斯托夫人有着同时代妇女所不具备的敏锐的政治眼光。她不仅看到了当时南方种植园主对待奴隶野蛮、残暴这一表面现象，而且把目光深入到奴隶制内部的罪恶本质。与此同时，她倡议美国妇女在彻底了解奴隶制的同时，作为一位母亲、妻子、姐妹或社会的一员，以正确的方式使用她们的影响，在寻求保持自由原则不动摇的同时，作为妇女去缓和激烈的政治斗争。她倡议全美妇女记住奴隶主和奴隶同样都是我们的兄弟,上帝要求我们像爱我们自己那样去爱他们。更难能可贵的是斯托夫人塑造了伊莎拉这一反抗形象,最后通过反抗获得了自由。这一形象为黑人反抗压迫、争取自身解放树立了良好的榜样。

第二节 埃米莉·狄金森的创作

埃米莉·狄金森,美国著名女诗人。无论是在思想上还是诗歌创作上,狄金森都是一个另类人物,她的诗歌与她的时代格格不入,不被同时代人所认可。尽管狄金森大部分的诗歌创作于19世纪后期,却在20世纪才开始受到人们的关注并产生重大影响。

一、埃米莉·狄金森的生平

埃米莉·狄金森(Emily Dickinson,1830—1886年),1830年12月10日生于美国马萨诸塞州的阿姆赫斯特(Amherst),1886年5月去世。她20岁开始写诗,早期的诗大都已散失。1858年后闭门不出,70年代后几乎不出房门,文学史上称她为"阿默斯特的女尼"。她在孤独中埋头写诗,留下诗稿1775首。在她生前只有7首诗被朋友从她的信件中抄录出发表。她的诗在形式上富于独创性,大多使用17世纪英国宗教圣歌作者艾萨克·沃茨的专统格律形式,但又作了许多变化,例如在诗句中使用许多短破折号,既可代替标点,又使正常的抑扬格音步节奏产生突兀的起伏跳动。她的诗大多押半韵,狄金森使用了四音步抑扬格(iambic tetrameter)和三音步抑扬格(iambic trimeter),韵律是abcb。

狄金森远远超越了她生活的时代,在20世纪才被重新发现,从无名之辈成为美国文学史上最为重要的诗人之一。死后近七十年狄金森才得到文学界的关注,作品被世人发现,名声大噪,并被现代派诗人追认为先驱。狄金森的诗主要关注生活情趣,自然、生命、爱情、友谊与信仰。其诗风凝练 婉约、意向清新,描绘真切,极具独创性。

狄金森的诗歌内容深邃,别具一格。《成功最为甜美》短小精悍,意义深远。狄金森如何看待成功与失败、他人与自我、生命与死亡?在这短短的几行诗里,她深刻的思想可见一斑。

狄金森的诗歌简洁,短小,常常省略介词、连词和冠词,不理睬语法

第七章　女性意识的凸显：19世纪的美国女性文学研究

规则，还随意使用大写和破折号。与同时代的惠特曼一样，她挣脱了英语诗歌固定音部和韵律的传统，表现出一种从未有过的自由。此外，狄金森继承了约翰·邓恩的传统，在诗歌中使用了很多奇异的比喻，通过奇喻，把不相干的事物联系起来，将抽象的概念表现出来。

直到美国现代诗兴起，她才作为现代诗的先驱者得到热烈欢迎，对她的研究成了美国现代文学批评中的热门。狄金森逝世后，她的亲友曾编选她的遗诗，于19世纪末印出三集。1890年，狄金森的诗发表了，后来又出版了两部诗集和两部书信集。1914年，狄金森更多的诗被整理出版问世，从而奠定了她作为女诗人在文学史上的地位。1950年，哈佛大学买下了她诗歌的全部版权。1955年，狄金森全集出版，共有3卷诗歌和3卷书信。

埃米莉·狄金森的诗公开出版后，得到了越来越高的评价。她在美国诗史上的地位和影响仅次于惠特利。1984年，美国文学界纪念"美国文学之父"华盛顿·欧文诞生二百周年时，在纽约圣·约翰教堂同时开辟了"诗人角"，入选的只有惠特利和狄金森两人。

二、埃米莉·狄金森的文学创作

尽管与世隔绝，但是埃米莉·狄金森是一位思维极其敏感、内心感情极其丰富的人。她的诗歌凸显了她在宗教、伦理、社会政治以及美学方面的见解和观点。狄金森信奉加尔文教，加尔文教义中关于"命中注定"的思想给她的创作涂上了一层悲观主义的色彩。"死亡"和"永生"成为她的创作主题。她创作的关于死亡的诗歌多达五六百首。对于"永生"这个话题，狄金森的态度有些模棱两可，充满着不确定的因素。《显然不是冷不防》(Apparently with No Surprise)充分体现了她的自然观——自然既有温和的一面，同时又有残忍的一面。诗歌中花儿不能掌握自己的命运，在快活时刻被掐，而上帝却默许这一切的发生，这些都表现了对于死亡的无奈态度。狄金森的一些诗也反映出她对政治的关心。她和超验主义者一样，反对过分的商业化，认为对穷人要富于同情心，并对美国的发展和进步充满信心等。《讨饭的小伙子夭逝了》(The Beggar Lad DiesEarly)、《我愿看它穿千里》(I Like to See It Lap the Miles)等，都反映了诗人的思想倾向。

(一)狄金森的文学代表作品

1.《因为我不能停下等死》

《因为我不能停下等死》(Because I Could Not Stop for Death)是一首描写死亡和永生的诗歌,两者都被巧妙地人格化了。诗的开首描述诗人被死神的和蔼和礼貌所感动,放弃工作和休息,和永生一起坐上了他的马车(象征柩车)。他们穿过学生课间休息的学校(象征人的童年阶段),越过成熟的庄稼的田地(象征成年),看到夕阳西下(晚年),感到夜里衣薄体寒(尸骨未寒)。诗人在坟墓中呆了数个世纪,第一次认识到死神的马车是走向永恒的,说明灵魂是永生的。另外诗中出乎意料的转折、停顿、主宾易位、间歇而又反复出现的头韵等都使诗歌读起来波澜起伏,使人生、死亡和永生之路显得尤其曲折漫长。

2.《我的生命结束前已结束过两次》

狄金森一生曾经历过两次沉重的打击,一次是1853年她的良师益友本杰明·牛顿的去世,另一次是1862年和查尔斯·沃兹沃斯的分别。《我的生命结束前已结束过两次》(My Life Closed Twice Before Its Close)这首诗大概是讲这两件事的。在诗人生活的年代,阿默斯特镇经常有人死亡,诗人自己的多位好友先于她辞世。此外,诗人家的果园距公墓很近,门前常有送葬人经过。这些都是诗人对"死亡"这个主题感到迷茫,时刻准备承受再次打击的原因。

3.《狂风夜,暴雨夜!》

《狂风夜,暴雨夜!》(Wild Nights-Wild Nights)是一首向情侣倾诉深情的诗歌。诗人说,就是在暴风雨夜,倘能和"你"在一起,那也是叫人心花怒放的事情。纵然外面狂风怒吼,但对稳停在海港里的爱情之船也无能为力。这只船在伊甸园飘荡,在大海的怀抱中停泊。船与海这两个情人的象征合二为一,成为甜蜜爱情的标志。

(二)狄金森的文学创作主题

1.狄金森诗歌的自然主题

以自然为素材的诗歌在狄金森的诗歌创作中占了相当大的比例,

第七章　女性意识的凸显：19世纪的美国女性文学研究

她一生所创作的自然诗约有500余首。狄金森的自然观与她的生活阅历以及情感体验密切相关，她认为："'自然'，是我们所见，/ 青山，午后——/ 松鼠，乌云遮日，野蜂 / 不仅如此——自然是天国。'自然'，是我们所闻，/ 歌雀，大海——/ 雷鸣，蟋蟀——/ 不仅如此——自然是和声。'自然'，是我们所知，/ 却无以言表 / 若要道出她的淳朴 / 智慧如此苍白无力。"

狄金森对大自然怀有一颗敬畏之心。狄金森认为，成功是主观的，是你体验成功的那一刻。对成功的人来说，喜悦很快会变成患得患失或者傲慢自负。而失败的人，却从自己的匮乏里体会到了成功的意义。就像一个饥渴之极的人才真正了解水和食物的味道一样。英语中有句谚语——饥饿是最好的开胃菜（Hunger is the best appetite）。这是诗人敏锐的观察，也是诗人处理自己情感和生活经验、将世界施加于我的失败变成自我积极地去掌控命运和反抗世俗的一种方式。

2. 狄金森诗歌的爱情主题

最能引发读者遐思的是狄金森以爱情为主题的诗歌。狄金森她也曾爱过，也被爱过。如"我隐藏在，我的花里 / 这花在你的花瓶中凋落——/ 你 / 并没有想到 / 为我而感觉；/ 几乎是 / 一种寂寞。"如："花，不必责备蜜蜂——/ 寻求他的幸福 / 频繁地登门——"。作为女性，细腻而复杂的情感自然地流露于诗人的笔端，清新而雅致。狄金森认为"爱就是生命"，甚至高于生命。而痛本身就是一种极致的爱。狄金森用毕生的精力在追求一种至纯至上的爱情，她用自己独特的方式坚守着这种爱情，她不仅向人们展示："我一直在爱 / 我可以向你证明 / 直到我开始爱 / 我从未活得充分——"她也向人们保证："我将永远爱下去 / 也可以向你论证 / 爱就是生命 / 生命有不朽的特征"。

作为女性诗人，狄金森在的诗句也反映了女性特有的生命体验。她站在初为人妇的女性角度，大胆、直接的表现了女性对性爱初体验的兴奋之情。

3. 狄金森诗歌的死亡主题

尽管狄金森几乎一生过着与世隔绝的生活，但由于她敏感、内心感情丰富等特质，使她的诗歌在宗教、伦理、美学以及社会政治等方面都有独到的观点与见解。死亡在狄金森的诗中也有充分表现，她似乎对死亡抱有极大兴趣，能正视死亡的事实，执着地探寻着人类死亡之谜，并对死亡有着独到的见解。

狄金森的创作高峰期恰逢美国内战时期。狄金森和家人虽然都没有参与战争,但却有多位友人在战场上丢掉性命。战争无可避免的影响到了狄金森的生活,而战争于"死亡"的阴影也在无形之中影响了狄金森的诗歌创作。如"他们雪片般落下,他们流星般落下,/象一朵玫瑰花的花瓣纷纷落下,当风的手指忽然间,/穿划过六月初夏。在眼睛不能发现的地方,——/他们凋零于不透缝隙的草丛;但上帝摊开他无赦的名单,/依然能传唤每一副面孔。"就表现了在战场上,人们的生命如此脆弱,死亡随时可能不期而至,生命如同雪片、流星、花瓣一样,顷刻间化为乌有。当然,在这首诗中,这些将士虽然在战场上丢掉性命,却被上帝记住面孔,并获得了不死的灵魂。从某种意义上说,这是诗人赋予死亡的一种伤感的美。

狄金森的死亡诗还对死亡进行了形而上的抽象思考。死亡是狄金森终身痴迷的话题。对于狄金森来说,死亡是生命非常逼真的一部分。在本首诗歌里我们目睹了一个失败者的死亡。诗人在想象他脸上悲苦和绝望的表情,因为只有这个表情是最真实的。人面对死亡的这一刻是无法预演和无法复制的,诗歌戛然而止,而这个表情以及萦绕在将死之人耳朵里的歌声却绵绵不绝。

第三节 玛格丽特·富勒和其他女作家的创作

19世纪既是妇女运动蓬勃兴起的历史时期,也是女性文学发展的黄金时期。在经历了由早期的女性作家建立起来的女性进行文学创作的传统之后,在这个辉煌的时期又涌现了一大批优秀的女性作家。

一、玛格丽特·富勒的创作

玛格丽特·富勒,美国女作家、记者、评论家、演说家、妇女运动活动家。作为美国文艺复兴时期一名杰出的思想家,富勒的女性意识、文学观念和社会改革思想是19世纪美国精神文学宝库中当之无愧的一朵奇葩。

第七章 女性意识的凸显：19世纪的美国女性文学研究

（一）玛格丽特·富勒的生平

玛格丽特·富勒（Margaret Fuller，1810—1850年），她于1810年5月23日出生在马萨诸塞州的剑桥。玛格丽特是富勒家七个幸存的孩子中年龄最大的。父亲狄莫西·富勒（Timothy Fullr）毕业于哈佛大学，是马萨诸塞州参议院、众议院以及美国众议院的代理律师。玛格丽特很小的时候就表现出了超人的智力，这也使父亲狄莫西决定亲自监管女儿的教育。玛格丽特5岁就开始学习拉丁语法，随后又学习了希腊语、法语、意大利语、德语等多国语言。这些教育训练都非常严格，甚至损害了小玛格丽特的身体健康。但是从另一个方面来讲，早期的教育也让她受益匪浅。1821年，富勒夫妇把她送到波士顿去读书。

1824到1826年期间，玛格丽特还在苏珊·普雷斯柯特（Susan Prescott）女士在格罗敦（Groton）创办的青年女子学校就读过一段时间。玛格丽特·富勒从小就生活在波士顿和剑桥的文化氛围之中。她的智慧与博学给哈佛的许多学者都留下了很深的印象。1833年，富勒一家搬迁至格罗敦。两年后，父亲死于霍乱。父亲去世后，玛格丽特·富勒在著名思想家、教育家布朗森·奥尔科特（Amos Bronson Alott，1799—1888年）开办的学校里任教，并将所得收入补贴家用。1836年，她与爱默生、梭罗、奥尔科特、霍桑等人组成了一个非正式的团体，也就是著名的"超验主义俱乐部"。他们不定期地在爱默生等人的家中聚会，就哲学、神学和文学等领域内的问题展开讨论。1836年至1839年，她先后在波士顿的坦普尔学校和罗得岛的普罗维登斯任教。1839年时，玛格丽特·富勒家中的经济状况得到了改善，她又回到母亲身边，家人共同生活在一起。在那里，她和爱默生、霍桑等超验主义者建立了深厚的友谊。同年，她开始编写年刊《对话》（*Conversations*），这是给成年妇女阅读的一系列报告和讨论丛书。同时，她开始编辑超验主义杂志《日晷》（*The Dial*）。在编辑《日晷》的前两年，她并没有获得任何报酬。1842年，富勒离开了这家杂志，两年后《日晷》停刊了，由此可见富勒对《日晷》的重要作用。1844年，富勒搬到纽约，开始担任《纽约论坛》的文学编辑。同年她发表了《湖上的夏天》（*Summer on the Lakes*，1844年），这是她在1843年和朋友旅游归来之后创作的小品文集，在这本小说集中，富勒将目光投向了印第安人，批驳了旅行者、传教士和商人对土著人所作的贬低性描写。在她看来，土著印第安人绝不像传教士所贬抑的那样是个静止、单一的社会，恰恰相反，她所看到和听到的印第安人和白人并没什么两样，他们也是充满生机和活力的群体。1846年，富勒到欧洲旅行，成为当时美国最早的外国通讯记者，并将《文学与艺术论文集》以期刊的形式发表。这本论文集涵盖了不同的主题，包括书评等。另外，富勒还曾作为外国通讯记者被《纽约论坛》派遣到欧洲。在那里，她采访了许多欧洲著名的作家，包括乔治·桑（George Sand，1804—1876年）、托马斯·卡莱尔（Thomas Carlyle，1795—1881年）等。

1847年，富勒在意大利遇到了革命家乔万尼·欧索理（GiovanniOssoli）。两人于同年结婚，他们有一个儿子。夫妇两人非常支持朱塞佩·马志尼（Giuseppe Mazzini）在1849年为建立罗马共和国而进行的革命。乔万尼投入到了这场革命之中，而玛格丽特·富勒则在一家医院担任志愿者，同时她还写信向《纽约论坛》描述革命的状况。

1850年，在返回美国途经纽约的火岛时，轮船发生了意外，富勒一家溺海身亡。亨利·大卫·梭罗曾前往纽约，试图找到她的尸体和遗稿，但一无所获。丢失的稿件中就包括玛格丽特关于罗马共和国历史的论述。她的部分作品在她去世后被她的弟弟阿瑟收录在《国内外》和《生前死后》这两部作品当中。此外，玛格丽特的情书也由她的第一位传记作者朱丽娅·沃德·豪（Julia Ward Howe）编辑校订并予以出版。玛格丽特·富勒纪念馆位于马萨诸塞州剑桥的赤褐山公墓。

（二）玛格丽特·富勒的文学创作

玛格丽特于1845年发表了《19世纪的女性》（Woman in the Nineteenth Century），这是一部关于妇女地位的扩展性论作，曾在两年前以《伟大的诉讼》为题发表在《日晷》上。《19世纪的女性》是一部专门剖析男性主义社会思想偏见的著作，提出了"女性气质""社会协作意识"和"基于妇女相互之间广泛而深沉的姐妹情谊"等女权理论观念，主张以女性为中心，弘扬女性情感中积极、仁慈的特点，进一步凸显母亲的力量，以及作为社会内聚力的母爱精神："母亲很乐意把巢筑得更暖、更舒适。大自然本身就是这样，它没有必要为能唱歌、飞翔的鸟儿修剪羽翼，也无须担心它们是否能长出搏击长空的翅膀。不按自然规律或是强迫出来的东西大多是不适宜的。"

第七章　女性意识的凸显：19 世纪的美国女性文学研究

玛格丽特·富勒呼吁男女间应该完全平等。她把女性争取权利的斗争比作废奴运动，坚决主张所有的职业都应该对女性开放。她还主张女性不应屈服于身边的男性，无论是她们的丈夫，还是父亲，或者兄弟。这本书在当时引起了争议，评论家认为富勒的观点将会有损于家庭的安定与圣洁。然而值得注意的是，富勒对自己是否是女权主义者并不感兴趣。即使在《19 世纪的女性》中，她也没有直接使用女权这样的字眼，而是从更深的哲学、社会学和政治学层次探讨女性观念的形成及其变化，探讨的是男女两性对灵与肉的平等诉求，追求两性在教育、文化和生活各个方面的绝对平等，敦促男女双方各自尊重对方，互相视为"一种思想的均衡两半"。

《19 世纪的女性》标志着女性主义这一弱势话语的发轫，同时也对美国文学的多元化发展产生了深远的影响。虽然富勒本人的作品基本上是政论文，以及包括一些游记和文学作品在内的其他散文，然而她那些在当时看来十分激进的，关于女性应该拥有的在政治、社会、经济、教育，乃至性等方面的平等的观点，无疑对日后女性受教育机会的提高，鼓励女性进行独立思考，参与包括文学创作在内的社会活动等都起到了重要作用。在 19 世纪 40 年代中期，富勒还组织了妇女集会，讨论有关艺术、教育和女性受教育的权利等一系列问题。妇女权利运动的许多重要人物都参加过这些讨论，而讨论中的许多观点都在富勒的主要作品《19 世纪的女性》中有所提及。

玛格丽特·富勒生前享有一定的声誉，尤其在新英格兰的文人雅士圈内。她是超验主义俱乐部的少数成员之一。她积极参与各种社会改革活动，宣传男女平等思想，并与爱默生、帕克和钱宁等新英格兰思想名流保持密切的联系。她创作了不少诗篇，也撰写了数目可观的散文、文学评论、旅游札记和演说词等。她以对话讲座的方式表达自己的思想，开启了美国女性主义话语的先河。她关于女性应享有政治、社会、经济、教育乃至性平等的激进观点直接唤醒了当时美国女性的自我意识，鼓励她们独立思考，积极参与包括文学创作在内的各种社会活动。富勒在以男性为中心的现实世界和象征秩序中为自己争得了一席之地，也为妇女争取平等的写作和研究权利作出了可贵的尝试。作为美国文艺复兴时期一名杰出的思想家，富勒的女性意识、文学观念和社会改革思想是 19 世纪美国精神文学宝库中当之无愧的一朵奇葩。

二、19 世纪其他女性文学

有人把 1855—1865 年的 10 年称为"美国女性文艺复兴"的时代。现代西方女性主义评论家认为,传统的男权评论家的文学批评标准有意贬低女性生活题材。但是针对这样的蔑视,女作家们并没有保持沉默,她们更加努力表现自身的特色,精力充沛、有胆有识地投身于创作。也正是有越来越多的女性这样做,所以职业作家的行列里多了很多的女性作家,并且她们写出的作品也受到了越来越多的女性读者的欢迎。这一时期的代表性作家有:索思·沃思(South Worth,1819—1899 年)、苏珊·沃纳(Susan Warner,1819—1885 年)、范妮·费恩(Fanny Fern,1811—1872 年)、奥古斯塔·埃文斯·威尔逊(Augusta E. Wilson,1835—1909 年)、路易莎,梅·奥尔科特(Louisa May Alcott,1832—1888 年)和萨拉·奥恩·朱厄特(Sarah Ormne Jewett,1849—1900 年)。

(一)凯特·肖邦的文学创作

这个时期中最直接、大胆地描写女性意识的作家首推凯特·肖邦(Kate Chopin,1851—1904 年),她生活在一个全是女人的家庭,她们的独立和坚强性格影响了她,这在她的作品中也充分体现了出来。肖邦的女权主义思想在她的代表作《觉醒》(The Awakening)中表现得尤其明显。这部作品抨击了 19 世纪男权统治下美国社会的道德规范,表现了女性解放的主题。女主人公埃德娜的压抑、觉醒和反叛是一条自始至终贯穿于作品的主线。虽然埃德娜是富商的妻子,却只是丈夫的玩偶,她不被当作独立的人这一事实造成了她的精神压抑和性压抑。在大海中游泳使埃德娜觉醒了,她希望做个独立的人,觉醒的结果是反叛。埃德娜拒绝再顺从地扮演妻子角色,她不愿意只为别人而活着,从住宅里搬出去,住进了属于自己的"鸽子笼"。她还试图以绘画为生,以摆脱对丈夫的经济依赖。埃德娜的行为标志着她独立自主生活的真正开端。觉醒后的她采取了为传统价值观所不容的婚外恋行动。当罗伯特也让她失望时,她冲向了大海,以生命换得了最后的身体自由和精神解放。

肖邦的作品还有很多,无不表现了女性对冲破传统家庭束缚的牢笼以及对自由的渴望。这一思想在其短篇故事《一个小时的故事》(The Story of An Hour)里也有所呈现。这个故事主要表现的是传统女性生

第七章 女性意识的凸显：19世纪的美国女性文学研究

存困境的主题,描述了麦纳德太太在听到丈夫死亡的消息后一个小时里表现的一种无意识的女性意识觉醒。肖邦以女主人公的"我自由了,我自由了"的话语表达了千千万万备受婚姻束缚的女性想要挣脱婚姻枷锁的呼声。

（二）伊迪丝·华顿的文学创作

与肖邦相似,伊迪丝·华顿（Edith Wharton,1862—1937年）也关注20世纪初女性的命运。但是,她主要着墨于上层社会的女性。华顿在许多作品中描绘了上层社会女性的生活,表达了她对女性命运的关怀和思考。她是美国文学界一位思考女性问题的先驱。

在其成名作《欢乐之家》（The House of Mirth）和代表作《纯真时代》（The Age of Incence）中,华顿对女性问题进行了探索,展现了19世纪末20世纪初美国男权社会对女性的压制和女性受家庭、婚姻和经济制约的生活状况。

华顿之所以开始关注女性问题,与其自身独特的经历是分不开的。也正是因为如此,她的作品中也融入了女性自身的体验,使作品更具可信度。这种体验主要表现为两种状态,一些女性甘心接受其被动的劣势地位,而另一些女性开始觉醒,有女性自我意识的思索或反抗行为。

华顿本身的经历是十分曲折的,在创作《欢乐之家》的时候,其中的女主人公莉莉·巴特有着女性自我意识的思索和隐晦的反抗行动。华顿后来经历了婚外恋和离婚,这使她对女性问题有了进一步思索,在文学创作上日趋完善,所以《纯真时代》中的艾伦·奥兰斯卡比莉莉进步了许多,表现为她有了更多公开的反世俗的行为。虽然艾伦出走巴黎的结果并非圆满,但对当时的女性而言已前进了一大步。而主人公艾伦的经历与现实中华顿的经历有很多相似之处,可以说艾伦是华顿的艺术再现。作品中两位女性人物的不同反抗经历反映了华顿在女性问题认识上的不同发展阶段,表现出她强烈的女权主义倾向。

华顿从自身出发,创作出很多具有代表性的反抗世俗的女性形象,但是经过仔细分析,我们仍然能够看到,她对于女性问题仍然存在着一定的缺憾,从她内心深处来说,她对女性解放的出路并不乐观。

(三)萨拉·奥恩·朱厄特的文学创作

萨拉·奥恩·朱厄特(Sarah Ome Jewett,1849—1909年)是19世纪下半叶美国著名的女作家,而且是描写新英格兰缅因州风土人情的乡土作家。她的代表作《尖尖的枞树之乡》被女作家薇拉·凯瑟称为可与《红字》和《哈克·贝里·芬》并驾齐驱的三部美国小说传世之作之一。从朱厄特的作品中,能找出其创造的显著特点。

第八章 女性意识的发展：20世纪上半叶的美国女性文学研究

19世纪末至20世纪初，由于女权主义运动在美国取得了一定成就，女性获得了比以前更大的自主权，女性文学也迅速发展。这一时期涌现了很多女权主义作家，她们的作品着重刻画了"新女性"形象，从不同侧面反映了当时美国女性的生活境况与心理状态。

20世纪早期由男作家创作的女性形象多是负面的，与此同时，美国文坛出现了一些有超前意识的女权主义作家，她们塑造的女性形象已逐渐学会思考自己的命运，并试图掌控自己的命运。她们具有女性自我意识，想要做自己的主人。在认识到她们受到的男权压迫之后，她们开始觉醒并反抗命运。虽然她们的反抗还显得微弱无力，但总归开始了行动，这对于当时的女性来说无疑是一场巨变。

20世纪的美国文学不仅将现实主义推向了极致，而且也迎来了现代主义文学的繁荣。随着科技进步、工业革命、世界大战和女权运动等因素的产生，女性社会地位显著提高，同时也在很大程度上带动了美国女性文学的发展。总体上来说，20世纪美国女性文学迎来了一个高潮。

具体而言，第二次世界大战以前，在小说创作领域，以伊迪斯·华顿（Edith Wharton）、薇拉·凯瑟（Willa Cather）、凯瑟琳·安·波特（Katherine Anne Porter）、左拉·尼尔·赫斯顿（Zora Neale Hurston）等为代表的一批女性小说家的诞生，不仅丰富了美国文学，而且还凸显了女性的性别意识、社会角色意识、种族意识等多重意识。在诗歌领域，也出现了以艾米·洛厄尔（Amy Lowel）、H.D.杜利特尔（Hilda Doolitle）、玛丽安·摩尔（Marianne Moore）等为代表的一批女诗人。她们借助实验派的语言策略，对文学形式予以一定的创新，来达到颠覆男文学传统诗学、再现女性情感和生活的目的，可以说，这些女性诗人对女性文学独特的美学传统进行了有益的探索和尝试。

第二次世界大战结束以后,美国文坛呈现出一派欣欣向荣的景象。在小说领域,少数族裔女作家的迅速发展成为美国女性文学关注的焦点。托尼·莫里森(Toni Morrrison)、艾丽斯·沃克(Alice Walker)等一批黑人女作家,汤婷婷、谭恩美、任碧莲等华裔女作家以及厄秀拉·勒古恩(Ursula LeGuin)、琼·狄迪恩(Joan Didion)等墨西哥裔女作家的出现,为女性文学中族裔小说创作增添了亮丽的色彩。在诗歌领域,以伊丽莎白·毕肖普(Elizabeth Bishop)、安妮·塞克斯顿(Anne Sexton)等为代表的女诗人的身影不断出现于"先锋派"的现代诗歌领域中,成为"后现代时期"美国"先锋派"诗歌的重要组成部分。随着女性文学的不断发展,"女哥特式""女性科幻""女性乌托邦"等派生文学体裁应运而成,美国女性文学开始全面进入了文学经典殿堂。

20世纪初对于美国妇女来说是一个新时代的开始。各种新兴的科学技术的出现让人目不暇接,引发了社会生活的诸多变化,也改变了女性的生活。美国妇女争取选举权的运动自19世纪初期就被女性解放运动的先驱们提到了日程上,该运动中的两派持有不同的观点,一派由爱丽斯·保罗(Alice Paul)领导的议会联盟(Congressional Union,即后来的妇女党)将其全部精力投入到宪法修正案的通过上面,并且在此期间采用了越来越多的军事策略。与此同时,另一派的领导人为凯丽·凯特(Carrie Chapman Catt),她领导美国妇女争取选举权协会(The National American Worman Suffrage Association)组织了全民公决,并致力于推动宪法修改。尽管在有些问题上两派存在分歧,但在美国妇女选举权问题上始终坚持不懈。这两派的努力使此期的妇女不再受维多利亚时代妇女所遭受的经济压迫,因此对妇女进步和社会福利事业的进步都有积极意义。

生活在20世纪的美国女性在社会生活的各个方面、各个领域都取得了长足的进步,不仅最终赢得了选举权,而且在爱情、婚姻、性爱、生育以及养育子女等方面拥有了自由选择权。劳动阶层的妇女也开始受益于工会制度与社会福利的保障,越来越多的中上层女性不再受到传统的束缚,走出了家庭的小天地,从事职业的范围也有了扩展,在大学中教学,或在以前由男性垄断的职业中展示着独特的风采。

这一时期的新女性也颇受瞩目,美国的职业妇女人数激增。而且,早在19世纪,有工作的女性享有更多的自由,她们还脱掉了传统裙装,换成了短裙、紧身上衣、丝袜等轻便的服饰,其重量相当于19世纪末女

第八章 女性意识的发展：20世纪上半叶的美国女性文学研究

性服饰重量的十分之一。自由恋爱观、职业育儿运动和计划生育等也给女性的生活带来了巨大的改变。就连黑人妇女也开始享有更多的接受学校正规教育的机会。在此基础上，各种致力于改善新移民女性的生活状况的公共社会教育活动也在推广，帮助她们尽快融入社会，改变自身的生活状况。

总之，20世纪上半叶对于美国女性来说是一个新时代的开始，妇女在社会中的地位和所扮演的角色都发生了翻天覆地的变化。

第一节 沟通中西文明的使者赛珍珠的创作

一、赛珍珠的生平

赛珍珠（Pearl S. Buck,1892—1973年），美国作家。1895年，尚在襁褓中时她就随父母来到中国镇江，这里可以说是赛珍珠人生观和世界观初步形成的地方，她也由此踏上了写作之路。赛珍珠来到中国后也和绝大多数中国孩子一样接受中国传统的私塾式教育，赛珍珠17岁时回到美国。赛珍珠前后共在中国工作生活了30多年，深受中国文化的熏陶。1921年，赛珍珠创作了第一部长篇小说《东风·西风》。赛珍珠于1922年开始从事写作，她的其他作品包括《母亲》（*The Mother*,1933年），该作品叙述了没有名字的女主人公从新婚至晚年的生活，她和书中的其他人物都没有姓名。之后，赛珍珠随丈夫赴南京，在金陵大学教授英语语言文学。1931年，《大地》三部曲的首部《大地》问世，立即成为当年的畅销书之一，并于次年获得普利策文学奖。续篇《儿子们》和《分家》也相继出版。[1] 她还翻译了《水浒传》（译名为《四海之内皆兄弟》），并于1933年出版。在这一时期，许多我们非常熟悉的名人和巨匠如徐志摩、梅兰芳、胡适、林语堂、老舍等人都曾是她家的座上客。

由于中国政局陷入混乱，同时为了与女儿和丈夫团聚，赛珍珠于1934年告别了中国，回美国定居。在此期间，赛珍珠发表了《母亲》，这部作品旨在塑造带有普遍意义的母亲的不朽形象。赛珍珠关于她父母

---

[1] 王晓英，杨靖.影响世界的100部女性文学名著[M].苏州：苏州大学出版社，2010.

的两部传记《异乡客》(The Exile)和《战斗的天使》(Fighting Angel)，则在1936年问世。1938年，赛珍珠由于对中国农民生活所作的真切而取材丰富的史诗般的描述，以及她传记方面的杰作而获得诺贝尔文学奖这一世界级殊荣。此后，赛珍珠同时创作中国题材小说和有关美国生活的作品，包括《这颗骄傲的心》《爱国者诺言》等小说。第二次世界大战高潮的时候，赛珍珠发表了《龙种》(Dragon Seed, 1942年)，反映了日本侵略给中国人民带来的巨大灾难。1950年发表的《同胞》(Kinfolk)是赛珍珠关于中国的另一部重要作品。《闺阁》(Pavilion of Women, 1946年)是赛珍珠第一幅对中国上层社会家庭生活的写照。《牡丹》(Peomy, 1948年)是献给开封城内业已消失了的犹太民族的一部作品。赛珍珠的自传《我的几个世界》(My Several Worlds, 1954年)被列入《读者文摘》杂志俱乐部的首选书目，销量空前。《帝国女性》(Imperial Woman, 1956年)是她最长的一部小说，也是她比较成功的小说之一。《梁夫人的三个女儿》(The Three Daughters of Madame Liang, 1969年)虚构了一个发生在20世纪60年代中国的故事。

1972年，赛珍珠不顾八旬高龄，决定主持美国国家广播公司的专题节目"重新看中国"，准备随尼克松总统访华，可惜申请未被批准。此后，赛珍珠一病不起，于翌年去世。

二、赛珍珠的文学创作

赛珍珠一生中共创作了超过一百部文学作品，其中最著名的就是《大地》(The House of Earth, 1935年)三部曲(《大地》《儿子们》《分家》)，这三部作品中又以第一部为最佳。

《大地》是作者根据她在安徽农村和南京生活的经历创作而成的，记述了农民王龙的一家。赛珍珠将中国农民的土地情结和家庭观念作为《大地》的主要内容，也作为中华民族的基本精神介绍给西方，很快得到经受过经济大萧条的西方读者的理解。

《儿子们》该书叙述了王氏家族与土地分离的第二代人的生活。老大和老二是经济和政治的投机者。老三王虎开始比较正直，后来也堕落成军阀，他自私自利、凶狠毒辣。最后，亲生儿子和他断绝关系，他也被迫退隐到王龙的旧宅。小说中三个儿子一一失败，使人们想起王龙提醒他们不要离开土地的忠告。

第八章　女性意识的发展:20世纪上半叶的美国女性文学研究

《分家》叙述了王龙家第三代的生活,突出表现了中国的内战和时局混乱对个人命运的影响。国难当头,王源却不知所措。从他身上可以看出赛珍珠对中国前途的忧虑:废除帝制仅仅带来战乱,而王源这代年轻人难以担当起建设新国家的重任。

在《大地》三部曲中,赛珍珠用力最多、写得最精彩的是第一部,共三十四章;第二部次之,有二十九章;第三部最少,仅四章。这样逐渐递减的写法,似乎也喻示着一个家族的逐步式微,从而使叙事的进程和故事的发展形成了平行的关系。赛珍珠在总结中国传统小说的特点时说了三点:一是人物塑造,二是故事叙述,三是平易流畅。《大地》完全具备这三个小说要素。赛珍珠是写传记的高手,刻画人物形象是她的最强项。她的故事一环套一环,欲断还连,绵延不绝,延伸衍射,似乎有无穷的事情在人物身上发生,有生有死,有平淡有激烈,有播种有收获,有灾难有幸福。赛珍珠用最简易的语言使故事看似复杂,其实还是平铺直叙,仿佛所有情节包括在革命的混乱之中,即便男主人公抢到了金子、女主人公拾到了银子那样古怪的情节读起来都自然而然。

赛珍珠生在美国,却长在中国;她用英文进行文学创作,却依靠中国题材的小说创作而荣获诺贝尔文学奖。大体说来,赛珍珠通过《大地》的创作,是希望向西方人说明,我们在对某人、某物或某种文化作出判断和阐释之前,至少应当先了解对方,而要真实地表现中国人,展示中国,人们就更要小心谨慎。

在《大地》三部曲以及其他中国题材的作品中,赛珍珠对其笔下人物表现出极大的同情心。她的杰出的作品使人类的同情心克服了种族的、文化的距离而表达了一个基本意愿,即西方人应该用更深的人性洞察力去了解一个陌生而遥远的世界:中国。

《群芳亭》的女主人公则是另一类中国女性的代表。小说写了一个旧式大家族中的当家主母吴太太的人生经历。吴太太聪敏能干,是掌管家庭的家长,尽职尽责,把全部身心都奉献给这个家庭和丈夫,将一个大家庭治理得井井有条。作为一名女性,她从来没有享受过自由的空间,精神的独立和爱情。吴太太喜欢思考、喜欢读书,她发现了男权社会下女性被压制的状况,并开始了有力的反击,反抗社会家庭强加给她的女性属性,力求自身和精神的独立性。于是在40岁时,她做出了一个惊人的决定,为自己的丈夫纳妾,把住处搬到只属于自己的兰园中,将自己从丈夫和家庭的束缚中解放出来,做一些自己喜欢的事。显然,吴太太的抗争是不彻底的,她没有摆脱那个大家庭,仍然无意识地维护旧秩序,依然在梦想和现实之间摇晃。吴太太这一形象是赛珍珠笔下最具有女性独立意识、最大胆实现自身价值的中国女性。

赛珍珠的作品主题涵盖了女性、情感、移民、领养、人生际遇、文化差异等众多领域,并企图向人们证明,只要愿意接受、只要不断沟通,人类是存在着广泛的共性的。而她所从事的文学与社会工作为促进东西方之间的交流做出了巨大贡献。

第二节 玛格丽特·米切尔的创作

一、玛格丽特·米切尔的生平

玛格丽特·米切尔(Margaret Mithell,1900—1949 年)是 20 世纪美国著名女作家,她不仅语言基本功扎实,而且善于刻画人物的心理描写,具有非凡的艺术才华,她出生于美国佐治亚州的亚特兰大市。父亲尤金·米切尔是一名律师,母亲有着爱尔兰血统,是一位妇女参政论的倡导者。在她童年时由于周围的人中很多都是美国内战的老兵,她的亲戚中也有不少人经历过内战时期,她常常听到父亲和朋友们谈论南北战争的话题。玛格丽特·米切尔先后就读于华盛顿神学院和史密斯学院。1918 年后她开始在《亚特兰大日报》(the Atlanta Journal)任职,并以佩吉·米切尔(Peggy Mithell)作为笔名为该报的周日版撰写一个专栏。《亚特兰大日报》当时是美国南方报业的龙头,而玛格丽特也是该报有史以来的首位女性专栏作家。

米切尔短暂的一生并未留下太多的作品,但只一部《飘》(Gone with the Wind,1936 年,英译名为《随风而逝》)就足以奠定她在世界文学史中不可动摇的地位。在经历了一次失败的婚姻后,玛格丽特于 1925 年同约翰·马什(John Marsh)结为夫妇。1926 年,玛格丽特腿部负伤,不得不辞去报社的工作。名扬四海的小说《飘》问世以后,赞美之言铺天盖地,国内外的印数陡增,她也于一夜之间成名。这部小说从成稿到几经修改,前后历时 10 年。1936 年,作品正式出版后,其销售情况立即打破美国出版界的多项纪录,并获得普利策文学奖和美国出版商协

第八章　女性意识的发展：20世纪上半叶的美国女性文学研究

会奖,米切尔也成了美国文坛的名人,成了亚特兰大人尽皆知的"女英雄"。根据小说改编而成的电影《乱世佳人》,一举夺得10项奥斯卡大奖,成为电影史上经典名片。半个多世纪以来,这部描写美国内战时期的爱情小说一直位居美国畅销书的前列,并被译成几十种文字,在世界各地畅销不衰。1949年8月6日,玛格丽特·米切尔在一起交通事故中不幸身亡,英年早逝。她留下了大量书信,后结集出版,题名为《玛格丽特·米切尔的"飘"：书信集》。

二、玛格丽特·米切尔的文学创作

玛格丽特·米切尔继承了女性乡村文学的传统,她的作品与艾德娜·费勃(Edna Ferber)的《宁馨儿》(*So Big*,1924年)、伊伦·格拉斯哥的《贫瘠的土地》(1925年),以及薇拉·凯瑟的《啊,拓荒者!》(1913年)和《我的安东尼亚》(1928年)一脉相承。在这些作家的笔下,女性农民形象聪明、勤劳、能干,她们热爱土地,不仅是因为土地能为她们带来经济上的富足,还因为土地也是她们的精神寄托。

玛格丽特的小说艺术成就很快得到了广泛的认可,1936年6月30日,玛格丽特的《飘》面世。小说《飘》的题目出自美国诗人欧内斯特·道森的一句诗。米切尔在这部作品中塑造了一位具有叛逆性格的佐治亚女性斯嘉丽,讲述她与朋友、家人、情人在美国内战前、美国内战时期和战后重建时期的生活。同时也讲述了斯嘉丽与瑞德间的爱情故事。

《飘》以许多生动的细节和精彩的对话展示十几个人物的不同性格,细致地描写他们在生活困境中的反应和拼搏,令人感到亲切动人。小说中许多现实主义的细节描写与浪漫主义激情相结合,产生感人至深的艺术魅力。作者从女性的视角出发,对女主人公斯嘉丽的心理进行了生动的展现。

《飘》作为一部历史小说,以美国南北战争时期的真实事件为背景,写出了南方奴隶制社会被这场战争风暴彻底席卷而去的事实,并且揭示了这一历史趋势的不可抗拒性,真实地再现了这一段具有划时代意义的历史。她在作品中描述了战争给当地带来的灾难,而且她还特别指出了战争对女性生活的影响。战争迫使女性走向自立,但同时也使她们陷入了贫困和孤独当中。其中不少地方还流露出作者对南方农奴主破落的同情。然而《飘》并非女权文学作品,它仅仅只是一部女性文学作品。

・151・

作为第一部从南方女性角度来叙述美国南北战争的小说,米切尔以她女性的细腻成功塑造了斯嘉丽这一极富吸引力的艺术形象,而小说极富浪漫情调的构思、细腻生动的人物和场景描写以及优美生动的语言、个性化的对白都使整部作品极具魅力。

斯嘉丽从16岁时粉墨登场,到28岁孤单一人。在这12年间,她先后嫁过3个丈夫,两度守寡,生过3个孩子,成为那一时代美国的"乱世佳人"。米切尔在刻画这一女性形象时,将她投放到美国南北战争和战后重建时期的广阔社会背景上,展示出她那曲折多变的心路历程和精神世界,给人们塑造了一个直面人生、不甘平庸、执着追求自我存在的女性形象。她身上显现出的强烈的女权意识,使之成为一个不朽的文学形象。

小说中其他三个主要人物也都个性十足。卫希礼是一个优秀的贵族青年,他出身名门,接受了传统的上等教育,有高尚的道德品质,但在面对战后重建的新秩序时,他显得难以适应。他的形象不仅表现了美国南方文化精神的某些本质因素,也反映了美国社会的某些文化精神,他是美国文学中的典型的"逃避者"形象。白瑞德与卫希礼几乎完全相反:他声名狼藉,玩世不恭,不恪守道德规范,大发战争横财,但适应环境的能力特别强。在他身上体现了19世纪资本主义投机家的共同特征。梅兰妮是美德的化身,也集博爱、宽容、柔韧、坚强于一身,是一个非常伟大的、具有高尚品质的女性。在小说中,随着故事情节的展开,作者用明暗有致、欲扬故抑的方法,在相互对照中展示了斯嘉丽与梅兰妮丰富立体的性格世界,使两者的形象逐渐丰厚,相得益彰。

米切尔仅以女性特有的敏感、细腻、情感化的思维品质和女性的生活经历及体验来表现了一种矛盾、复杂的女性意识与女性自我意识的觉醒。[1]米切尔是一位反对战争的作家,并将自己对女性的关怀融入作品中。她在作品中描述了战争给当地带来的灾难,而且她还特别指出了战争对女性生活的影响。战争迫使女性走向自立,但同时也使她们陷入了贫困和孤独当中。

---

① 金莉.20世纪美国女性小说研究[M].北京:北京大学出版社,2010.

第三节　伊丽莎白·毕肖普和薇拉·凯瑟的创作

一、伊丽莎白·毕肖普的创作

（一）伊丽莎白·毕肖普的生平

伊丽莎白·毕肖普(Elizabeth Bishop,1911？—1979年)是美国继玛丽安·摩尔(Marianne Moore,1887—1972年)之后的最重要的现代女诗人之一,也是20世纪的美国文坛上最有影响力和最重要的女诗人之一。她出生于美国马萨诸塞州的第二大城市伍斯特。在她出生的那一年,她的父亲因患有阵发性抑郁症去世了,她的母亲后来也因为间歇性精神病住进了精神病院。毕肖普的祖父是一位拥有雄厚家产的商人,但她却是被居住在加拿大新斯科舍省的外祖母和居住在波士顿的姨母轮流抚养长大的。

毕肖普在1934年从瓦萨学院毕业。在20世纪30年代的时候,毕肖普曾活跃在纽约的文学圈里,这一时期的生活也奠定了她日后事业的基础。毕肖普之后在佛罗里达南部的基维斯特岛和她的大学同学路易斯·克兰同居了五年。

诗人毕肖普对历史并不感兴趣,而对地理和旅行非常着迷,她一生的很多时间都在美国的文化生活之外游离,也是一位游历了四方的诗人。毕肖普每一部诗集的名字都与旅行有关,如《北与南》(North & South,1946年)、《旅行问题》(Questions of Travel,1965年)和《地理之三》(Geography Ⅲ,1976年),这不能说只是一种巧合。她曾数十次的往来于美国、加拿大以及拉丁美洲之间,她还曾横渡大西洋到过欧洲。从1950年起,毕肖普开始了长达18年的巴西定居生活,这段定居巴西的生活可以说是她一生中最为幸福的日子。她和巴西情人洛卡居住在一起,在小镇欧罗普莱托、佩德罗波利斯和首都里约热内卢进行生活和写作。

后来,毕肖普又返回了马萨诸塞州,居住在波士顿,并在哈佛大学任教。毕肖普曾获得过美国和加拿大多所大学的荣誉博士学位,她还获得过巴西总统勋章以及纽斯塔德特国际文学奖等。晚年的毕肖普还曾当选美国文学艺术学院的院士。

毕肖普的诗歌曾获得多个大奖,她是美国1949—1950年度的桂冠诗人,在1956年,她又获得了普利策奖。

1979年,毕肖普突然去世,终年68岁。

(二)伊丽莎白·毕肖普的文学创作

毕肖普的一生创作了很多的诗歌,以对事物的观察入微而著称。毕肖普是在 W.C. 威廉斯(William Carlos Williams)的影响下成长起来的,但她的风格更具个人化,精致而素雅,不属于其他任何的诗歌流派。在诗歌的形式方面,毕肖普既娴熟地运用了三行诗、四行诗、六行诗、十四行诗等严格的传统诗歌形式,又尝试了自由诗、散文诗以及贺拉斯体诗等新的诗歌形式。毕肖普的诗歌有着很高的文学成就,不仅使她在美国诗坛多样化的格局中找到了自己的位置,也使她获得了很高的文学声誉。

毕肖普较为著名的诗歌作品有《鱼》《六行诗》等。她的诗集主要有《北与南》《一个寒冷的春天》《旅行的问题》等。诗集《北与南》是毕肖普的成名诗集,《北与南》和《一个寒冷的春天》这两部诗集的合集《诗集》又使她获得了普利策奖。《旅行的问题》和《诗歌全集》这两部诗集则奠定了她在美国诗坛的地位。

《六行诗》诗中的毕肖普非常渴望能在世界上为自己寻找到一个适合的位置,因此,她一直在进行着毫无目的的漫游。毕肖普有时会在两种不同的环境中进行迁移,就如她的诗歌《佛罗里达》《从乡村到城市》《加油站》《到达圣托斯》一样。她有时还会在相反的两个方向上进行迁移,如她的诗歌集《北与南》。

在《六行诗》中,毕肖普向我们描绘了在为某件事情而哀伤的老祖母和孩子,而哀伤的事情需要读者自己去解读。读者和老祖母对哀伤的事情非常清楚,孩子却是似懂非懂。毕肖普精心设置的这种省略的描写深深地打动了读者,并产生了强烈的情感张力,他们和诗人、老祖母一起感受着强烈的悲伤。

毕肖普的诗歌中还到处充斥着自然的影子,这从她的诗作《鱼》中可以很好地看出。毕肖普的诗歌创作很大程度上受到了 T. S. 艾略特(T. S. Eliot)的影响,艾略特的后现代主义风格在这首《鱼》中也有所

第八章　女性意识的发展：20世纪上半叶的美国女性文学研究

体现。诗人在发现"五个大鱼钩,牢牢地长在它的嘴上"时对这条鱼的敬佩之情达到了高潮,她认为这条鱼堪称是一个英雄,而那五个大鱼钩就是它的"英勇勋章"。此后诗人开始探究自我,心中充满了喜悦和成就感。

毕肖普的诗歌中也有着大量的旅途见闻,在描写这些旅途见闻时,她往往还会借机直接发表自己的议论和看法。在诗歌《两千多幅图解及系统圣经检索》中,我们可以很深刻地感受到这一点。我们可以把这首诗作分为三个部分。第1到30行是诗作的第一部分,在这一部分中,人们在翻看《系统圣经检索》时总是能和诗人一样看到秩序,上帝遍布的世界七大奇迹、坐着的阿拉伯人、院子、枣树、水井等等的指纹都是很容易理解的,它们原封不动地在书里排列,并刻在了人们的脑海中。人们从中获得一种肯定,也能从中获得一种掌控一切的感觉。第31到64行是诗作的第二部分,这一部分描写的内容和第一部分形成了一种鲜明的对照。这一部分表现着存于实际生活之中的混乱,诗人的旅游见闻描写是混乱的,无方向感的,读者读时会很费心神。第一部分的有秩序受到了这一部分的无秩序的干扰和挑战。诗人原本开放的头脑开始了思考。在第三部分中,诗人似乎领悟到,秩序、混乱其实仅仅是实际的经历在人的头脑中的反映。世间的万物都是相对的,人们可以对它们有着不停的领悟。

毕肖普的诗歌构思是非常严谨的,它们表面上看似是在恪守传统,实际上却产生了意想不到的奇特效果。她不断地对日常生活中平凡的琐事进行超现实的探索,使它们在原本清醒的世界中变得不再真实,进而顺其自然地取得了寓言般意味深长的效果。

毕肖普的诗歌中火花四射的技巧和千变万化的形式使人赞叹不已,毕肖普在世时被称为"诗人中的诗人",她那"梦幻般敏捷的"诗歌感动了三代读者。

毕肖普以自己独特的方式继承和发展了艾伦·坡、拉尔夫·爱默生以及沃尔特·惠特曼等作家所开创的美国文学传统。在世界文学史上,毕肖普有着非常重要的地位,在世界诗坛上,毕肖普的诗歌地位更是稳固和坚实。她曾被认为是继艾米莉·狄金森和玛丽安娜·莫尔之后最为重要的一位美国女诗人。

二、薇拉·凯瑟的创作

（一）薇拉·凯瑟的生平

薇拉·凯瑟（Willa Sibert Cather，1873—1947 年），美国 20 世纪初杰出的女作家，于 1873 年出生于美国东部弗吉尼亚州温彻斯特附近的后溪谷。这个长满绿草的地方曾多次出现在她后来的文学作品中，《一个沉沦的妇女》（A Lost Lady，1923 年）中的甜水镇等都是以此地为原型出现的。凯瑟原想当一名医生，这在当时是很少见的。她也曾想当一名演员，也许她的骨子里有一些叛逆的因素，她更喜欢扮演男孩子。1890 年凯瑟进入内布拉斯加州立大学。在大学里，凯瑟最初是学自然科学，她在大学里共写了三四百篇文章，这一数量对专职评论家也是不可能实现的。大学毕业后的凯瑟的第一部诗集《四月的黄昏》（April Tiwilights，1903 年）发表于 1903 年。于 1912 年完成了她的第一部长篇小说《亚历山大的桥》（Alexander's Bridge，1912 年）。凯瑟的作品包括《青春与美丽的阿杜莎》（Youth and the Bright Medusa，1920 年）、《我们中的一个》（One of Ours，1922 年）、《教授的房子》（The Professor's House，1925 年）、《死神来迎接大主教》（Death Comes，for the Archbishop，1927 年）等都是脍炙人口的作品。1947 年凯瑟在纽约病逝，享年 74 岁。

（二）薇拉·凯瑟的文学创作

薇拉·凯瑟的文笔清新抒展，遣词造句颇具匠心。她的小说性格刻画清晰感人，写人叙事笔墨浓淡有致，描写追叙巧妙相间，读来感人至深。西部大草原的浓厚生活积淀使她的作品成为艺术性与真实性完美结合的、描述西部移民朴素、真诚生活的经典之作。她的《啊，拓荒者》和《我的安东尼亚》就是非常典型的两部作品，突出描写了西部拓荒女性的艰苦创业史，赞颂了她们的坚强斗志，创造性地把她们塑造成为自立、自尊、自强的人。这两部作品中的女主人公都没有很富有的生活和荣耀的背景，但是她们凭借自己的双手过上了富足的生活。

《啊，拓荒者!》是凯瑟第一部著名的小说，共分为五部分，讲述了 19 世纪末 20 世纪初内布拉斯加州一位妇女在艰苦条件下努力维持家庭完

第八章　女性意识的发展：20世纪上半叶的美国女性文学研究

整的故事。小说运用了《圣经》中伊甸园的典故演绎艾米尔与玛丽之间执着而热烈的爱情。里面充满了大量具有象征意义的场景。玛丽家的果园象征着伊甸园，而两人的爱情也像伊甸园里的禁果一样甜蜜而危险。这部小说把民间风俗和基督教教义结合起来，开创了一种新的价值体系，是20世纪初的大平原上的朝气蓬勃的人们所特有的生活态度和方式，他们热爱并崇尚自然。

《我的安东尼亚》是凯瑟最著名的小说，于1918年发表后就获得了广泛认同。《我的安东尼亚》中的女主人公安东尼亚代表的是西部边疆做女佣的姑娘，她在大草原上孜孜不倦地辛勤耕耘，最终成为草原上真正的富有者。小说情节是以吉姆·伯丹对往事的回忆串连起来的。吉姆是一家大铁路公司的法律顾问，但他一直怀念童年的欢乐及友情，对大草原有着深深的眷念之情。

吉姆10岁的时候，因父母先后去世而被送到内布拉斯加州的祖父母家。在同行的火车上，恰好有一家北欧来的移民也去黑鹰镇，而且成了吉姆祖父的邻居。这家移民中有个比吉姆略大几岁的小姑娘叫安东尼亚。火车到达黑鹰镇已是夜半时分了，吉姆他们又坐了20英里的马车，才到达他祖父的农场。祖母是个身强力壮、非常能吃苦耐劳的人。小吉姆很快就适应了新的环境和生活，并喜欢上了大草原。

一个周末，吉姆一家去访问新来的邻居，他们带上许多吃的东西作为礼品。由于他们的新邻居是这个地区唯一的波希米亚人，语言不通，举目无亲，买土地又花了冤枉钱，因此吉姆一家的来访送来了问候、关怀和友情，吉姆和漂亮的安东尼亚立刻就成了好朋友。吉姆经常骑着小马同安东尼亚一起在大草原上游玩、探险，他们有时去南边拜访他们的德国邻居。

女性的作用、女性的最终意义是小说《我的安东尼亚》的主题。强有力的女性人物贯穿着整个小说，男性则显得温顺、冷淡、不起眼。书中的妇女能够冲破旧习，离开象征着迟钝守旧的黑鹰镇，去大都市创建自己的事业，尽管她们的生活比那些受制于黑鹰镇的妇女们要好得多，但她们似乎更加艰苦、孤独、不被人理解。通过对这些女性形象的塑造，凯瑟大声疾呼妇女应得到她们盼望的生活方式，并能和男人一样平等地竞争。

在写这本书的时候，凯瑟作为一个职业作家住在东部都市，她羡慕那些回到土地上去的拓荒姑娘们。正是这些妇女们，即凯瑟在《我的安东尼亚》中塑造出的妇女形象,最能发掘自己的潜力,养育成群的儿女,支撑自己的农场,创建自己的家园。她们被证明是最好的典范,最完美的女人,而安东尼亚正是她们当中的杰出代表和象征,凯瑟赋予了她神话般的形象。在小说的结尾,她是一个新的、强壮的民族的母亲,是生命的缔造者,她也代表了大地的善良和多产,安东尼亚变成了大地母神的文学原型。

第四节 凯瑟琳·安·波特和其他女作家的创作

一、凯瑟琳·安·波特的创作

(一)凯瑟琳·安·波特的生平

凯瑟琳·安·波特(Katherine Anne Porter,1890—1980年),美国新闻记者、散文家、小说家、政治活动家,于1890年出生在美国得克萨斯州印第安克里克区的一个天主教家庭里。2岁时母亲死于产后疾病,此后凯瑟琳由祖母抚养。凯瑟琳的幼年是在路易斯安那州的农场中度过的。14岁时她被家人送到修道院读书,后来由于忍受不了修道院里刻板、烦琐的清规戒律,1906年从修道院里出走,结束了正规的学习生活。同年,16岁的凯瑟琳与富裕农场主的儿子约翰·亨利·孔茨(John Henry Koontz)结婚,但婚后经常遭到约翰的虐待。1915年凯瑟琳同约翰离婚。凯瑟琳后来又有三次婚姻,但都以离婚告终,与她成功的写作生涯相比,她的婚姻生活并不美满。

与约翰离婚后,凯瑟琳先是在报社工作。1917年进入《评论家》(Critic)周刊编辑部工作。一年后,她在丹佛的《落基山新闻》(Rocky Mountain News)任记者和艺术评论员。在流感大流行期间她也未能幸免,病愈后她辞职去了纽约,为了生计,她写些儿童小说和电影宣传文案。1920年,她离开美国到墨西哥去研究民间艺术和手工艺品,在那里她参加了墨西哥左翼政治活动。1922年,她出版了第一篇短篇小说《玛丽亚·孔塞普西翁》(Maria Conception)。1930年,她的第一部短篇小说集《开花的犹大树和其他的故事》(Flowering Judas and Other Stories)出版,该书使她获得了1931年美国古根海姆奖学金,这笔奖

第八章 女性意识的发展：20世纪上半叶的美国女性文学研究

学金资助了她后来的旅行和1931年至1937年在柏林和巴黎的生活。1931年她游历了整个墨西哥，并且从墨西哥启程去德国。她在1962年发表的长篇小说《愚人船》(Ship of Fools)中的航行路线就同她这次航行的路线完全吻合。

凯瑟琳后来的作品有小说《中午酒》(Noon Wine, 1937年)、《灰色马，灰色骑士》(Pale Horse, Pale Rider, 1939年)，和《斜塔》(The Leaning Tower, 1944年)等。1965年她出版的中短篇小说集获得了1966年的普利策奖。

（二）凯瑟琳·安·波特的文学创作

凯瑟琳耗时二十年完成了长篇小说《愚人船》，这也是她唯一的一部长篇小说。这部作品寓意深刻，写的是1931年8月，在德国纳粹势力崛起的特殊大背景下，一艘名为"真理号"的船载着五十多名头等舱乘客和八百七十六名普通舱乘客，从墨西哥的维拉克鲁斯(Veracnuz)驶往德国不莱梅(Bremen)港。船上的乘客名单上列出了长长的一串人名，然而这名单是有寓意的。从人物的身份上看，其中有一个西班牙贵妇人、一个醉醺醺的德国律师、一个离异的美国人以及两个墨西哥天主教牧师等等。起伏的情节考验着船上的乘客们，最终每个人的人生都发生了变化。《愚人船》通篇充满了意外的事件和感情的跌宕，小说探索了民族主义、文化和民族优越感，以及人性的弱点等主题，这些不论是在小说刚刚问世的20世纪60年代，还是在半个世纪后的今天都具有同样重要的意义。

《开花的犹大树》是波特的第一部短篇小说集，也是其公认的代表作之一。同名短篇小说描述了一位背离天主教的美国姑娘劳拉去墨西哥学校教书，卷入了当时的一场政治革命，同时结识了一位权势很大的革命领导人布拉焦尼。整整一个月中，布拉焦尼总在黄昏时刻到劳拉的住所拨弄六弦琴，用浑浊、沮丧的声音对着劳拉歌唱，但劳拉从不为之动容。

充满浪漫的劳拉认为："一个革命者既然有崇高的信仰，就应该长得瘦削、生气勃勃，是一切抽象的美德的化身。"而布拉焦尼却是个贪吃的大胖子，尽管他的形象已经变成她许多幻灭的象征，但劳拉对于布拉焦尼的举动或者回避，尽可能晚地回到自己的住房来（但不管多晚都能见到一直等待在那里的布拉焦尼）；或者采取漠然的态度，冷冷地、毕恭毕敬地听布拉焦尼歌唱，她不敢讥笑他糟透了的演奏。没有人敢讥笑他，因为他残忍无情、自以为是，又是一个在光荣的战斗中被刺伤过的手段高明的革命者。他拥有很多权力，这种权力使他能毫无过错地占有许多东西，并且劳拉和其他许多人一样全靠他才有舒适的职位和工资，所以没有人敢冒犯他。

波特的作品虽然数量不多，涉及的范围也不广，但她所关注的正是许多现代作家所关心的主题和感受：现实与理想的碰撞、人性的异化和对自我的追寻、辜负与内疚等。《开花的犹大树》与她的其他作品一样，它揭示了投机发迹的职业革命家的丑恶面目，同时也启发人们对理想与人性本身之间关系的思考。

凯瑟琳通过对人物的心理研究准确地把握人物内心，并以自己清晰、细腻的女性视角来描绘小说中的爱情、婚姻、人性、世俗及人与人之间复杂的关系，寓意深刻且影响深远。评论家们对她的作品普遍看好，并给予了很高的赞誉，称她的短篇小说是 20 世纪美国短篇小说的楷模。虽然囿于当时的社会及家庭背景和宗教信仰，凯瑟琳并不是一位真正的女权主义倡导者，但她的许多短篇小说中涉及的女性题材却有意无意地体现了这一思想。她注重发掘女性的自我意识，在梦想和真实的冲突中寻找自我并超越自我。她不断地探寻女性的思想，关注她们的命运，努力想通过小说为女性指引一条打破世俗枷锁和争取自由独立的道路。

二、其他女性作家的文学创作

女性作家的成就首先表现在一批从事妇女问题研究的女性学者纷纷推出她们的研究成果，如茜茜莉·汉密尔顿（Cicely Hamilton）的《作为交易的婚姻》和艾玛·古德曼（Emma Goldman）的《妇女交易》等，这些作品通过深入的调查研究，充分揭示了这一时期妇女所处的文化环境，加深了社会对妇女问题的认识。

在小说领域内这一时期有被称为"现代主义创作先驱"的格特鲁德·斯泰因（Gertrude Stein）。她的代表作《三个女人》，主要由《善良的安娜》《梅伦克莎》与《温柔的莉娜》三个独立的短篇组成。其中《梅伦克莎》不仅深入细微地探讨了女主人公的细腻复杂的感情变化，还在种族等级话语、性属空间划分、同性恋美学、女性自我意识构建等各个

第八章　女性意识的发展：20世纪上半叶的美国女性文学研究

方面都有可贵的突破。

此外，这一时期主要的女性小说家还包括中西部乡土主义作家薇拉·凯瑟（Willa Cather）、埃伦·格拉斯哥（Ellen Anderson Gholson Glasgow），这两位作家是20世纪初美国文学史上女性作家中的两颗耀眼的明星。

20世纪初，美国诗歌领域也出现一批现代派女诗人，这些女作家的共同特点是对文学形式的关注和强烈的创新意识，大都借助于实验派的语言策略与写作技巧来达到颠覆男权文学传统诗学、再现女性特有的情感经历和生活体验之终极目的，在不同程度上对女性文学独特的美学传统进行了有益的探索和大胆的尝试。如艾米·洛厄尔的《姐妹们》慨叹女性诗人的命运，在歌颂"姐妹情谊"的同时也为像她们这样敢于挑战传统社会价值体系和社会规范的女性申辩；H. D. 杜利特尔的"三部曲"《墙垣不倒》《天使颂歌》和《柳条葳蕤》，等等，从女性主义视角探索了以圣经和希腊神话典故中的生存智慧，救赎了被战争与暴力吞噬的现代荒原，体现出了女性创造力的奇迹。此外，玛丽安·穆尔以及罗茜·帕克、莉莲·赫尔曼、蒂莉·奥尔森等现代派女诗人也活跃在文坛上。

第九章 女性意识的繁荣：20世纪下半叶的美国女性文学研究

第二次世界大战后至20世纪60年代，女权意识逐渐觉醒，南方文学也在持续发展，同时美国黑人反对种族歧视和争取平等权利的斗争全面展开，这些都为美国女性文学的发展奠定了基础。在这一时期，出现了大批的女性作家。她们开始登上文学的舞台，不仅为美国文坛带来了一批优秀的文学作品，也在一定程度上促进了美国文学的多元化发展趋向。

对于20世纪后期的许多美国作家来说，女性在他们作品中成了简单的生理形象和性形象。以前传统作品中的天使和魔鬼、纯真少女和淫荡妓女的界限已不再分明，她们统统被色情化，被蒙上了一层性的色彩。19世纪的文学作品曾经褒扬纯洁、谴责欲望，而20世纪后期却反其道而行之。

第二次世界大战结束以后，美国文坛呈现出一派欣欣向荣的景象。在小说领域，少数族裔女作家的迅速发展成为美国女性文学关注的焦点。其他族裔女作家的出现，为美国女性文学中族裔小说创作增添了亮丽的色彩。在诗歌领域，女诗人的身影不断出现于"先锋派"的现代诗歌领域中，成为"后现代时期"美国"先锋派"诗歌的重要组成部分。随着女性文学的不断发展。"女哥特式""女性科幻""女性乌托邦"等派生文学体裁应运而成，美国女性文学开始全面进入了文学经典殿堂。

第九章 女性意识的繁荣：20世纪下半叶的美国女性文学研究

第一节 安妮·塞克斯顿的创作

一、安妮·塞克斯顿的生平

安妮·塞克斯顿(Anne Sexton, 1928—1974年)，1928年出生在马萨诸塞州，在1974年以自杀来提前结束自己的生命，享年46岁。塞克斯顿容易冲动、感情用事，19岁时就私奔，嫁给了Alfred Muller Sexton。20岁刚出头的塞克斯顿，在生了两个女儿之后，精神崩溃。作为一种治疗方法，精神医生建议她写写诗。26岁时她开始动笔，继而一发不可收拾。

安妮·塞克斯顿学起诗歌写作来孜孜不倦，后来参加了罗伯特·洛厄尔主持的夏季诗歌讲习班，就在这个传奇般的讲习班里，安妮遇见了西尔维亚·普拉斯。塞克斯顿还在讲习班里结识了玛克辛·库敏(Maxine Kumin)，他们结成终生的朋友，也是终生的写作伙伴。这两位城市来的女士后来激发了整整一代诗人的灵感。

安妮·塞克斯顿可能是与精神病关系最密切的诗人，诗歌是她用来抗衡自杀念头的武器，是她在精神崩溃的绝境中求得生存的寄托。实际上，她的诗歌才华也是在病中得来的，她的医生马丁·奥尼一直鼓励她用诗歌来调整崩溃的精神。1960年塞克斯顿的第一部诗集出版了，标题就是《去精神病院中途返回》。塞克斯顿多年来始终对麦克林医院保持着强烈的好奇心，她也想进麦克林医院，1966年，塞克斯顿以诗集《生或死》获得普利策诗歌奖，已经算是功成名就，但她还是没能如愿正式住进麦克林医院。1968年，塞克斯顿的愿望终于实现了，她接受麦克林医院图书馆的邀请，为该院患者开办一系列的诗歌讲座和学习班。诗歌曾经让塞克斯顿绝境逢生，她也希望其他病友也能得到同样的帮助。

安妮·塞克斯顿的一生是短暂的，然而作为一个诗人，她又是多产的。她根据自己特殊的生活经历和感受，以泰然自若、毫无羞涩、几乎是令人难为情的直率，做着比她同时代的诗人更多、更为深刻的自白。在当代西方世界，塞克斯顿被看成是一位富于叛逆精神的女性和现代妇女解放运动的先驱之一。她的许多独具特色的诗篇已被公认为世界妇女文学宝库中的珍品。

二、安妮·塞克斯顿的文学创作

安妮·塞克斯顿的诗集《皆为我之所爱》曾获得国家图书奖提名。在这部诗集开头,诗人试图进一步平复因父母相继去世而造成的心情紊乱。正如该集的标题所暗示,这本诗集是关于"丧失"的——丧失父母、情人、上帝,甚至部分活生生的身体。因此在《皆为我之所爱》开头,诗人试图进一步清理因母亲死亡和随后父亲又死亡而造成的紊乱的情感。《死者知道的真理》(The Truth the Dead Know)写的是一个葬礼及其所引发的麻木的情感后果。据塞克斯顿说,这首诗她修改过不下 300 次。在该诗集中,丧失的方式似乎常常带有宗教色彩,这一点在塞克斯顿的诗中显得越来越典型。

情感上各种各样的创伤在塞克斯顿最受欢迎的诗集《变形》(Tramsformations,1971 年)中也出现了。《变形》是最能体现塞克斯顿女权主义思想的著作。这部作品标志着塞克斯顿在语言风格上的转变。但是诗人从家庭妇女到诗人角色的转变,以及精神健康与失常、爱与迷失、生与死,以及父母与孩子之间的关系这些二元对立的话题没有改变。自这部作品后,诗人的声音变得不及从前那样直白,而是像许多评论家所说,变得玄妙、神秘,让人难以琢磨。塞克斯顿试图用写诗来解除自己自童年时代以来就有的那种内疚、恐惧和焦虑感,事实上写诗一开始也是作为一种疗法。其精雕细刻程度往往对诗人来说是一种折磨。

塞克斯顿的第一本诗集《去精神病院中途返回》中有不少名篇,其中大部分都是经过折磨人的数月修改而成。《去精神病院中途返回》是以"财产分配"(The Division of Parts)结束的,这首诗是关于诗人死去的母亲所留下的财产分配事宜。

正如前后修改不下 300 遍之多的《皆为我之所爱》,安妮·塞克斯顿醉心于研究诗词的韵律,所有的音节都经过反复、认真推敲,使得她早期的作品就成为没有瑕疵的精品,体现出诗人对诗的结构形式有敏锐的直觉意识,值得后人学习与借鉴。几乎所有诗歌界的评论都把安妮·塞克斯顿归类于自白诗人,因为大家认为她的诗歌表现了生活中的种种细节。可以笼统地讲,诗人在某种程度上,都在自白,但是,却没有人像塞克斯顿这样坦率、大胆。塞克斯顿的诗风直率、强劲,读者会在其中领略到超常的美感,获得艺术上的享受。

第九章　女性意识的繁荣：20世纪下半叶的美国女性文学研究

第二节　梅根·特里的创作

一、梅根·特里的生平

梅根·特里（Megan Terry,1932—　）是20世纪下半叶美国多产的剧作家，被称为"美国女权主义戏剧之母"。特里出生于西雅图，于20世纪50年代中期开始进行戏剧创作，一贯关注女性问题，到目前为止，已上演和出版的剧作有《温室》《让母亲镇定下来》《狱中的姑娘：一部关于女子监狱生活的文献音乐幻想曲》《皇后用的美国国王英语》《凯格》《家庭谈话》《变化无穷的形式》《穿墙而过》《照明灯》等60多部，在美国戏剧界颇有影响。1977年美国戏剧协会授予她银质奖章，1983年，她又被授予戏剧家协会年度奖，这是"对她这位有良知而又引起争议作家的作品和她对戏剧作出的多种有永恒意义的贡献的认可"(Philip C.Kolin)。进入20世纪90年代之后，她仍然关注女性问题，先后于1990年和1991年创作了《照明灯》《你明白我说的话吗？》等剧作。

活跃在美国戏剧舞台上的梅根·特里以宽泛的定义对女权主义作出诠释，提出"任何能给女性信心、能展示自己、能有助于分析出是正面还是反面形象的作品，都是有益处的"的文学主张，并以大胆的反叛风格写下了一批女权主义戏剧。

二、梅根·特里的文学创作

美国著名女权主义戏剧家梅根·特里在其开放剧场的实验创新中，独特地表现了对理想女性的追寻。她的名剧《走向西蒙娜》塑造的主人公西蒙娜，便是她心中女性的榜样，是个"女性基督"，她生前历尽磨难，最终回归上帝之爱，完成自我救赎。该剧的这一主题既有女性自省自强的积极意义，又有基督教神秘主义和不分是非曲直忍辱负重的消极遁世思想。①这样的矛盾融合的两重性作为女性回归上帝的自我救赎之道，

---

① 徐颖果,马红旗.精编美国女性文学史中文版[M].天津：南开大学出版社,2016.

恰是美国当代现实主义戏剧的一种体现。

梅根·特里的《温室》揭示了一个美国家庭三代女性在一间小房间里走过的人生历程。这个没有男人的家庭正是当代美国社会里家庭解体陷入畸形状态的真实反映。但是在20世纪70年代后女权运动高涨的背景下，女性作家笔下的女性人物则更加鲜活，具有更加强烈的自我意识和清晰的自我认识，她们突破了道德和生存层面的被歧视和被束缚的状态，开始主宰自己的人生和命运。

梅根·特里的戏剧创作主要有几大贡献：首先，为了更好地探讨新时代的女性话题，她对传统戏剧形式，特别是女性戏剧形式进行了大胆的革新与超越；其次，针对激进的女性主义戏剧在舞台上蔓延的女性中心主义（某些文学评论家认为是对男性霸权主义的过度修正、挪移、颠覆和反抗），梅根·特里以自己独特的转换剧创作以及强烈的社会意识对这种趋势进行了修正和反拨。

作为美国女权主义戏剧运动的领军人物，梅根·特里为戏剧艺术的发展留下了一笔丰盛的遗产——对旧的戏剧惯例的突破和对新的戏剧范式的建设，即开创了转换剧。她客观地反映了特定时期女性特有的生活和心理状态，描绘了女性的迷惘，深刻地揭示美国社会问题，抨击性别歧视，帮助男性和社会认识女人眼中的自我。她的剧作生动地诠释了女性的生存境遇，书写女性精神的迷惘心灵的异化及自我的追寻，表现出强烈的女性自我意识，从而妇女问题被真实地展示在大众面前，引起人们的思考。

第三节　弗兰纳里·奥康纳和乔伊斯·卡罗尔·欧茨的创作

一、弗兰纳里·奥康纳的创作

奥康纳在20世纪中期被誉为美国天主教运动中富有影响力的四大激进作家之一，1958年她还在罗马受到教皇的接见。1959年她荣获了福特创作基金（Ford Foundation Creative Writing Fellowship）。

第九章　女性意识的繁荣：20世纪下半叶的美国女性文学研究

（一）弗兰纳里·奥康纳的生平

弗兰纳里·奥康纳（Flannery O'Connor, 1925—1964年）于1925年3月25日出生于佐治亚州萨凡纳市的一个普通家庭，父亲是一个商人。奥康纳是家中的独生女，父母笃信天主教。奥康纳从小爱好玩赏鸟类，在5岁时引起美国媒体的关注。1931年奥康纳携带一只经过训练能倒着走的鸡在帕塞新闻短片（Pathe News）中露面，后来她在小说中曾把某些鸟作为象征。幼时的奥康纳梦想成为一名漫画家，后来她所刻画的人物也或多或少有些漫画感。

生活在这样一个具有浓厚的宗教氛围家庭中的奥康纳，一生都深受天主教的影响。奥康纳的父母都十分疼爱她，但父亲因忙于生意，很少在家照顾她，母亲承担了家中的所有事务。奥康纳的父母也没有对她实行像其他传统的天主教家庭那样严格和死板的家教，她甚至可以直呼母亲的名字，这对她独立个性的养成起了非常重要的作用。

奥康纳全家在1938年移居到米利奇维尔市，这曾是佐治亚的首府，是在内战中显赫一时的城镇，有着非常浓重的南方历史感，这引起了奥康纳的反感。1945年，奥康纳毕业于佐治亚州立女子学院（Georgia State College for Women），获文学学士学位，此后她决定放弃绘画，转投写作。1947年，奥康纳在爱荷华州立大学获文学硕士学位。

奥康纳终身未嫁，她的一生也饱受疾病的折磨。在1950年，她意外地发现了自己也患上了和父亲一样的红斑狼疮症，她在米利奇维尔郊外的安德鲁西亚（Andalusia）农场上疗养和写作，闲时喂养孔雀。尽管备受红斑狼疮的病痛折磨仍坚持写作。1951年春以后她不得不回到母亲的身边，她因病而不得不永久定居在了米利奇维尔市，这让她能够对南方的农村进行更加深入的观察，对南方农村的宗教意识以及社会文化的领域也有了更加深刻的认识。奥康纳的大半生都是在母亲的农场度过的，她在农场疗养，也在农场创作。奥康纳从小就非常喜欢小鸡、孔雀一类的小动物，因此，在母亲的农场疗养时，她就养了一群美丽的孔雀，闲时就喂养它们。奥康纳于1952年出版了第一部长篇小说《慧血》。后于1955年出版了自己的第一本短篇小说集《好人难寻及其他故事》，汇集了《好人难寻》《善良的乡下人》《救人如救己》《河流》等。从1955年起，她的病情日益恶化，她不得不借助拐杖行走。1960年奥康纳出版了第二部长篇小说《强暴的人夺走了它》。

1964年,奥康纳在接受割除纤维瘤手术时,红斑狼疮再次复发。1964年8月3日,奥康纳因肾衰竭医治无效,不幸在佐治亚州米利奇维尔病故,年仅39岁。她被埋葬在了米利奇维尔的梅默里希尔公墓,和她的父亲相邻。

(二)弗兰纳里·奥康纳的文学创作

奥康纳的小说创作以短篇见长,这一点也曾得到了评论界的普遍认可。《好人难寻》和《上升的一切必然汇合》这两部短篇小说集中的一些作品就曾被誉为是美国20世纪最优秀的短篇小说。

奥康纳最杰出的短篇小说就是《好人难寻》,这篇小说可以说集中表现了奥康纳小说的主要特点。《好人难寻》的内容是很简单的,主要讲述的是外出旅游的贝雷一家老少三代六人在路上遇到了一伙外号为"暴徒"的越狱逃犯,并全部都惨遭杀害的故事,并着重刻画了老祖母这一典型的南方淑女形象。

奥康纳一方面通过三个"暴徒"的暴行表现了这个不信上帝的世俗社会;另一方面,她也试图说明这些"暴徒"可以通过自己的方式赎罪得救。"暴徒"之一"不合时宜的人",由于被人诬告杀父之罪而被关进监狱,世人把他看成"与众不同"的人,这一切使他良心泯灭,认为"除了伤天害理,别无其他乐趣"。为了逃避追捕,他与同伙枪杀了这无辜的一家,在他看来,这是对社会和人类的复仇。这种变态心理和反常行为被认为是他背离宗教信仰的后果,从另一个角度来解读,"不合时宜的人"是某种形式的先知,是个不露真相的耶稣。

玛丽·弗兰纳里·奥康纳是继威廉·福克纳之后最杰出的一位南方小说家,同时也是一位极具创作特色的女作家。血腥的暴力,阴郁的宗教,典型的南方场景,一群群性格怪僻、行为乖张的人物赋予了奥康纳作品独特的艺术魅力。她怪诞的风格所要呈现的是人类反叛神的自然产物,在怪诞之中显现"人"的真实,而那真实必定是悲剧性的,常以暴力和死亡结尾,只有在死亡中错位的双方才能归于静寂、圆满,获得最终的解脱。除了暴力和怪诞人物,评论家开始认同奥康纳作品中独特的喜剧性。奥康纳延续了南方本土的喜剧传统,融喜剧特色与恐怖暴力于一体。

第九章 女性意识的繁荣：20世纪下半叶的美国女性文学研究

奥康纳继承了具有心理探索和社会批评意义的哥特式传统,并有所发展。奥康纳创造了一种独特的哥特式风格：后现代性、宗教性和地域性,一种奥康纳称之为"天主教现实主义"的写作风格,在美国文坛独树一帜。

二、乔伊斯·卡洛尔·欧茨的创作

（一）乔伊斯·卡洛尔·欧茨的生平

乔伊斯·卡洛尔·欧茨(Joyce Carol Oates,1938—)于1938年出生在纽约州的洛克波特市。她的家乡深受20世纪30年代经济大萧条的冲击,人民生活困苦。幼年的欧茨无忧无虑地享受着农场周围的自然环境,并且对读书和写作表现出了浓厚的兴趣。尽管欧茨的父母没有受过多少教育,但是他们非常鼓励女儿学习。

大学期间,她不停地写小说。她的短篇小说《在过去的世界里》获得《小姐》杂志大学生小说奖一等奖,这是她成功的起点。1960年,欧茨以第一名的优秀成绩在锡拉丘斯大学毕业,一年后获得威斯康星大学英语硕士学位。1962年,欧茨随夫迁居底特律后,开始了边写作边教书的生涯。底特律这座城市对她日后的创作产生了巨大的影响,成为她许多作品的故事背景。这一时期,她还创作了短篇小说集《北边门》和优秀长篇小说《人间乐园》。

欧茨在威斯康星学习期间结识了雷蒙德·史密斯,两人在三个月后结婚。1962年,欧茨夫妇在密歇根的底特律定居。欧茨在底特律大学教书,并且在20世纪60年代席卷美国的社会动荡中非常活跃,这也影响了她的早期作品,比如她28岁时出版的第一部小说《颤抖的秋》。1968年欧茨夫妇从底特律搬到了加拿大安大略省的温莎市。

之后的十年中,欧茨一边教书一边以每两三年一部作品的惊人速度出版了一系列的新书。其中,集全美短篇小说一流之作的欧·亨利短篇小说奖获奖作品集中,自1963年至1996年间,欧茨就有27篇作品入选。她的大部分作品都很畅销,短篇小说和评论文章为她赚足了人气。尽管有批评家对她作品异乎常人的多产颇有微词,但是这不能阻止欧茨在而立之年就已成为美国最有前途、最受人尊敬的作家之一。在加拿大期间,欧茨的文学创作也仍然坚持不断。

1968年，欧茨随丈夫去了加拿大安大略省温莎市，在温莎大学执教，讲授文学创作、心理学及现代世界文学，显示了她在这些领域的功底。这也是欧茨极其多产的时期，出版了27部书，其中包括短篇小说集《爱的轮盘》、长篇小说《他们》《奇境》和《暗杀者》等作品。1978年，欧茨夫妇回到美国，她在新泽西的普林斯顿大学继续教授文学创作，同年当选为美国文学艺术学院院士。回国后的欧茨继续发表了《不神圣的爱情》《金发》和《难以捉摸的绿眼睛》等大量作品，至今佳作迭出。

20世纪80年代初，欧茨出版了一系列的小说，轰动了美国文坛。在这些小说里，欧茨使用了哥特式小说的传统，刻画了美国的历史。20世纪80年代末，她回归现实主义，并写了一系列关于她的家族的小说，包括《你必须记住这》《因为苦痛，因为在我心中》。小说《至日》和《玛雅的生平》也是在这一时期完成的。这些作品以她的家庭和童年为题材，对女性的经历进行了细致研究。直到今天，欧茨一共出版了37部长篇小说和中篇小说，其中还有一系列以罗萨蒙德·史密斯（Rosamond Smith）为笔名发表的悬疑小说。她还出版了23部短篇小说集、7部诗集、4部戏剧，以及其他很多短篇小说，除此以外还有对诗人艾米莉·狄金森的诗歌、陀思妥耶夫斯基和詹姆斯·乔伊斯的小说进行的文学评论，有对哥特小说和惊悚小说的研究，也有对画家乔治·贝洛斯和拳王泰森所作的非文学性的评论。欧茨是普林斯顿大学人文学科的著名教授。1996年，欧茨凭借其一生的文学成就获得了作家笔会奖。

（二）乔伊斯·卡洛尔·欧茨的文学创作

小说《他们》（Them）获得了国家图书奖，也是欧茨最优秀的作品之一。描述的是洛蕾塔一家在1937年至1967年间的悲剧，揭示了个人与历史、社会及环境的斗争。书中主要人物包括洛蕾塔和她的一对儿女——朱尔斯和莫琳，情节就是由她（他）们充满暴力和死亡的生活穿插交织而成。

洛蕾塔年轻时同一位青年相爱，但她哥哥把她的情人杀死后畏罪潜逃。洛蕾塔迫于无奈和一名警官结婚，不久她丈夫因故被解职，一家人迫于生计迁至乡下居住。第二次世界大战爆发后，她丈夫应征入伍。乡下生活的乏味、与婆婆关系的不睦使洛蕾塔带着孩子们返回城里。生活无着落时，她企图以卖淫为生，却被警方拘留。

第九章 女性意识的繁荣：20世纪下半叶的美国女性文学研究

欧茨在该书"作者的话"中告诉读者，女主人公之一的莫琳是她夜校班的学生，这部描写"他们"的小说，并非运用某些文学技巧向读者指出某人某事，而主要是根据莫琳的大量回忆撰写而成的。而且欧茨认为，只有这样的小说才是真实的。真实之一在于"他们"就是美国当代社会下层的活生生的人，是与她的生活有某种联系的人。更重要的也是欧茨想要向我们展示的，"他们"是被主宰、被支配、被摆布、被扭曲、被抛弃的对象，是被孤独、绝望、彷徨、愤怒、怨恨所折磨的对象。真实之二在于"他们"所经历的一切，是最不起眼的，也最具代表性。生活的艰辛、世态的炎凉、四伏的危机、莫名的恐惧等，酿就了一个家庭的悲剧，也是一个社会的悲剧。

欧茨是一位非常多产的作家，也非常关心女性命运。她希望唤起并看到女性主体意识的觉醒，而只有这样，女性才能成为自己命运的主人，撑起自己的一片灿烂天空。同时，欧茨也是一位颇具争议的美国当代女作家。她著作等身，却被人认为是粗制滥造、重复而已；她屡获大奖，甚至被提名角逐诺贝尔文学奖，却有人仍把她归为"通俗作家，从文学角度不值得过分重视"；她容貌文弱秀丽，说话慢条斯理，给人羞怯内向的印象，但其作品却常常充满了血腥、暴力、凶兆、恐惧和混乱，她也因此被称为"美国文学的黑夫人"。

欧茨追求真实刻画美国社会生活中的暴力和下层阶级的生活，尤其擅长以蓝领工人的语言写作。到了20世纪80年代，欧茨在更加直接地抒写女性经历的基础上，对于处理传统男性题材也表现出了自己的创作能力。

第四节 厄休拉·勒古恩和其他女作家的创作

在美国，美国女性小说的科幻领域长期不受重视，虽然科幻及奇幻文学的开山之作是由英国女作家玛丽·雪莱创作的，但在美国两大科幻及奇幻文学奖项雨果奖和星云奖的获奖名单中，男性作家的比重远远超过了女性。在评论界，女性科幻及奇幻作品更难得到认可。但是，到了20世纪70年代，美国当代女作家厄休拉·勒古恩打破了这一传统，带着她的科幻小说活跃在美国文坛上，举世闻名。

一、厄休拉·勒古恩的创作

1961年,勒古恩在《西部人文评论》上发表第一部作品开始,至今她已经出版了40余部小说及短篇小说集、6部诗集、4部论文集以及3部译著。

(一)厄休拉·勒古恩的生平

厄休拉·勒古恩(Ursula K.Le Guin,1929—2018年)是美国文坛一位非常独特的作家,她的科幻小说耐人寻味,举世闻名。1929年,勒古恩生于加利福尼亚州伯克利,她的父亲是著名的人类学家艾尔弗雷德·克罗伯。作为现代人类学的创始人之一,克罗伯几乎精通人类学的所有范畴,他对语言学、考古学、民族学三者中任一学科的贡献都足以让他在人类学史上占有重要地位。她的母亲西奥多拉·克罗伯年轻时专攻心理学,婚后也对人类学产生了浓厚兴趣,翻译了许多加州土著的民间传说,并撰写了一部关于美国印第安亚尼部落最后一位幸存者奕氏的传奇传记,成为当时备受瞩目的传记作家。厄休拉·勒古恩书香门第良好的家教和熏陶,让勒古恩积极地成长。勒古恩十分钟情于科奇幻小说创作,她觉得人的想象力对个人的成长十分重要。

勒古恩的作品内涵丰富,涉及人类学、心理学、挪威神话、印第安传说以及东方哲学,这使她成为少数几位以科幻及奇幻文学体裁跻身于美国经典文学殿堂的女作家。

(二)厄休拉·勒古恩的文学创作

勒古恩的作品以科幻及奇幻文学为载体,表达了她对个体身份、人类命运以及社会问题的关注。勒古恩的小说按其背景可以分为四种类型,分别代表了勒古恩创造的四个不同世界:地海是一个住满了人、巫师和龙的群岛;伊库盟是存在于外太空的一个星系联盟;欧西尼亚是一个假想的中欧国家;而未来的西海岸则是一个21世纪被自然灾害和人为破坏彻底改变的美国西部沿海地区。

1.地海系列

地海系列是勒古恩最为知名的科幻小说。地海三部曲的男主人公

第九章 女性意识的繁荣:20世纪下半叶的美国女性文学研究

都是戈德,他贯穿三部作品,分别以少年、中年、老年三个不同的人生阶段出现,成为理解小说主题的关键人物,也使地海三部曲共同成为一部关于戈德的传奇传记。这种设计获得了许多评论家的赞许,评论界给予了极高的评价。

勒古恩认为,影子是意识与无意识的临界点,一个没有影子的身体什么都不是。于是,他决心面对影子,他的命运彻底改变。在小说的结尾,"戈德丢掉手里的东西,伸出双手抱住了影子,影子也同样抱住了他。光明与黑暗相逢,融合在一起,成为一体"[①]。

在勒古恩的作品中,西方传统观念中的对立被阴阳平衡所替代。所以,人应该尊重天地之间的自然规律,保证阴阳的动态平衡,这也成为地海系列的一个重要主题。《地海古墓》讲述的六岁便被关进古墓、终年不见天日的少女牧师特娜的成长经历。在《地海巫师》里,少年戈德最终承认了蜡烛与影子的共存,这是他成长的重要标志,也是作者对于滥用权力、不尊重自然法则的反对。所以小说中,她还采用了大量的象征手法,如《地海巫师》中对少年戈德穷追不舍的黑暗影子便是一例。

2. 伊库盟系列

伊库盟系列着重探讨了勒古恩长期关注的一些社会问题。伊库盟系列中较为成功的作品《一无所有》获得了雨果奖和星云奖两大奖项。小说设计了两个星球来代表两种完全不同的社会体制,这正是整部作品的艺术魅力所在。

伊库盟系列中《黑暗的左手》同样也是雨果奖和星云奖的双料得主。这部小说与地海三部曲齐名,从一个旁观者的身份描述了格森星球的地域文化。

当杰力放弃自己对性别的成见后,他如拨开迷雾般看到了格森星球健康、生态的文化观念。双性同体的设计十分大胆,对这一设计,勒古恩解释说:"因为根深蒂固的社会条件,我们很难清楚地看到男性和女性除了纯粹生理结构和功能上的差别之外还有什么别的不同……在《黑暗的左手》中,我把性别删去,目的就是要看看剩下来的是什么。不管剩下什么,它都应该是纯人性的,是男性和女性真正共享的一些东西。"[②] 评论界对这一大胆的设计持有完全相反的两种态度。一种是指

[①] Ursula Le Guin. A Wizard of Earthsea[M]. New York: Ace Books, 1968.
[②] 金莉.20世纪美国女性小说研究[M].北京:北京大学出版社,2010.

责它与整个故事情节风马牛不相及,甚至认为小说完全可以抛弃这种设计,这类观点以波兰作家斯坦尼斯劳·莱姆为代表。一种是对勒古恩的解释给予了充分的肯定,认为小说中的性别问题至关重要,这种观点以哈罗德·布卢姆为代表。针对指责,勒古恩一一作出了回应,她声称,自己的小说是一场思想实验,她要挑战人们对于男性和女性的传统认识。当被问到这部小说是否是一部乌托邦小说时,勒古恩坚决否认,这只是一部借助科幻题材讨论社会及文化问题的经典之作。

3. 美国西海岸系列

勒古恩对乌托邦问题的探讨还出现在以美国西海岸为背景的科幻小说《天钧》中,这是勒古恩对社会现实抨击最为猛烈的一部作品。小说讲述的是发生在2002年美国俄勒冈州的波特兰市的故事,乔治从梦境中醒来,发现哈伯大夫竟然对六十亿人的死亡无动于衷。勒古恩通过对人类贪婪、自私和愚蠢的描写,表达了她对自然法则的尊重和对当时社会阴阳失调的担忧。

4. 欧西尼亚系列

在勒古恩创造的四个虚拟世界中,欧西尼亚是最为特殊的一个,它与未来世界和奇幻王国不同,是一个"创造出来的,但并不奇幻的中欧国家"。这个系列以短篇小说为主。欧西尼亚虽然是虚拟的,但是生活在其中的人们也经历许多西方文明中的重大事件,如法国大革命、希特勒上台、犹太人大屠杀、原子弹爆炸等。小说中的故事并没有按年代顺序来排,故事中的主人公都是一些普通人,他们既不能创造神话,也不能改变历史、阻止战争,他们往往是在经历了许多社会动荡后学会重新审视历史,并在这一过程中加深了对国家、家庭和自我的了解。"小说中的主人公和读者都会发现,重新思考历史能让他们认识自我,并了解自己对于生活着的世界和周边社会群体应当承担的责任和义务。如果没有这种重新审视,人们就会被历史所缚,盲目地效忠于一些自己并不理解的东西。"

勒古恩认为,她小说中的星系联盟或者奇幻王国并不是凭空编造出来的,而是一直就存在于人类的潜意识中的,作者与作品人物是地位平等的两个实体。这种将小说创作当成对人类潜意识的探索,将小说中的人物视为拥有生命力的独立个体的观念,无疑为理解和分析科幻及奇幻作品提供了新的视角,为认识和评价科幻和奇幻作家与其作品关系做出

第九章 女性意识的繁荣：20世纪下半叶的美国女性文学研究

了新的尝试。勒古恩在获得许多奖项后，仍然坚守在科幻和奇幻文学的艺术阵营中："外太空和心灵深处的奇幻世界一直、也永远是我的天地。"

二、其他女性作家的文学创作

在1963年，贝蒂·弗里丹（Betty Friedan）"女性奥秘"的社会价值观的提出，更是引起了广大女性对自身现状的反思和质疑，质疑她们的生活到底什么地方出现了问题，反思这种对现状不满的问题到底是什么，女性的价值观应该定位于何处。可以说，弗里丹的"女性奥秘"的发表对美国20世纪60年代女权运动的开展起到了重要的导向作用。在这种情况下，女权主义运动的第二次浪潮正式掀起。在这次运动中，渴望获得与男性同等地位的女性群体显著扩大，除了中产阶级的白人女性之外，其他各阶层和各种族的女性也都参与到这次运动中来。

安妮·泰勒在20世纪80年代创作的《想家饭馆的晚餐》《偶然的游客》，以及《呼吸课》都获得公众的好评，作品主要是探讨了美国家庭里充满着破碎婚姻的生活，小说人物还对重建家庭或者乌托邦式的社区有过追求。到了20世纪八九十年代，美国女性作家的作品的多样性更加得到凸显，许多女性作家开始以不同的经济、宗教、种族、语言、政治视角对现代女性的多样化生活进行了描述，而且这种状况也伴随着学术界在研究女性文学方面得到不断的创新。这一时期女性侦探小说的涌现颠覆了先前的简约主义风格，作品里的女性侦探敢于面对暴力、在枪战前无所畏惧。帕宙茨基（Sara Paretsky）成为女性侦探小说家的优秀代表。另外，还有很多反映生活在美国文化、地理、性别边缘的少数族裔女性生活的作品。艾丽斯·沃克（Alice Walker）的书信体小说《紫色》展示了非裔女性遭受到的性别歧视、压迫和女性之间的情谊，在主题或文体上都有所创新，被称为非裔女性作家在20世纪80年代的先河。内勒（Glorila Naylor）的《布鲁斯特街的女人》等作品主要描述的是城市中非裔女性的生活，颇受好评。反映同样主题的还有具有印第安血统的厄德里奇（Louise Erdrich）的《爱之药》，印度裔作家穆克吉（Bharati Mukherjee）的《茉莉花》。

小说家玛丽莲·罗宾逊（Marilynne Robinson）在自己的随笔和政论当中体现了虔诚的基督教信仰和强烈的悯世情怀。一直以来，罗宾逊以公共知识分子的身份，写下很多政治评论文章，曾主持了著名刊物

《杂录》的社会评论专栏。她在分别在20世纪80年代末和20世纪90年代末发表了最重要的两部论著《祖国：英国、福利国家和核污染》和《亚当之死：现代思想论文》。罗宾逊的议论文章言辞犀利，雄辩有力，很明显，比她的小说更具有鲜明性，自己的思想也得到更直接的体现。

后现代时期的女诗人各自以不同的方式在男性主宰的社会环境的夹缝中做着抗争的的生存活动。如奥尔逊（Tllie Olsen）的《十二个里面挑一个》、鲁斯（Joanna Russ）的《一个女主角能做什么？》、拉基丝（Muriel Rukeyser）的《神话》、普拉斯（Sylvia Plath）的《刺痛》。这些诗歌创作集中表现了现代女性的情感生活，大胆地通过暴露女性的隐私表达她们的失落甚至疯狂，以此来挑战与颠覆传统男权文化价值。对此表示认同和继承的还有诗人萨顿（May Sarton）的《我的姐妹》、奥布赖恩（Edna O'Brien）的《心中的玫瑰》。此时，在20世纪50年代就已经步入诗坛的女诗人瑞奇（Adrienne Rich）也有自己的代表诗作《改变的意志》。

劳瑞·安德森（Laurie Anderson）打破文学与音乐、绘画等各种艺术形式的界限，并在文本中引入了美国后工业化的高科技元素，被人称为表现派艺术家。她的文学作品摒弃了传统现代派小说的叙事模式，在人物塑造上多选取"反英雄"或毫无个性的"代码"，表现手法上具有自我指涉、戏仿、并置、非线性叙事等元小说特点以及多种艺术形式、多个文本、多重视阈融合的互文性特征，叙事话语采用拼贴、断裂、重复、留白等刻意颠覆传统语言秩序的手段，揭示出美国后现代社会的混乱无序状态及其给个体带来的困顿迷茫。

作为双性恋者的女性主义文学家和社会评论家凯特·米利特（Kate Millet）的著作《性别政治》引起了社会的高度关注，被公众认为是第一本批判西方社会和文学中父权制的著作。

评论家尼娜·贝姆（Nina Baym）的《女性小说》解析评论了1830—1870年间的120部女性小说作品。女性主义理论家艾伦·莫尔（Ellen Moers）的《文学妇女》主要描述了女性文学写作的发展史，囊括浪漫主义文学运动以来，即18—20世纪英、美、法被称为"伟大"的女作家的创作，作者都一一地进行了分析。作者认为她们是女性写作里最富有生命力的先驱，并独自形成一种女性写作自己的传统。该书在批评方法上有很大的突破，作者把文本看作封闭系统里的一种形式主义框架，非常注重女作家的生平、传记和个人经历。该书为后来的女权主义的文学史

第九章　女性意识的繁荣：20 世纪下半叶的美国女性文学研究

研究奠定了良好的基础。

　　桑德拉·M.吉尔伯特(Sandra M. Gilber)和苏珊·格巴(Susan Gubar)一起合作的女权主义著作《阁楼上的疯女人：女作家与 19 世纪的文学想象》是这一时期出版的重要女权评论作品。该书主要是以一种全新的女权视界重新解读 19 世纪一些著名女性作家的作品，发展、完善了女权主义理论。

第十章　结　语

女性意识的发展对英美文学发展产生的影响

　　回顾整个人类精神文明的发展史,反思英美文学的创作历程,展现在我们面前的是一幅精美绝伦的多声部、多元化的图像。在英美历史上,女性从最初被奴役的地位直到取得男女平等,经过了几百年的奋斗。特殊的历史地位使得女性的创作起步较晚,发展过程也较为崎岖,但是,几百年来,无数女性作家前赴后继的努力,终让英美女性文学从米粒之光成长为璀璨耀眼的皓月。于英美文学而言,女性文学有着建设性的地位,女性文学特有的写作风格和写作视角,不仅扩大了英美文学的创作范围和创作队伍,丰富了英美文学的艺术形式,促进了英美文学流派的产生和发展,而且加速了英美文学在国际范围内的传播,将英美文学推至蓬勃发展之境地。

　　伴随着西方历史的发展,西方女性文学得到不断发展,尤其在20世纪60年代,西方女权运动再掀高潮,女性文学迅猛发展,这深刻诠释了西方女性的生存状况和精神世界。人们在重新审视父权统治下的文学经典时,也开始研究女性文学。英国女权作家弗吉尼亚·伍尔夫认为女性作家只有真正承认自己在性别上的各种局限之后,作品才能打破原有局限达到顶峰。身份就是语言和文化实践的构建,20世纪后期,女权主义者们不再单纯热衷于政治运动,而将更多精力投入宣扬女性的自信心和自豪感中,更加关注自我的发展和变革中。

　　在西方文学中,女性主体意识从汩汩细流发展至今日汪洋大观,清晰地折射了西方政治、文化的变迁。女性主体意识的不断增强,女性社会地位的不断提高,女性平等参与政治、经济、文化和社会公共事务管理,已成为社会发展不可逆转的潮流趋势。英美文学中不断涌现的女性主体意识,对社会的发展和人类文明进步产生了重大影响。在英美文学的熏陶下,越来越多的女性意识到女权的重要性,并且有意识地提高自主意识,勇敢迈出脚步,让自己更多地参与到社会中,为和谐家庭的建立、为美好社会的发展贡献自己的一份力量。

参考文献

[1] 齐心.多维视角下英美女性文学研究[M].长春:吉林大学出版社,2020.

[2] 刘英,李莉.多元视角下的美国女性主义文学研究[M].北京:人民出版社,2019.

[3] 乔国强.美国文学批评史[M].上海:上海外语教育出版社,2019.

[4] 王孝会,李晓冉,吴雁汝.英美女性文学研究[M].长春:吉林文史出版社,2019.

[5] 朱璞.从浪漫向现实蜕变的19世纪英国文学研究[M].长春:东北师范大学出版社,2018.

[6] 安洁.19世纪英国女性文学中自我意识的研究[M].长春:吉林文史出版社,2018.

[7] 王红丽.英美女性小说创作探究[M].成都:四川大学出版社,2018.

[8] 项红梅.英美现当代女性文学研究[M].北京:煤炭工业出版社,2018.

[9] 张业春.英美文学与教学研究[M].北京:中国纺织出版社,2018.

[10] 崔筱溪.英美女性文学研究[M].长春:吉林出版集团股份有限公司,2018.

[11] 王娟.美国当代女性文学研究[M].北京:中国国际广播出版社,2018.

[12] 曲冰,邢丽华.美国文学与女性视角[M].延吉:延边大学出版社,2017.

[13] 陈陵娣.美国女性文学多维视角解读[M].北京:外文出版社,2017.

[14] 李维屏,周敏执.英美文学研究论丛.27[M].上海:上海外语教育出版社,2017.

[15] 魏淼.历史视角下的英美女性文学作品研究[M].北京:北京工业大学出版社,2017.

[16] 郭竞.颠覆与超越 20世纪英国女性文学研究[M].北京:世界图书出版公司,2017.

[17] 赵若纯.英国女性文学研究[M].济南:山东画报出版社,2017.

[18] 胡笑瑛.非裔美国黑人女性文学传统研究[M].北京:中国社会科学出版社,2017.

[19] 钱娟编.她们的故事 女性主义小说研究[M].北京:中国书籍出版社,2016.

[20] 王颖怡.当代文学的女性意识研究[M].南昌:江西科学技术出版社,2016.

[21] 张淑梅,谢立团,申丽红.华裔美国女性文学选读[M].成都:电子科学技术大学出版社,2016.

[22] 徐颖果,马红旗.精编美国女性文学史(中文版)[M].天津:南开大学出版社,2016.

[23] 温晶晶.19世纪英国女性文学生态伦理批评[M].北京:国防工业出版社,2015.

[24] 张蔚,常亮.20世纪英国女性文学探微[M].北京:清华大学出版社,2015.

[25] 吕静薇,孟静宜.20世纪美国女性文学作品选读[M].北京:知识产权出版社,2014.

[26] 华媛媛.美国生态女性主义文学批评研究[M].北京:人民文学出版社,2014.

[27] 王丹丹,徐冬梅,董丽丽.美国女性文学创作研究[M].哈尔滨:哈尔滨地图出版社,2013.

[28] 冯品佳.她的传统 华裔美国女性文学[M].台北:书林出版有限公司,2013.

[29] (美)肖瓦尔特(SHOWALTER E.).她们自己的文学 从勃朗特到莱辛的英国女性小说家 增订版[M].北京:外语教学与研究出版社,2012.

[30] 闫小青.20世纪美国女性文学发展历程透视[M].长春:吉林大

学出版社,2012.

[31] 陈晓兰.外国女性文学教程[M].上海:复旦大学出版社,2011.

[32] 徐颖果,马红旗.美国女性文学 从殖民时期到20世纪[M].天津:南开大学出版社,2010.

[33] 乔以钢,林丹娅.女性文学教程[M].石家庄:河北教育出版社,2007.

[34] 范丽娟.英国女性文学的传统[M].哈尔滨:黑龙江教育出版社,2004.

[35] 金莉.文学女性与女性文学:19世纪美国女性小说家及作品[M].北京:外语教学与研究出版社,2004.

[36] 罗婷.女性主义文学与欧美文学研究[M].北京:东方出版社,2002.

[37] 翁德修,都岚岚.美国黑人女性文学[M].长春:吉林大学出版社,2000.

[38] 孙彦召,张罕琦.刍议英美文学中的女性意识的体现[J].青年文学家,2020(09):137.

[39] 魏淼.基于女性文学视角的英美文学发展之路[J].黑河学院学报,2019,10(11):173-175.

[40] 黄木健.英美文学中女性主体性意识发展与构建和谐社会[J].青年文学家,2019(36):95+97.

[41] 孙丹娜.英美文学中的女性意识的体现探析[J].长江丛刊,2018(25):64.

[42] 何晴.英美女性文学中女性意识的发展研究[J].校园英语,2017(46):247-248.

[43] 余丹.英美文学中的女性主义及其影响[J].艺术科技,2017,30(01):219+256.

[44] 孔令丹.浅议英美文学作品中的女性形象[J].芒种,2017(06):24-25.

[45] 黎明.英美文学中女性文学的地位研究[J].剑南文学(下半月),2015(08):45-47.

[46] 于淼.英美女性文学中女性意识的发展研究[J].赤峰学院学报(汉文哲学社会科学版),2014,35(07):153-154.